KT-910-652

18/1.

ARABESQUES

L'aventure de la langue arabe en Occident

Henriette Walter
et Bassam Baraké

ARABESQUES

L'aventure de la langue arabe
en Occident

Robert Laffont
Éditions du temps

TEXTE INTÉGRAL

ISBN 978-2-7578-0244-1
(ISBN 2-221-09806-4, 1ʳᵉ publication)

© Robert Laffont/Éditions du temps, 2006

Le Code de la propriété intellectuelle interdit les copies ou reproductions destinées à une utilisation
collective. Toute représentation ou reproduction intégrale ou partielle faite par quelque utilisation
collective. Toute représentation ou reproduction intégrale ou partielle faite par quelque procédé
que ce soit, sans le consentement de l'auteur ou de ses ayants cause, est illicite et constitue une
contrefaçon sanctionnée par les articles L.335-2 et suivants du Code de la propriété intellectuelle.

LE GOÛT DES MOTS

UNE COLLECTION DIRIGÉE PAR PHILIPPE DELERM

Les mots nous intimident. Ils sont là, mais semblent dépasser nos pensées, nos émotions, nos sensations. Souvent, nous disons : « Je ne trouve pas les mots ». Pourtant, les mots ne seraient rien sans nous. Ils sont déçus de rencontrer notre respect, quand ils voudraient notre amitié. Pour les apprivoiser, il faut les soupeser, les regarder, apprendre leurs histoires, et puis jouer avec eux, sourire avec eux. Les approcher pour mieux les savourer, les saluer, et toujours un peu en retrait se dire : « Je l'ai sur le bout de la langue – le goût du mot qui ne me manque déjà plus ».

Ph. D.

ABRÉVIATIONS & SIGNES PARTICULIERS

< >	consonne ou voyelle sous forme graphique	A.P.I.	Alphabet Phonétique International
« »	signification	adj.	adjectif
[ ]	prononciation	adv.	adverbe
		ar.	arabe
/ /	forme phonologique	esp.	espagnol
§	paragraphe	Ex.	Exemple
		fam.	famille
⇒	renvoi à une autre entrée ou à un encadré ❏	famil.	familier
		fr.	français
		gr.	grec
❏	regroupement de mots du glossaire apparentés par le sens	interj.	interjection
		it.	italien
		lat.	latin
		n.	nom
<	vient de	n.f.	nom féminin
		n.m.	nom masculin
&	et	pl.	pluriel
†	langue disparue	s.	siècle

Remerciements

Pour rédiger ces « arabesques linguistiques », nous avons eu la chance et le privilège de bénéficier de l'aide très appréciée de plusieurs collègues et amis :

Ahmed AL-ZAHAB, Bassel AL-ZBOUN, Abderrazak BANNOUR, Guiti DEYHIME, Muhyeddine DIB, Jamila EL-KILANI, Abdulfattah EL ZEIN, Alberto FRISIA, Abdoul Rahim GHALEB, Nagat GHEITH, Mathieu GUIDÈRE, Mansour HADIFI, Hassan HAMZÉ, Hassan MASSOUDY, Sergio NOJA NOSEDA, Jaoudat NOUREDDINE, Iman RAGAB, Nader SRAGE, Claudio ZANGHI, Nacira ZELLAL.

Que chacun d'entre eux trouve ici le témoignage personnalisé de nos remerciements les plus chaleureux.

Nous voudrions réserver une place toute spéciale à Isabelle WALTER pour l'acuité de son regard sur les diverses versions de notre manuscrit et pour les avis toujours bienvenus qu'elle nous a prodigués.

Enfin, il est un nom qui devrait figurer en lettres d'or auprès des nôtres sur la couverture de ce livre, celui de Gérard WALTER. Collaborateur infatigable, il a porté tout au long de la lente élaboration de cet ouvrage la responsabilité de conserver l'intégrité d'un texte sans cesse remanié dans ses voyages entre Paris et le Liban. Pour sa patience et pour la vigilance sans concessions qu'il a exercée à chacune des étapes de ce travail en commun, il est peu de dire que nous lui devons un merci vraiment exceptionnel.

Sommaire

Préambule

Dans cet ouvrage, qui se voudrait à la fois sérieux et distrayant, c'est un peu l'histoire de l'Orient mêlée à celle de l'Occident que l'on découvre, mais sous un angle unique et très particulier, celui de deux langues, lointaines par leurs origines, mais qui se sont croisées et influencées au hasard de l'histoire : l'arabe et le français.

Alors que le français s'est développé de façon originale pour des raisons essentiellement politiques, l'arabe doit ses spécificités à l'histoire religieuse et à l'importance du Coran, livre sacré, dont le texte, selon la tradition, a été révélé à Mahomet par l'archange Gabriel et dont la forme définitive a été fixée juste après la mort du Prophète, vers le milieu du VII e siècle.

L'attachement à ce livre culte s'est prolongé au cours des siècles auprès de toutes les populations islamisées, si bien que, malgré la diversification de la langue arabe au gré de l'expansion de l'Islam, le livre du Coran n'a jamais cessé de constituer un lien très fort entre tous les musulmans. On comprend dès lors l'importance que ces derniers ont attachée depuis l'origine à l'étude de leur langue, qu'ils considéraient comme sacrée.

Objet d'un intérêt passionné, la langue arabe est par ailleurs devenue le support d'un art de l'écriture où la lettre, habillée de dessins et d'arabesques, constitue le seul élément ornemental admis dans les palais et dans les mosquées.

Née au sein de populations nomades vivant dans la péninsule Arabique, la langue arabe a connu un destin hors du commun, à la suite de l'expansion extraordinaire de la religion musulmane sur un territoire qui s'étendra en moins de deux siècles de l'Atlantique à l'Indus. Cette langue, dès le Moyen Âge, s'est trouvée en contact avec les langues de l'Occident, lors de la fondation des dynasties andalouses en Espagne à partir du VIIIᵉ siècle, puis au cours des croisades et, vers le XIIIᵉ siècle, à la cour de Frédéric II de Hohenstaufen en Sicile, une île tout imprégnée de cet art poétique arabe qui allait influencer la poésie sicilienne, puis la littérature italienne. Le monde de la science arabe y était aussi largement représenté par de grands savants, qui vivaient en Sicile mais aussi à Naples, à Salerne, à Tolède, à Grenade ou à Séville[1].

C'est surtout par le nombre considérable de traductions élaborées entre le VIIIᵉ et le XIIIᵉ siècle, d'abord du grec à l'arabe, puis de l'arabe au latin – et aux langues issues du latin – que l'on peut mesurer tout ce que l'Occident doit à la science arabe.

La traduction a encore joué un rôle, mais sur le plan littéraire, cette fois, avec les *Mille et une Nuits* car c'est à partir de leur traduction française par Antoine Galland au XVIIIe siècle que s'est développé dans toute l'Europe un attrait irrésistible pour l'Orient.

Toutefois, la langue arabe garde encore une partie de son mystère en Occident et cet ouvrage permettra peut-être d'en dévoiler certains de ses aspects les moins connus.

Au cours des pages qui suivent, on s'intéressera successivement aux origines de l'arabe, à son expansion et à sa diversification ainsi qu'à la structure phonique et au fonctionnement de cette langue, et en dernier lieu à l'écriture de l'arabe et à son évolution vers la calligraphie.

Enfin, la raison d'être de cet ouvrage réside dans la mise en lumière des relations historiques qui existent depuis des siècles entre l'arabe et le français, et qui se manifestent en particulier dans leurs lexiques.

Voilà pourquoi l'ouvrage comprend aussi deux glossaires où apparaissent plus précisément les apports réciproques de ces deux langues, avec, pour chacun des mots empruntés, une présentation de la diversité de leurs formes et de leurs significations.

Disséminés dans les différents chapitres, des encadrés historiques ou anecdotiques et des intermèdes récréatifs permettront de ménager des moments de détente au lecteur parfois un peu submergé par l'abondance des informations qu'il découvre. C'est afin d'aider à les retrouver plus facilement qu'ont été élaborés plusieurs index thématiques en fin d'ouvrage.

I

À l'origine de la langue arabe

La légende de la huppe voyageuse
et de la reine de Saba

On ne sait rien des origines lointaines de la langue arabe, mais on peut évoquer une légende, dont la Bible[2] et surtout le Coran[3] se sont fait l'écho. On y apprend qu'il y a eu plusieurs échanges de messages écrits et oraux entre le roi Salomon et la reine de Saba, et certains se plaisent à imaginer que ces entretiens s'étaient déroulés dans une langue qui pourrait bien être l'ancêtre de l'arabe.

Nous sommes au Xe siècle avant notre ère, à l'époque où la puissance et la sagesse de Salomon, roi des Hébreux, en font un personnage hors du commun. On dit qu'il sait parler toutes les langues, même celles des oiseaux. Un jour, entouré de tous ses sujets – hommes, djinns et oiseaux – le roi remarque que la huppe manque à l'appel. Furieux de cette désobéissance, il menace de la punir très sévèrement à moins qu'elle ne lui apporte une excuse valable.

La huppe ne tarde pas à se présenter au roi. « Je vous apporte une nouvelle incroyable », lui dit-elle, « je reviens du royaume de Saba où vit un peuple gouverné par une femme dont la richesse est fabuleuse, et dont le peuple se prosterne devant le soleil et non devant Dieu ».

Furieux, Salomon confie alors à la huppe une lettre dans laquelle il fait savoir à la reine de Saba qu'elle doit obtenir de son peuple qu'il se soumette à la volonté du Dieu unique.

L'oiseau s'envole en emportant la lettre, qu'il dépose aux pieds de la reine. Pleinement consciente des risques de représailles si elle ne se plie pas aux injonctions du grand roi Salomon, la reine tente de négocier en lui adressant de somptueux cadeaux, mais il les refuse. Elle décide alors d'aller le voir en personne : séduite par la personnalité du roi et impressionnée par la puissance de ses armées, elle accepte finalement de se soumettre et de convertir son peuple au Dieu unique honoré par Salomon[4].

Mais la légende ne dit pas en quelle langue la lettre était écrite, ni en quelle langue la reine de Saba et le roi Salomon s'étaient entretenus. Était-ce une forme très ancienne de l'arabe ? On ne peut pas le savoir, mais l'hypothèse est séduisante.

En fait, une indication de l'existence de populations arabes figure bien dans des textes en hébreu datant du IXe siècle avant notre ère. Ils font allusion à des populations d'éleveurs nomades parcourant sur leurs chameaux de vastes espaces à demi désertiques[5]. Toutefois, les plus anciennes inscriptions pouvant être interprétées comme celles d'un arabe primitif n'apparaissent que trois siècles plus tard, vers le VIe siècle avant notre ère.

L'arabe, une langue sémitique

Grâce à la méthode comparative, qui, comme son nom l'indique, s'appuie sur la comparaison des langues existantes pour reconstruire leur histoire, on a pu placer l'arabe dans le cadre de la famille des langues dites chamito-sémitiques, dont les populations se situaient à l'origine en Arabie et dans la partie nord-est de l'Afrique.

Les langues traditionnellement nommées **chamito-sémitiques** ne se subdivisent pas en deux grands ensembles, comme leur nom pourrait le suggérer, mais en quatre groupes distincts :

• **l'égyptien** : langue ancienne de l'Égypte, l'égyptien a été écrit de 4 000 av J.-C. jusque vers le IIIe siècle après J.-C. Son lointain descendant est le **copte**, qui est encore vivant chez les chrétiens d'Égypte. L'égyptien n'est pas l'ancêtre de l'arabe actuel d'Égypte.

• le **lybico-berbère** : cette langue regroupe le **lybique** et diverses variétés de **berbère** des régions montagneuses du Maroc et de l'Algérie et, plus modestement, de quelques villages du sud de la Tunisie. Le berbère se parle aussi sous diverses formes en Mauritanie ainsi que chez les Touaregs du Sahara méridional.

• le **couchitique** : différentes variétés de couchitique sont actuellement parlées dans la corne orientale de l'Afrique en Somalie, en Érythrée, au Soudan et dans le sud de l'Égypte.

• le **sémitique** : c'est à ce dernier groupe qu'appartient l'**arabe**, avec l'**hébreu** et quelques autres langues, dont certaines, comme le babylonien, l'assyrien ou le phénicien, marquées d'une croix (†) dans le tableau ci-contre, ont aujourd'hui disparu.

CARTE D'ORIENTATION

Sur cette carte ne figurent que les noms géographiques cités dans notre texte sur les langues sémitiques. La Palestine historique, qui n'est pas représentée sur cette carte, englobait l'actuel État d'Israël, la Cisjordanie et la bande de Gaza.

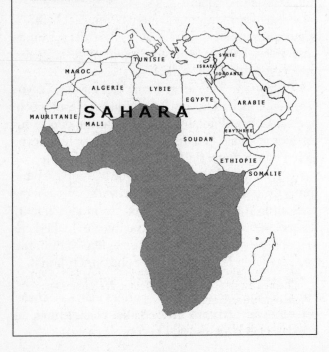

L'hébreu, langue de la Bible

C'est en hébreu que la Bible a été écrite entre le milieu du IXe siècle et la fin du VIIe siècle av. J.-C., mais vers le VIe siècle av. J.-C., l'hébreu commence déjà à décliner comme langue parlée[6] et l'on constate qu'il a complètement disparu de l'usage commun en 332 av. J.-C., à l'époque où Alexandre conquiert la Palestine. La population de cette région parlait alors l'araméen, qui est aussi la langue que parlera Jésus.

LES LANGUES SÉMITIQUES

L'arabe s'inscrit dans l'ensemble des langues sémitiques, dont plusieurs ont aujourd'hui disparu. Sur le plan géographique, on peut les diviser en trois sous-groupes :

- **oriental**

AKKADIEN : c'est la plus ancienne des langues sémitiques (IVe millénaire av. J.-C.), ultérieurement diversifiée en BABYLONIEN † et en ASSYRIEN †.

- **occidental du Nord**

CANANÉEN : OUGARITIQUE † langue anciennement parlée à Ras Shamra (Ougarit), sur la bande côtière de la Syrie[7].

PHÉNICIEN †, dont une variété, le

PUNIQUE †, a été la langue de Carthage.

HÉBREU ANCIEN, langue de la Bible, parlé en Palestine jusque vers le IIIe siècle av. J.-C. Les populations de cette région ont ensuite adopté l'ARAMÉEN, mais l'hébreu est resté la langue liturgique des rabbins avant de renaître sous la forme de

L'HÉBREU MODERNE, devenu langue officielle (avec l'arabe) de l'État d'Israël[8].

ARAMÉEN : cette langue d'origine nomade, venue du nord de l'Arabie, s'est ensuite sédentarisée sur le territoire de la Syrie actuelle et s'est largement répandue parmi toutes les populations du Proche-Orient dès 300 av. notre ère. Au Iᵉʳ siècle de l'ère chrétienne, elle avait déjà remplacé l'hébreu presque partout en Palestine. Parmi ses variétés, le SYRIAQUE est une langue de culture chrétienne qui n'est plus réservée de nos jours qu'à des fins liturgiques.

• **occidental du Sud** (sud-arabique, éthiopien, arabe).
SUD-ARABIQUE et LANGUES ÉTHIOPIENNES (amharique, tigré…)

ARABE : cette langue n'était parlée, au Vᵉ siècle de notre ère, que dans une partie assez grande de la péninsule Arabique. À partir du milieu du VIIᵉ siècle, grâce au développement de l'islam, elle connaîtra une diffusion d'une ampleur considérable.

À partir du IIIᵉ siècle avant notre ère, la Bible est traduite en grec. Cette version grecque, connue sous le nom de *Bible des Septante*, aurait été élaborée par 70 (ou 72) docteurs juifs d'Alexandrie[9].

Beaucoup plus tard (IVᵉ s. ap. J.-C.), une traduction de la Bible en latin, à partir du texte hébreu original, sera due à saint Jérôme (v. 347-v. 420). C'est cette version, connue sous le nom de *Vulgate*, qui sera adoptée en 1546 comme la version canonique de l'Église.

L'arabe, langue des bédouins

Les rares inscriptions épigraphiques du haut Moyen Âge qui nous sont parvenues permettent de reconnaître dans la péninsule Arabique deux groupes de dialectes sensiblement différents : les dialectes suda-rabiques, encore parlés dans le Yémen actuel, et les dialectes du Nord, qui couvraient aussi une partie du centre et de l'est de l'Arabie.

Bien que l'histoire de l'ancien arabe et de son évolution avant l'islam soit mal connue, les découvertes archéologiques et les ouvrages des grammairiens des IXᵉ et Xᵉ siècles ap. J.-C. permettent d'établir que l'arabe de l'époque préislamique est né de la fusion de plusieurs dialectes. Ces grammairiens avaient ainsi construit un idiome commun aux différentes tribus, en constatant que chacune d'entre elles s'efforçait d'atténuer les particularités de son propre idiome afin d'être comprise des autres tribus[10].

Ce qui est remarquable et peut-être unique dans l'histoire des langues, c'est que les tribus arabes ont très longtemps été considérées comme porteuses de la norme à suivre : les grammairiens arabes, pendant des siècles, se rendaient en effet chez les bédouins pour étudier la façon de parler de ces derniers[11] et pour découvrir le fonctionnement de l'arabe dans sa pureté première. De même, les jeunes poètes faisaient des séjours dans les oasis pour enrichir leur connaissance de cette langue auprès des caravanes de nomades de passage.

C'est en Arabie centrale qu'une langue poétique de valeur s'était développée bien avant le VIIIᵉ siècle. Mais, transmise uniquement par voie orale, elle n'a été fixée qu'avec la prédication du Coran[12], point de départ de l'islam.

La poésie arabe préislamique

Avant l'islam, la poésie jouait déjà un rôle primordial dans la vie sociale des Arabes, à la fois à l'intérieur de la tribu et dans les relations intertribales, et les spécialistes actuels vont jusqu'à penser que la poésie représente encore aujourd'hui le genre littéraire le plus authentiquement arabe.

Le poète avait alors une fonction sociale qui en faisait un personnage non seulement estimé et admiré mais encore porteur des pouvoirs d'un magicien. Certains pensaient même que ses poèmes lui étaient inspirés par des djinns.

À cette époque, il y avait aussi de grandes poétesses, comme al-Khansâ' dont les élégies expriment de façon délicate l'amour pour ses deux frères morts au combat[13] ou encore Jundub, dont le jugement très sûr en matière de poésie était reconnu et apprécié de tous.

À ses débuts, la poésie arabe n'était pas écrite, mais déclamée en public, puis transmise oralement par les rhapsodes d'un lieu à un autre, de génération en génération, et la vie des tribus était régulièrement ponctuée par des séances de joutes oratoires qui avaient lieu les jours de grand marché.

Cette prééminence de l'oralité est restée jusqu'à nos jours un des caractères les plus constants de la poésie arabe[14], une poésie caractérisée par sa musicalité et ses images concrètes, et dont on peut dire qu'elle produisait – et qu'elle produit toujours – sur l'auditeur arabe un effet « quasi incantatoire[15] ».

DES JEUX FLORAUX EN ARABIE PRÉISLAMIQUE

Dès avant l'islam, les tribus arabes se réunissaient périodiquement dans des foires, qui étaient des sortes de grandes fêtes où se mêlaient marchands et poètes.

La foire la plus importante se tenait à La Mecque et s'appelait « le Marché de 'Ukaz ». Elle était située stratégiquement sur la route des épices, au centre de l'Arabie occidentale. Les gens s'y rassemblaient pour acheter, vendre ou troquer leurs marchandises.

Mais 'Ukaz était célèbre pour une autre raison, moins mercantile. C'était l'occasion de joutes oratoires et de concours poétiques. À l'issue de ces concours, on jugeait les poètes : le meilleur avait le grand honneur de voir son poème écrit en lettres d'or et suspendu aux murs de la Kaaba, une construction actuellement au centre de la mosquée de La Mecque.

Cela explique la place privilégiée qu'a occupée et qu'occupe encore la parole, déclamée ou récitée, dans la société arabe : qu'elle soit de langue « classique » ou populaire, la littérature arabe est d'abord orale. De plus, ce phénomène de l'oralité, qui est spécifique de la poésie arabe à ses débuts, restera une des caractéristiques essentielles de cette poésie à toutes les époques[16].

Une longue tradition de poésie déclamée se poursuit de la sorte depuis des siècles, en faisant une large place à quelques thèmes favoris.

Les premiers poèmes : qasîda *et* mu'allaqât

Prototype du poème arabe, la *qasîda* (« poème ») était une ode d'une centaine de vers, essentiellement lyrique et où se retrouvaient trois thèmes principaux :
- l'amour (pour une femme absente et lointaine),
- les sentiments de fierté (pour sa propre tribu) ou de dénigrement (envers la tribu ennemie),
- la nature, où le cheval et le lion occupaient une place d'honneur.

Ami et compagnon dans la solitude du désert, soutien indéfectible dans les combats, monture intelligente et puissante, le cheval (*hisân*) a un nom formé sur la racine *h s n* qui évoque l'idée de « forteresse » et de « protection ». Certains poèmes le présentent même comme doué de sentiments humains.

Cheval dessiné avec des mots arabes calligraphiés
représentant une prière chî'ite, par Sayyid Husain (Iran, 1848)[17]

Quant au lion, s'il était craint pour sa force, on en faisait un adversaire à qui l'on s'adressait d'égal à égal, en lui consacrant parfois de vrais poèmes.

L'HOMME QUI PARLAIT AU LION

Le poète préislamique 'Antara al-'absî, mort au début du VIIᵉ siècle, devenu lui-même héros mythique d'un conte populaire **(Sîrat 'antara)**, s'adresse personnellement, et en vers, au lion qu'il affronte :

« Ô lion, s'écrie-t-il, ô père des lionceaux,
ô chacal des sables,
ô roi des fauves, sois le bienvenu !
Tu es fort et tu es fier de ta force ! Mais tu seras avili.
Et je ne te tuerai ni par le sabre ni par la lance !
C'est ma main seule qui te fera boire la coupe du trépas !
De nous deux, c'est moi le lion,
le héros redouté des guerriers !
Vois, je jette mon sabre !
Regarde ces mains, ce sont elles qui vont te tuer,
ô chien du désert[18] ! »

Calligraphie par Hassan MASSOUDY

Les événements autour de la *qaṣîda* jouaient dans la vie des Arabes un rôle vraiment central, peut-être aussi important que celui des médias dans notre vie d'aujourd'hui. Adressés à l'ensemble de la tribu, ces poèmes ont été considérés comme la mémoire vivante des Arabes car c'était l'occasion d'enregistrer l'histoire de leur vie commune et le moyen de sauvegarder leurs souvenirs collectifs. Enfin, suprême récompense, tous les ans, à l'occasion des joutes oratoires où s'affrontaient les grands poètes, une seule *qaṣîda* était retenue. Ce poème était alors écrit en lettres d'or sur une étoffe que l'on suspendait, auprès d'autres poèmes mis à l'honneur les années précédentes, aux murs de la Kaaba (d'où le nom de *mu'allaqât*, les « suspendues[19] ») {cf. Récréation « Les quatre murs de la Kaaba », p. 253}.

Depuis lors, ces textes ont acquis un tel prestige que jusqu'à nos jours les puristes se réfèrent à eux pour justifier la légitimité d'une structure grammaticale ou la justesse d'une tournure lexicale.

Un grand poète à l'école du désert

C'est en vivant au milieu des tribus arabes du désert que 'Abû Nuwâs, le plus grand poète de son temps (VIIIe-IXe s.), avait perfectionné dans sa jeunesse sa maîtrise de la langue arabe telle qu'elle était pratiquée chez les bédouins et poussé jusqu'au raffinement le plus subtil l'art de composer des vers.

Plus tard, à la cour du calife Hâroûn al-Rachîd, dont il était devenu le commensal, il n'avait pas hésité à donner un nouveau souffle à la poésie arabe du IXe siècle, qui alors prendra un tournant en devenant plus libre.

Chantre de la jouissance sous toutes ses formes, même les plus débridées, 'Abû Nuwâs a laissé une œuvre tour à tour empreinte du lyrisme élégiaque le plus classique et de l'érotisme le plus brûlant, le plus licencieux, le plus impudique, où l'ostentatoire se mêle à la dérision. Et c'est en outre avec un réalisme plein de verve qu'il décrit les effets enivrants de l'hydromel et du *nabîdh*, ce vin de dattes alors tellement apprécié.

RÉCRÉATION

D'UNE ALLITÉRATION À L'AUTRE

Un grand spécialiste français de la littérature arabe, Vincent Monteil, a publié une traduction de plusieurs poèmes du grand poète 'Abû Nuwâs (VIIIe-IXe siècle), qu'il a regroupés dans un recueil dont le titre français, apparemment anodin, constitue en fait une trouvaille stylistique intéressante pour transposer l'allitération figurant dans le titre arabe : *ar-râh* « la boisson alcoolique », *ar-rîh* « l'air », *ar-rûh* « l'âme, principe vital ».

Dans la traduction française, on trouve trois noms monosyllabiques commençant tous par la consonne /v/. Pouvez-vous deviner le titre français de ce recueil ?

RÉPONSE : *le vin, le vent, la vie*[20].

Deux pionniers de l'analyse linguistique

La poésie préislamique et les parlers des bédouins serviront ultérieurement de base à la constitution d'un art poétique et d'une grammaire de la langue arabe.

Le grand théoricien de la métrique arabe est sans aucun doute al-Khalîl (718-v. 786), qui sera le premier théoricien de la structure rythmique du vers arabe.

L'un de ses disciples les plus brillants, Sîbawayh (765-797), sera le premier à faire une description précise des sons de l'arabe, mais c'est surtout grâce à son *al-kitâb* « le livre », traité de grammaire et de syntaxe, qu'il deviendra célèbre.

II

Expansion de l'islam et langue arabe

Adoptée par les tribus sédentarisées autour de La Mecque, la langue arabe était utilisée à l'époque préislamique dans un territoire qui ne dépassait guère la péninsule Arabique mais, en l'espace de deux siècles (VIIe-IXe siècle), elle allait devenir la langue officielle d'un empire s'étendant de la Chine à l'Atlantique, une langue utilisée par les plus grands savants et les plus éminents philosophes de l'époque.

1. LES DIFFÉRENTES ÉTAPES

L'expansion de la langue arabe s'est faite par étapes successives, marquées par des changements démographiques et politiques, au rythme des conquêtes et de la diffusion de la religion musulmane.

L'EXPANSION MUSULMANE : QUELQUES DATES

Les dates présentées ci-dessous ne sont que des points de repère approximatifs pour des événements qui se sont déroulés de façon progressive[21].

571(?)-632 : Mahomet (*Muhammad*)
   Début des prédications de Mahomet (611)
   Exil de Mahomet à Médine : l'Hégire (622)
   Retour victorieux à La Mecque (630)
   Mort de Mahomet (632). L'Arabie est islamisée.
634-661 : Premières conquêtes :
   Syrie (Damas 636), Palestine (Jérusalem 638)
   Mésopotamie (642), Perse (642), Égypte (644)
   Arménie (644), Cyrénaïque et Tripolitaine (647)
661-750 : Sous la dynastie des Omeyyades, Damas devient la capitale de l'empire
   Début de la conquête du Maghreb (Kairouan 676)
   Conquête de l'Espagne (711-716)
   Expédition dans la vallée de l'Indus (711), prise de Samarcande (712)
   Bataille de Poitiers (732)
750-1258 : Sous la dynastie des Abbassides, Bagdad remplace Damas
   Prise de Cordoue par le prince Abd al-Rahman Ier (756)
   Occupation du Maroc (Fès 808)
   Occupation de la Sicile (Palerme 831, Messine 842, Syracuse 878)
Xe siècle : Les califes arabes perdent le pouvoir au profit de leurs chefs militaires perses et turcs
XIe siècle : Les Seljoukides, d'origine turque, contrôlent tout l'Orient musulman, à l'exception de l'Égypte
1096-1291 : Les Croisades. Elles se terminent par la prise de la ville d'Acre par le sultan d'Égypte, Khalîl.

L'expansion musulmane s'est faite, pour l'essentiel, en moins de deux siècles. L'Arabie était presque complètement islamisée à la mort de Mahomet. La 2e vague (634-661) répand la parole du Prophète dans les régions voisines. La 3e vague, qui correspond à la période des Abbassides, s'étend très loin à l'Ouest (Afrique du Nord et Espagne) et atteint, à l'Est, Samarcande et la vallée de l'Indus[22].

Carte de l'expansion musulmane du VIIe au IXe siècle

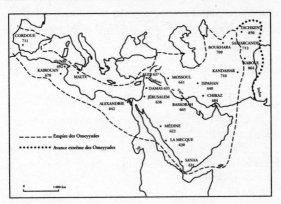

La **première** incursion musulmane importante vers des pays situés hors de la péninsule Arabique a commencé immédiatement après la mort du prophète Mahomet par la conquête de la Mésopotamie, de la Palestine, de la Syrie et de l'Égypte (634-661).

C'est seulement avec la **deuxième** vague d'expansion (661-750), sous le règne des Omeyyades, que l'on peut parler d'un « empire arabe ». La capitale passe alors de Médine à Damas. Ayant fixé, dans tout l'empire, une monnaie unique, le dinar, la dynastie des Omeyyades contrôle en outre toutes les routes terrestres et maritimes vers l'Asie centrale et l'Inde ainsi que vers le Maghreb et jusqu'en Espagne, où s'établira le califat de Cordoue, *al-Andalus*.

Al-Andalus

C'est en 711 qu'a lieu en Espagne le débarquement des troupes musulmanes, essentiellement berbères, sous la direction de leur chef Târiq ibn Ziyâd, sur un promontoire rocheux, que l'on nommera *Jabal Târiq* « la montagne de Târiq », aujourd'hui *Gibraltar* dans les langues occidentales.

— RÉCRÉATION —

GIBRALTAR, GUADALQUIVIR, ALHAMBRA

1. Qu'y a-t-il de commun entre ces trois noms de lieux d'Espagne ?

2. Quel est celui qui signifie « la rouge », celui qui signifie « la montagne de Târiq », celui qui signifie « la grande vallée » ?

RÉPONSE : 1. Ils sont tous trois d'origine arabe. 2. *Alhambra*, de l'ar. *al-ḥamrâ* « la rouge », *Gibraltar*, de l'ar. *Jabal Târiq* « la montagne de Târiq », *Guadalquivir*, de l'ar. *al-wâdî al-kabîr* « la grande vallée », qui désigne un grand fleuve de l'Espagne.

En cinq ans, la quasi totalité de la péninsule Ibérique est occupée, et dès 756 elle se trouve sous l'autorité d'un émir omeyyade, Abd al-Rahman Ier, réfugié d'Orient. Il fait de Cordoue la capitale de *al-Andalus*, qui donnera son nom à l'Andalousie. Cordoue connaîtra pendant trois siècles un essor considérable, en devenant non seulement un carrefour commercial, économique et politique de grande importance mais aussi un centre intellectuel et artistique de renom pour l'ensemble de l'islam[23].

RÉCRÉATION

LA BATAILLE DE POITIERS (732)

Connaissez-vous la petite ville française située dans le Poitou-Charentes et dont le nom rappellerait la bataille de Poitiers qui a marqué la fin de l'expansion de l'Islam en Europe médiévale[24] ?

RÉPONSE : Moussais-la-Bataille.

On estime que la bibliothèque de la ville contenait 400 000 volumes[25], parmi lesquels de très nombreux manuscrits scientifiques grecs, qui seront pour la plupart traduits en arabe[26].

DE BAGDAD À BALDAQUIN

Avant la conquête islamique, Bagdad[27] n'était qu'une petite bourgade appartenant à l'immense empire perse. Le nom de cette localité signifiait en persan « donné par Dieu », de **bagh** « Dieu » et **dâd** « donné ». En devenant en 762 la nouvelle capitale des Abbassides, elle change de nom pour prendre celui de **Madînat al-Salâm** « ville de la paix », mais c'est l'ancien nom, **Bagdad**, qui finira par l'emporter.

Au Moyen Âge, les commerçants italiens importeront de cette ville, qu'ils nommaient **Baldacco**, une riche étoffe de soie appelée **baldacchino**. C'est de cette forme italienne que vient le mot français **baldaquin**, « tissu de soie suspendu au-dessus d'un trône ou d'un lit ».

La **troisième** vague est marquée par l'avènement des Abbassides (750-1258), qui consacrent Bagdad comme la nouvelle capitale à la place de Damas.

C'est à cette époque que se situe le règne du calife Hâroûn al-Rachîd, personnage historique rendu célèbre en Occident grâce aux contes des *Mille et une Nuits*.

HÂROÛN AL-RACHÎD (766-809)

Hâroûn al-Rachîd n'est pas seulement le personnage presque légendaire des contes des **Mille et une Nuits**, il a aussi été l'un des califes ayant le plus contribué à la réputation de la capitale du royaume, Bagdad, fondée par son père au début du VIIIe siècle. Son immense palais, aujourd'hui disparu, dépassait en magnificence tout ce que l'on pouvait imaginer, avec ses 22 000 tapis et ses 38 000 tentures dont les plus belles étaient brodées d'or, et avec sa vaisselle d'or et d'argent enrichie de pierres précieuses[28].

Dans ce palais se croisaient des philosophes, des astronomes et des mathématiciens, des poètes, des médecins et des musiciens, car Hâroûn al-Rachîd était surtout un érudit, grand protecteur des sciences, des arts et des lettres.

C'est enfin sous son règne que furent créés de vastes hôpitaux, où chaque pièce avait l'eau courante, et qui étaient cités en exemple dans tout l'empire[29].

Hâroûn al-Rachîd et Charlemagne

Dès le début du règne des Abbassides, des relations diplomatiques extrêmement cordiales s'étaient nouées avec les pays chrétiens. Elles seront particulièrement amicales avec Charlemagne, roi des Francs. En effet, entre 797 et 807, les ambassades se multiplieront entre la cour de Charlemagne et celle de Hâroûn al-Rachîd, qui ira jusqu'à envoyer au roi des Francs des cadeaux dignes des *Mille et une Nuits*.

RÉCRÉATION

LES CADEAUX DU CALIFE À CHARLEMAGNE[30]

Parmi les nombreux cadeaux envoyés par le calife Hâroûn al-Rachîd à Charlemagne figuraient non seulement un splendide éléphant, mais aussi de sompteux candélabres d'orfèvrerie finement ouvragée, une tente d'apparat, des tissus précieux, des bijoux de valeur et divers aromates aux saveurs inconnues, mais le présent le plus spectaculaire avait certainement été une *clepsydre*.

Mais qu'est-ce qu'une clepsydre, exactement ?

1. Un coffret à bijoux dont le fermoir est pourvu d'une clef ouvragée ?

2. Une horloge mesurant le temps par écoulement de l'eau dans une cuve graduée ?

3. Une coupe en or, finement ciselée et destinée aux ablutions royales ?

RÉPONSE : 2.

Cette troisième vague de l'expansion musulmane, celle des Abbassides, se caractérise en outre par l'importance que prennent les musulmans non arabes dans la vie quotidienne, aussi bien sur le plan économique que dans les domaines intellectuels et artistiques. En même temps, discordances et schismes entre les différents courants religieux prennent, au sein de l'empire, de plus en plus d'ampleur sans pour autant en entraver le développement économique et scientifique[31].

L'âge d'or du califat abbasside s'achève au milieu du XIe siècle avec la montée irrésistible de la puissance ottomane.

OSMAN Ier, FONDATEUR DE
LA DYNASTIE DES OTTOMANS

Ce souverain turc, dont le nom arabe est *'Uthmân*, a régné de 1281 à 1326. Il est à l'origine de l'empire ottoman, un empire qui se renforcera progressivement et deviendra au début du XVIe siècle la principale puissance de l'Orient.

Le nom de ce sultan a donné naissance à deux noms de la langue française, dont l'un, masculin, désigne un gros tissu de soie et l'autre, féminin, une sorte de siège où l'on peut s'allonger commodément. Quels sont ces deux noms ?

RÉPONSE : *ottoman*, qui est un tissu de soie à grosses côtes et *ottomane*, une sorte de lit de repos.

Les Ottomans

Tout au long du califat abbasside s'étaient succédé des périodes difficiles, marquées par des scissions, des révolutions ou des invasions étrangères. Si bien que, vers la fin du Xe siècle, le pouvoir central s'était affaibli au point que les califes de Bagdad eurent recours à des tribus turques pour protéger leur empire. L'année 1055 marque une date importante dans l'histoire de l'expansion musulmane :

les Turcs entrent dans Bagdad en défenseurs du califat. À partir de cette date, après avoir été essentiellement arabe, l'histoire de l'islam devient un fait turc[32].

Pour défendre l'islam, les tribus turques venues de l'Est[33] s'étaient installées aux frontières de l'empire abbasside en menant des combats contre les Byzantins. D'abord organisées en petits émirats, elles finiront par se réunir, à partir de 1302, sous la bannière de l'un de leurs chefs, Osman[34].

Le pouvoir des Ottomans s'établit tout d'abord sur l'ensemble de l'Anatolie, puis sur une partie de l'Europe. Profitant de la faiblesse du califat arabe, les Ottomans organisent dès lors un puissant empire qui, à partir de la prise de Constantinople en 1453, s'étendra sur trois continents : l'Asie jusqu'à la Perse, le nord de l'Afrique et l'Europe jusqu'aux portes de Vienne.

RÉCRÉATION

LE CROISSANT

La viennoiserie que nous connaissons sous le nom de **croissant**

1. est la traduction française de l'allemand **Hörnchen** « petite corne ». Vrai ou faux ?

2. a été créée à Vienne pour fêter la victoire des Autrichiens sur les Turcs dont l'emblème était un croissant. Vrai ou faux ?

3. doit son nom aux différentes phases de la lune. Vrai ou faux ?

RÉPONSE : 1. Vrai – 2. Vrai. – 3. Faux.

2. LA LANGUE ARABE, FACTEUR D'UNITÉ

L'unité du monde musulman

Malgré les transformations politiques et les changements de dynastie que les musulmans ont connus pendant leur expansion sur de nouveaux territoires, et malgré les scissions qui, depuis le milieu du IXe siècle[35], les divisaient en courants théologiques différents, on a pu dire que l'Islam constituait un ensemble homogène, « monolithique[36]».

Cette unité en apparence paradoxale remonte, il est vrai, à deux grandes sources culturelles intimement associées : le Coran et la langue arabe.

L'arabe, langue du Coran

Parce qu'il avait été la langue du Coran, l'arabe avait acquis un prestige bientôt reconnu hors de l'Arabie. Dès la mort du Prophète, les grandes campagnes de conquête avaient en effet, comme on vient de le voir, porté l'islam et la langue du livre sacré très loin au-delà des frontières de la péninsule. L'arabe était ainsi progressivement devenu l'organe d'une pensée religieuse et d'un mouvement politique dépassant les différences des ethnies et des cultures.

Après les Abbassides, l'expansion musulmane se poursuivra. Elle ira dans des directions plus lointaines : vers l'Europe centrale, la Mongolie, les rivages de la mer Caspienne et vers la Chine.

Bien qu'à partir du IXe siècle les Arabes aient perdu le monopole du gouvernement et de la politique, ils n'en garderont pas moins la suprématie que leur accordait la maîtrise de la langue du Coran, leur langue maternelle. Le mot *arabe* lui-même avait subi à cette époque un changement de sens important : les Arabes commençaient à accepter toute personne parlant arabe comme faisant partie de leur communauté religieuse. Parler arabe, c'était parler la langue du Coran, et c'était acquérir de ce fait une sorte de passeport pour entrer dans le monde musulman[37].

NE PAS CONFONDRE *ARABE*, *ARABOPHONE* ET *MUSULMAN*

Du fait que l'arabe a tout d'abord été parlé uniquement en Arabie et qu'il s'est ensuite répandu dans de nombreux pays grâce à la propagation de la religion musulmane, on a trop souvent tendance à confondre *arabe*, *arabophone* et *musulman*. Or, le terme *arabe* n'a d'abord désigné que les populations de la péninsule Arabique, et c'est par un abus de langage qu'il a, en Occident, servi ultérieurement à désigner l'ensemble du monde dit « arabe », c'est-à-dire, plus exactement, du monde *arabophone*, en l'identifiant abusivement au monde musulman.

En fait, tous les musulmans ne parlent pas arabe (en Iran, pays musulman, le persan est une langue indo-européenne) et tous les arabophones ne sont pas musulmans (au Liban et au Maroc, par exemple, où ils peuvent être chrétiens ou juifs).

Le Coran représente ainsi, pour tous les musulmans, un lieu de ralliement incontournable. Pierre angulaire de la religion musulmane, ce livre exerce depuis le VIIe siècle un pouvoir et une fascination qui n'ont cessé de se faire sentir jusqu'à nos jours aussi bien chez les musulmans d'Arabie que chez les adeptes nouvellement convertis.

La révélation

Tout avait commencé avec la révélation faite à Mahomet (*Muḥammad*) dans sa ville natale, La Mecque.

On ne connaît pas avec certitude la date de naissance de Mahomet mais on sait qu'en 610, âgé d'environ quarante ans, il avait entendu une voix lui ordonner : « *'iqra'* », ce qui signifie « lis », ou « récite ». C'était la première d'une suite de révélations qui allaient se poursuivre sur une vingtaine d'années, jusqu'à sa mort en 632. Ces révélations sont considérées par les musulmans comme émanant directement d'Allah et comme un message divin intangible, transmis au Prophète par la voix de l'archange Gabriel.

Le Coran, fondement de l'islam

D'abord transmis uniquement par voie orale, les textes des révélations ont été rassemblés quelques années après la mort du Prophète sous une forme écrite, le Coran. Le mot arabe, *'al-Qur'ân*, repose sur la racine **qr'**, qui exprime l'idée de « lire » et de « réciter ». On y reconnaît la même racine

qr ', que dans l'injonction de l'archange Gabriel à Mahomet : *'iqra'* « récite ! ».

MAHOMET (VERS 571-632)

On ne connaît la vie de Mahomet que par des biographies tardives, dont les plus anciennes datent du IXe siècle, c'est-à-dire de deux siècles après sa mort.

Il serait né en 571 à La Mecque et serait devenu orphelin à l'âge de six ans. Il est alors recueilli par son grand-père, puis par son oncle, un commerçant aisé. Après avoir épousé une riche veuve, Khadîja, de quinze ans son aînée, il exerce grâce à elle un rôle plus important dans la société, ce qui lui laisse la possibilité de se retirer parfois dans la solitude pour méditer.

C'est à l'occasion d'une de ces retraites dans une caverne près de La Mecque qu'il a la vision de l'archange Gabriel lui transmettant les paroles d'Allah. Il tente de diffuser le message du Dieu unique autour de lui mais, devant l'hostilité des habitants de La Mecque, il est contraint de s'exiler à Médine en 622, date qui marque la première année du calendrier musulman, l'*hégire*, d'un mot arabe qui signifie « émigration ».

Huit ans plus tard, il fait un retour triomphal à La Mecque. Cette fois, il réussit à entraîner de nombreux adeptes et, au moment de sa mort, en 632, la plus grande partie de l'Arabie est convertie à l'islam.

Premier livre en prose des Arabes, le Coran a suscité pendant des siècles d'innombrables interprétations théologiques, linguistiques ou juridiques. Il a joué un rôle primordial dans l'organisation de la société arabe : les tribus de la péninsule Arabique en ont fait le texte fondateur qui leur permettait de passer d'une vie de nomades et de relations tribales aux conditions nouvelles d'une vie citadine plus diversifiée. Peu à peu, les préceptes du Coran deviendront, pour tous les membres de la communauté musulmane, des principes d'action et des règles de vie. Intimement convaincus de la vérité du message d'Allah, c'est pour établir la suprématie et la diffusion de ce message que les premiers musulmans sont sortis de leur territoire, en ouvrant ainsi de nouveaux horizons à la langue arabe.

Transmission orale du Coran

C'est dans sa propre langue, celle de la région de La Mecque, que le Coran avait été révélé à Mahomet. Le texte du Coran, qui mêle à des particularités dialectales de La Mecque plusieurs variétés de l'arabe, devait être assez proche de l'arabe intertribal des grands poètes de l'époque préislamique. On peut donc penser que la langue du Coran était alors comprise dans toutes les régions de l'Arabie.

Au début, la transmission du message avait été uniquement orale et les sourates avaient été apprises par cœur par les disciples de Mahomet, mais à la fin de la vie du Prophète, des notations fragmentaires seront consignées par écrit sur du cuir ou des omoplates de dromadaire.

Le choix d'une forme écrite

Après une première tentative pour constituer un corpus complet à l'instigation du premier calife, Aboû

Bakr, beau-père de Mahomet, c'est sous le troisième calife, 'Uthmân, qu'entre 644 et 656 sera réalisée une recension officielle du Coran, destinée à devenir l'unique version adoptée par tous les adeptes de l'islam.

L'existence de variantes dialectales ainsi que l'absence de voyelles dans la notation du texte coranique avaient posé des problèmes de déchiffrement qui ont abouti à « sept lectures » du Coran, actuellement diversement adoptées par les musulmans.

L'orthographe est alors uniformisée et, vers la fin du IXe siècle, après bien des discussions, un système graphique complet permettra un meilleur déchiffrement de ce texte fondamental[38].

LE TEXTE DU CORAN

L'ensemble des révélations transmises par Mahomet à ses adeptes ont été réunies sous le nom de **Coran** (en arabe *qur'ân*, « récitation à voix haute »).

Le Coran comprend 114 sourates, aux thèmes variés et de longueurs inégales, elles-mêmes divisées en versets dont le nombre varie de 3 à 287 par sourate. Dans cet ouvrage, considéré comme « inimitable », se trouvent développés des sujets d'une grande diversité, et tout d'abord l'affirmation de l'unicité de Dieu, maintes fois répétée et accompagnée de serments, de prières et d'homélies. À côté de descriptions de la nature, de passages historiques ou prophétiques, on peut y découvrir des prescriptions pour le culte ou pour la conduite de la vie quotidienne, tout comme des formules liturgiques, des paraboles rythmées par des sortes de « refrains », ainsi que de nombreuses séquences cryptiques, difficiles à interpréter et qui ont suscité des controverses passionnées[39].

Normalisation de la langue

La diffusion de la langue arabe ne sera toutefois pas aussi rapide que l'expansion de la religion musulmane. Il faudra attendre le règne du calife omeyyade Abd al-Malik (mort en 705) pour que l'arabe devienne la langue administrative officielle, puis la langue de communication et de travail de tout l'empire, où elle remplacera peu à peu le grec ou le persan[40].

Dès le VIIIe siècle, les grammairiens et les philologues avaient consacré tous leurs efforts à l'étude de la langue arabe, qu'ils analysaient avec des préoccupations essentiellement religieuses, en reportant le caractère sacré du Coran sur la langue qui en était le véhicule. Puisque cette langue avait été utilisée par Allah pour transmettre Son message aux hommes, la langue du Coran se devait de représenter la norme par excellence. Les savants arabes allaient jusqu'à considérer cette langue comme celle d'Adam avant sa chute, et donc comme la langue parfaite.

C'est grâce au travail minutieux de ces savants qu'en à peine un siècle sera établi l'essentiel d'une grammaire normative détaillée et que sera réalisée la collecte d'un inventaire lexical d'une richesse exceptionnelle[41] qui se retrouvera très tôt consignée dans de nombreux dictionnaires.

Des dictionnaires de toutes sortes...

Parmi les langues sémitiques, l'arabe est la seule à avoir été, depuis ses origines, recueillie et organisée dans des dictionnaires systématiques.

Ce goût pour l'analyse linguistique a été ressenti comme une nécessité, que l'on comprend mieux si l'on évoque une fois de plus le cadre religieux dans lequel cette langue s'est développée.

Dès les premiers temps de l'islam, les Arabes se sont en effet posé des questions sur l'interprétation des versets du Coran. Plus tard, ils ont voulu codifier leur langue afin de l'enseigner aux peuples nouvellement entrés dans l'islam, ce qui était aussi un moyen de la maintenir sous sa forme d'origine tout en la protégeant de l'influence des langues étrangères. Ils ont alors été conduits à noter, à répertorier et à décrire le vocabulaire arabe dans un grand nombre d'ouvrages : dictionnaires de langue, dictionnaires encyclopédiques et dictionnaires spécialisés. Si bien qu'au cours de son histoire, la science du dictionnaire est devenue pour les Arabes une tradition liée à la lecture du Coran et à la pratique des philosophes, le philosophe étant à l'époque en même temps médecin, astrologue et linguiste. Cet attachement à leur langue ainsi que le souci d'en classer de façon rigoureuse les éléments constitutifs et d'en décrire les structures, se sont perpétués jusqu'à nos jours.

Diverses démarches ont été expérimentées, soit en partant des mots pour aboutir au sens manifesté, soit en partant du sens pour inventorier tous les mots qui expriment ce sens.

… selon la forme des mots

À l'origine, le classement se faisait surtout à partir de la forme des mots, et la base de ce classement était la racine {cf. § La racine, au cœur de la langue arabe, p. 242}. Les entrées des dictionnaires y étaient présentées, tantôt à partir de la première consonne de la racine, tantôt à partir de la dernière consonne.

Plus sensible à la prononciation, l'un des lexicographes arabes les plus connus, al-Khalîl (VIIIᵉ siècle), a choisi de classer les mots de façon inattendue : non pas dans l'ordre de l'alphabet, mais en commençant par la consonne qui, selon lui, se prononçait au plus profond de la gorge, celle qui se trouve au début du mot 'ayn « œil ». C'est pourquoi on appelle ce dictionnaire *kitâb-u-l-'ayn*, « le livre du 'ayn ». Ce dictionnaire d'al-Khalîl est considéré comme le premier grand dictionnaire de la langue arabe, et de nombreux autres lexicographes anciens ont suivi cet ordre de classement phonétique : en partant de la consonne la plus profonde, et en remontant le canal vocal, son par son, pour aboutir aux sons articulés avec les lèvres.

... selon le sens des mots

D'autres dictionnaires s'organisaient, à la manière d'un thesaurus, autour de thèmes regroupant tout le vocabulaire relatif à chacun d'eux. Chaque mot y était suivi de ses différents sens, d'expressions usuelles ou littéraires, et il était accompagné d'illustrations culturelles et surtout religieuses.

Dans les dictionnaires du premier type, tout comme dans les dictionnaires à thèmes, les lexicographes se référaient aux versets du Coran, aux paroles du Prophète ou à la poésie préislamique pour attester l'utilisation d'un mot dans un sens déterminé ou pour confirmer l'existence d'une forme phonique ou d'un dérivé grammatical.

Le prénom Karim : générosité et noblesse

L'étymologie de ce prénom apparaît clairement dans un des plus grands dictionnaires anciens de langue arabe, *Lisân al-'arab* « La langue des Arabes », où l'auteur Ibn Mandhûr (1232-1311) note que l'adjectif *karîm* signifie non seulement « généreux », mais également « noble, auguste ».

Pour illustrer ce deuxième sens, il se réfère au verset du Coran dans lequel la reine de Saba annonce à ses grands conseillers qu'elle vient de recevoir une lettre de Salomon : « Je viens de recevoir une missive *karîm* (« auguste, noble ») ». Il s'agit de la sourate XXVII, verset 29[42].

Un dictionnaire fonctionnant comme un jeu de dominos

Enfin, d'une conception beaucoup plus originale, certains dictionnaires arabes anciens pourraient s'apparenter à des recueils de jeux linguistiques, où chaque mot devient, par association d'idées, le point de départ d'un nouveau mot. L'ensemble forme ainsi une chaîne de « mots-anneaux », qui permet au lexicographe de jouer tour à tour sur les différents sens de ces mots.

Dans l'un de ces dictionnaires, chaque mot était relié au précédent et au suivant selon une chaîne sémantique. Pour pouvoir s'y retrouver, le lecteur devait alors s'adapter aux mêmes associations d'idées que l'auteur du dictionnaire : une stimulante gymnastique de l'esprit, demandant au lecteur un effort soutenu.

Pour mieux comprendre ce principe de classement, on peut imaginer en français la chaîne des mots suivants entre lesquels le cheminement est purement sémantique :

œil ⇒ *regard* ⇒ *lunettes* ⇒ *myope* ⇒ *cataracte* ⇒ *chute (d'eau)* ⇒ *averse* ⇒ *cyclone*…

Et, pour boucler la boucle, on pourrait aller jusqu'à continuer avec *œil* (à cause de celui du cyclone), ce qui nous ramènerait au point de départ de cette chaîne d'associations d'idées.

ASSOCIATION LUDIQUE DE SONORITÉS

Des jeux fondés sur la forme des mots et non pas sur leur sens existent en français dans des litanies récréatives quasi interminables, que les enfants se transmettent par amusement de génération en génération.

En voici un exemple bien connu : J'en ai **marre**, **marabout**, **bout** de **ficelle**, **selle** de **cheval**, **cheval** de **course**, **course** à **pied**, **pied**-à-**terre**, **Terre** de **feu**, **feu** **follet**, **lait** de **vache**…

L'arabe face aux langues des nouveaux convertis

L'entrée des peuples non arabes dans l'islam, à la suite des conquêtes effectuées au nom de la nouvelle religion, avait eu pour effet de générer des situations d'interférences entre l'arabe, langue du Coran et des grands poèmes préislamiques, et les langues parlées localement, principalement le grec et le persan mais aussi le syriaque, l'araméen et le chaldéen.

RÉCRÉATION

Origine grecque ou persane ?

Les six mots français suivants :
nénuphar, estragon, guitare, lilas, fanal, jasmin
sont empruntés à l'arabe, mais l'arabe lui-même les avait auparavant empruntés au grec ou au persan. Regroupez ces mots selon leur origine.

RÉPONSE : sont d'origine grecque : *estragon, fanal, guitare* et d'origine persane : *jasmin, lilas, nénuphar.*

Plus précisément, les populations récemment converties à l'islam avaient progressivement adopté l'arabe comme langue de prière et de communication et, réciproquement, l'arabe lui-même avait été influencé par les langues qui l'entouraient. Si cette interaction a pu se produire, c'est que les nouveaux conquérants, reprenant une habitude préislamique, avaient vécu avec des concubines étrangères, qui avaient donné naissance à des enfants influencés par les langues de leurs mères. Cela avait évidemment favorisé de nombreux emprunts lexicaux aux langues de ces dernières.

Le monde bédouin était à l'abri de ce métissage linguistique. C'est pourquoi les grammairiens puristes auront longtemps recours aux bédouins pour retrouver la langue arabe dans sa beauté première[43].

En réalité, l'arabe, parlé par des étrangers de plus en plus nombreux, avait commencé, dès le VIIIe siècle, à s'altérer dangereusement, ce qui avait incité des lettrés, inquiets pour la pureté de leur langue, à définir le bon usage et à préciser les règles d'utilisation des structures de cette langue afin d'éviter de la laisser évoluer vers des formes incompatibles avec l'idiome coranique, considéré comme l'arabe dans sa pureté originelle.

Le Coran, au centre des recherches sur l'arabe

Comme on vient de le voir, la maîtrise de la langue arabe étant devenue une obligation sociale, et les gens cultivés, tout comme les grammairiens, avaient donc tenté de retrouver l'arabe pur des premiers temps auprès des bédouins, qui faisaient en quelque sorte office de modèles[44].

Si, à cette volonté de sauvegarder la pureté de la langue, on ajoute le besoin d'expliquer le Coran aux peuples des pays entrés dans l'islam, on comprend un peu mieux le développement continuel des recherches linguistiques sur l'arabe. En effet, le sujet d'étude central pour les exégètes du Coran a été très tôt nourri par des remarques sur la langue, et ces travaux ont connu un tel succès que, pendant des siècles, de multiples ouvrages ont été consacrés à l'analyse des divers aspects de cette langue.

Si les plus grands efforts des grammairiens ont été en priorité consacrés à la définition de la norme et à la rhétorique, la nécessité d'interpréter correctement les versets du Coran a conduit à un examen de plus en plus approfondi du sens des mots[45].

Enfin, la nécessité de lire plus correctement le texte coranique a abouti au développement de la phonétique et à l'amélioration du système d'écriture.

Promotion des traductions

À cette époque (fin du VIIIe siècle), la connaissance des civilisations anciennes et les richesses accumulées grâce à l'expansion militaire ont eu pour résultat la naissance d'une exceptionnelle prolifération de traductions avec, en particulier, la création, à Bagdad, d'une bibliothèque du palais[46], connue sous le nom de *Bayt al-Hikma* « Maison de la Sagesse » et dont on peut penser qu'elle a pu être un lieu de rencontre d'érudits dans divers domaines.

La première « Maison de la Sagesse »

Cette première ébauche d'un centre culturel conçu comme le prolongement de la grande bibliothèque d'Alexandrie avait été fondé au milieu du IXe siècle par le calife abbasside al-Ma'mûn, fils d'Hârûn al-Rachîd. Il s'agissait plus exactement d'une bibliothèque rassemblant les manuscrits les plus importants de l'époque en diverses langues : arabe, syriaque, grec, sanskrit, persan, latin, hébreu… D'où la nécessité de traductions fidèles.

Inspiré par l'abondance des traductions dans toutes ces disciplines, le penseur et écrivain al-Jâhiz (776-869) s'est interrogé sur la pertinence de ces traductions et a cherché à préciser les qualités qui doivent être celles du traducteur. À lire les écrits de ce savant, on voit combien étaient grandes les exigences imposées au traducteur[47] dans ce haut lieu de la connaissance où se croisaient des représentants de toutes les disciplines. Dans cette Maison de la Sagesse, en effet, les géographes côtoyaient les astronomes et les philosophes collaboraient avec les médecins.

Grâce à ces travaux intensifs de traduction, *Bayt al-Hikma* a pu jouer un rôle prépondérant dans l'expansion de la philosophie et des sciences hellénistiques dans les pays musulmans. De plus, l'observatoire qui lui était attaché a permis aux astronomes arabes d'améliorer considérablement leur observation du ciel[48].

Enfin, les discussions des hôtes qui fréquentaient ces lieux stimulants apportaient une aide précieuse au développement de la pensée philosophique et scientifique dans l'ensemble du monde arabe. Les ouvrages traduits ou rédigés à propos de l'art, de la tragédie, de la poésie, de la musique, étaient si aboutis et si appréciés que le calife les payait parfois à prix d'or.

Deux hôtes célèbres : Khuwârizmî et Kindî

Parmi ces savants se trouvait le mathématicien et astronome Khuwârizmî (780-850), qui a donné son nom à l'algorithme, et dont le mérite a également été de réaliser des observations astronomiques remarquables, de mesurer un degré du méridien terrestre et de proposer une représentation de la Terre dans son ouvrage « *kitâb sûrat al-'ard* », « Le livre de la configuration de la Terre ».

Ces réunions d'érudits étaient aussi fréquentées par le philosophe Kindî, (vers 800 - vers 870) dont les ouvrages de philosophie, d'astronomie, de pharmacologie et d'optique ont contribué à faire de lui le plus grand savant de son époque.

D'autres « Maisons de la Sagesse »

À l'exemple de *Bayt al-Hikma*, d'autres centres culturels célèbres seront créés sous d'autres règnes, dont par exemple *Dâr al-'ilm* « Maison de la science » fondée également à Bagdad à la fin du Xe siècle et *Dâr al-Hikma* « Maison de la Sagesse » fondée en Égypte au début du XIe siècle, ainsi que d'autres bibliothèques et instituts d'enseignement à Kairouan, au Caire, à Fès, à Cordoue, puis à Istanbul[49].

Ces mouvements d'ouverture culturelle, souvent accompagnés de la création d'écoles de traduction, joueront un rôle important dans la réputation de ces centres d'étude où l'ensemble des connaissances progressait et se diffusait.

L'arabe, langue de la pensée et des sciences au Moyen Âge

Comme on vient de le voir, l'arabe a été dès le IXe siècle la langue du savoir, de la médecine, de l'enseignement universitaire et de la philosophie.

L'ensemble de ces connaissances se répandra bientôt dans les milieux intellectuels d'Europe, en particulier grâce à l'influence de trois grands penseurs de langue arabe : Avicenne, Averroès et Maïmonide.

Avicenne, à la fois philosophe et médecin

Né en 980 près de Bukhârâ et mort en 1037 à Ispahan, Avicenne ('*Ibn Sînâ* en arabe), qui était considéré à l'âge de dix-huit ans comme le médecin le plus célèbre de son temps[50], a eu le mérite d'écrire en arabe le *qânûn*, qui est le canon énonçant sous forme de règles tout le savoir médical de son temps. Ce livre était accompagné d'un poème résumant les idées théoriques de l'auteur ainsi que le fruit de son expérience sur le terrain. Cet ouvrage, qui a connu 87 traductions, pour la plupart en latin et en hébreu[51], a longtemps été la bible des étudiants en médecine dans les universités d'Europe, à commencer par la plus ancienne école de médecine européenne, celle de Montpellier. L'importance de cet ouvrage en Occident est confirmée par une édition en arabe publiée à Rome en 1593.

En outre, c'est grâce à ses commentaires sur la philosophie d'Aristote que se produisit une première renaissance de l'Europe méridionale au Xe siècle en Sicile, puis au XIIe siècle à Tolède, et bientôt en France[52].

Averroès, plus apprécié en Occident qu'en Orient

En Occident, on a toujours lié les deux noms d'Avicenne et d'Averroès[53], probablement parce que tous deux ont été les grands commentateurs d'Aristote en Europe, dont les écrits ont été mieux connus grâce aux traductions latines des commentaires en arabe de ces deux savants[54].

Pourtant, Averroès (en arabe *'Ibn Rushd*) appartient à une autre génération et à une autre région puisqu'il est né à Cordoue en 1126 et qu'il est mort à Marrakech en 1198. Son prestige était si grand en Europe que, dans la *Divine Comédie*, il est cité par Dante comme le « grand commentateur » et qu'il figure en bonne place parmi les grands philosophes de l'Antiquité dans le tableau *L'École d'Athènes* de Raphaël.

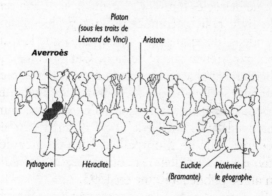

Reproduction silhouettée de *L'École d'Athènes* de Raphaël[55]

Maïmonide, théologien juif du XIIe siècle

Maïmonide (*'Ibn Maymûn* en arabe), philosophe et théologien juif, était de la même génération qu'Averroès. Né à Cordoue en 1135, médecin à la cour du sultan d'Égypte Saladin, il meurt à Fustât (Le Caire) en 1204. Profondément imprégné de culture islamique[56], il a écrit en arabe et en hébreu des ouvrages de médecine et de philosophie et il est surtout connu comme théologien grâce à ses commentaires de la Bible et de la *Mishnah*, code abrégé du *Talmud*. Ses idées philosophiques ont influencé de nombreux penseurs européens et en particulier Spinoza[57].

RÉCRÉATION

DEUX NOMS POUR UN PENSEUR

Certains philosophes et savants de langue arabe ont été tellement célèbres dans les milieux intellectuels de l'Europe médiévale qu'ils ont reçu des noms latinisés. Reliez le nom arabe au nom latinisé sous lequel on connaît chacun d'entre eux en Occident :

NOMS ARABES	NOMS LATINISÉS
1. Abû Bacer IbnToufayl	A. Avicenne (980-1037)
2. Ibn Sînâ	B. Averroès (1126-1198)
3. Ibn Rushd	C. Abubacer (1100-1185)
4. Abû'l Qasi	D. Albucasis (fin du Xe s.)

RÉPONSE : 1C, Abubacer, célèbre savant, astronome et médecin. 2A, Avicenne, célèbre philosophe et médecin. 3B, Averroès, célèbre médecin, astronome, philosophe et juriste. 4D, Albucasis, célèbre chirurgien, dont le livre traduit en latin sous le titre *Chirurgia* restera plus de deux siècles l'unique manuel de chirurgie en langue latine[58].

Manuscrits savants
et commentaires dans tous les sens

Les ouvrages scientifiques et philosophiques circulaient d'une bibliothèque à l'autre, entre les mains de lecteurs érudits qui manifestaient leurs réactions en annotant les manuscrits dans tous les sens : dans la marge, entre les lignes, en biais ou même à l'envers.

نظر

L'illustration présentée ci-dessus est un exemple particulièrement significatif de cette pratique, qui était très fréquente dans les manuscrits arabes du Moyen Âge.

Ce texte comporte la trace écrite de trois auteurs qui ont vécu entre le XIIIe et le XVe siècle[59].

QUELQUES GRANDS POÈTES DE L'AMOUR

'Umar 'ibn 'Abî Rabî 'a (644-712 ou 721) a célébré ses conquêtes féminines.

Kuthayyir (643 ou 644-723) a évoqué un seul amour, celui de 'Azza.

Jamîl (?-701) a célébré un seul amour, celui de Buthayna.

Majnûn (VIIe s.) de son vrai nom *Qays 'Ibn 'al-Mulawwah*, a chanté Laylâ. Appelé le « fou de Laylâ », il a inspiré Aragon pour son recueil *Le Fou d'Elsa*[60].

Bachchâr bin Burd (714-784) a chanté l'amour impossible et sans espoir.

'Abû Nuwâs (747 ou 762-815) poète libertin, a célébré le vin, les femmes et les jeunes garçons.

'Ibn'al-'Arabî (1165-1240) grand mystique, a composé des poèmes inspirés par l'amour de Dieu.

Langue littéraire et thèmes poétiques

C'est dans la littérature que la langue arabe trouvera son épanouissement. En effet, le changement des conditions de vie et principalement le passage à la vie citadine avaient abouti à la création d'un langage littéraire nouveau dès les premiers temps des

Abbassides (à partir du milieu du VIIIᵉ siècle). Cette langue littéraire gardait les traits grammaticaux des formes classiques[61], mais ne refusait pas les innovations dans le vocabulaire et favorisait la recherche de structures poétiques inédites.

C'est principalement dans la poésie amoureuse que les poètes arabes ont excellé. L'expression des émotions a gagné en nuances et les différents visages de l'amour ont été subtilement décrits.

Jusqu'au Xᵉ siècle, les poètes ont également développé d'autres thèmes littéraires, parmi lesquels :

– la description de la nature (*'Ibn 'al-Rûmî* et *'al-Buhturî*)

– le vin et les plaisirs bachiques (*'al-'Akhtal* et *'Abû Nuwâs*)

– la vie et la mort (*'al-Ma'arrî*)

– les grandes batailles (*'al-Mutanabbî* et *'Abû Tammâm*).

Enfin, les grandes maximes ont été exprimées en vers, en particulier par *'al-Mutannabbî* et *'al-Ma'arrî*.

Œuvres en prose

La prose a aussi connu un grand essor dans des œuvres littéraires décrivant la vie dans les palais aussi bien que dans les souks. L'écrivain le plus célèbre dans ce domaine a été Jâhiz (*'al-Jâhidh*, 776-869), qui a présenté sur un ton ironique les qualités et les travers de ses contemporains, et en particulier ceux des bédouins, des habitants des villes, des enseignants, des avares, et même des imbéciles.

Outre les œuvres philosophiques et scientifiques comme celles d'Avicenne et d'Averroès, il faut mentionner des traités sur l'histoire et la société, et en particulier l'*Histoire universelle d'Ibn Khaldûn* (1332-1406). Né à Tunis et mort au Caire, à la fois lettré et juriste, *Ibn Khaldûn* a aussi montré une grande connaissance en matière politique. Dans l'introduction de son *Histoire universelle*, que l'on connaît en France sous le nom de *Prolégomènes*, ce philosophe présente avec clarté les règles d'une nouvelle science qui serait la « science de la civilisation » sous ses deux formes : rurale et urbaine. Il est considéré aujourd'hui comme le précurseur de la sociologie moderne.

Parallèlement à tous ces ouvrages rédigés en langue classique, et à l'ombre de ces grands noms, avaient pris naissance des contes populaires qui compteront parmi les œuvres les plus célèbres au monde, les *Mille et une Nuits*.

3. LES MILLE ET UNE NUITS

Un ouvrage inclassable, hors du temps

S'il est un ouvrage connu dans le monde entier, c'est bien le recueil des contes des *Mille et une Nuits*, où les noms de Shéhérazade, d'Ali Baba ou d'Aladin sont autant d'incitations à rêver de temps anciens où le merveilleux avait sa part. On y trouve à la fois de vieilles légendes arabes, des histoires d'amour et des récits d'aventures vécues par des marins, des brigands ou de simples boutiquiers. Tout cela est raconté sur un ton plaisant dans des récits aux rebondissements inattendus et surnaturels. On peut aussi y déceler en arrière-plan un écho des découvertes scientifiques de cette époque inventive, où les savants arabes créent les concepts de l'hôpital et des centres culturels, où s'élaborent des disciplines aussi variées que la grammaire et la jurisprudence, la médecine et l'herboristerie, la géométrie et l'astronomie, en y ajoutant l'établissement d'une carte du ciel grâce à l'invention de l'astrolabe. Mêlés à ces évocations scientifiques, des contes humoristiques et de simples anecdotes de la vie quotidienne côtoient des intermèdes poétiques dont on peut penser qu'ils ont été ajoutés au texte en prose à une date ultérieure[62].

Il en résulte une grande incertitude dès que l'on cherche à préciser le nombre exact de ces contes, dont pourtant on annonce qu'ils ont été racontés pendant « mille et une nuits ».

Raconter pour survivre

Les contes des *Mille et une Nuits* sont des récits populaires qui mêlent l'histoire et le fantastique à des scènes de tous les jours, qui s'inscrivent à l'intérieur d'une structure, elle-même romanesque, puisque ces histoires sont racontées, nuit après nuit, par Shéhérazade, la fille du vizir, afin d'échapper, en multipliant les rebondissements, au destin funeste auquel la condamnait le roi de l'Inde et de la Chine, Shâhryâr.

RÉCRÉATION

POURQUOI 1001 ?

Il semble bien qu'à l'origine, le nombre 1001 ne corresponde à rien de précis mais seulement à « un très grand nombre ». Pourquoi donc 1001 ?

Une explication a été avancée, qui repose sur l'expression turque **bin bir** « mille et un » pour désigner un grand nombre. L'hypothèse se justifie si l'on se rappelle que la Perse, la Mésopotamie, la Syrie et les autres pays d'Orient avaient été dès le XIᵉ siècle sous l'influence des Turcs[63].

En français aussi, on donne parfois des nombres exacts pour ne désigner qu'un grand nombre, sans plus de précision, par exemple :

36, 100, 107, 400, ou encore **1000**.

Pouvez-vous les intégrer dans les expressions figées dans lesquelles ils entrent ?

1. *à … lieues de…*	« très loin de … »	
2. *faire les … coups*	« mener une vie désordonnée »	
3. *voir … chandelles*	« éprouver un grand éblouissement »	
4. *être aux…coups*	« tout affolé, débordé »	
5. *depuis … ans*	« depuis très longtemps »	

RÉPONSE : 1 : 1000 – 2 : 400 – 3 : 36 – 4 : 100 – 5 : 107.

Victime d'une infidélité conjugale, ce roi voulait se venger de son infortune sur la gent féminine dans son ensemble en épousant l'une après l'autre toutes les jeunes vierges de son pays, et en les faisant périr au petit matin, le lendemain de leur nuit de noces. Fasciné par l'art de conteuse que déploie Shéhérazade, il reste éveillé toute la nuit à écouter les péripéties de ses histoires attachantes, et lorsque l'aube paraît, le conte s'arrête mais le roi est tellement curieux de savoir la suite du récit qu'il remet au jour suivant l'exécution de la sentence de mort de son épouse. L'amour venant avec le temps, et les enfants aussi, il renonce finalement à faire mourir Shéhérazade.

Le recueil des *Mille et une Nuits* réunit tous les contes imaginés par Shéhérazade.

La femme, omniprésente

La femme en est le personnage central, non seulement parce que Shéhérazade est la narratrice qui, nuit après nuit, tient en éveil la curiosité de son auditoire, mais aussi parce que, dans la plupart des contes, c'est une femme qui est au cœur de l'intrigue. Mère ou fiancée, noble ou roturière, timide épouse ou concubine experte, riche héritière ou humble servante, la femme est omniprésente dans tous les récits[64].

De plus, le monde féminin des contes dépasse le harem pour occuper tous les lieux, réels ou imaginés, qu'il s'agisse de châteaux de rêve, de jardins ou de déserts, en Arabie, en Perse, en Chine ou en Inde[65].

Des sources mal connues

L'ouvrage qui porte le nom de *Mille et une Nuits* renferme encore bien des mystères, non seulement parce qu'on ne peut pas lui attribuer un nom d'auteur mais aussi parce que son origine reste controversée, en l'absence de documents écrits antérieurs au IXe siècle. Le texte original était-il indien, était-il persan ? On pense généralement que le point de départ est une traduction en arabe d'un recueil persan, malheureusement disparu, mais qui a effectivement été signalé dans deux documents, l'un du IXe siècle et l'autre du Xe siècle, attestant l'existence de cet ouvrage[66].

Cette traduction a sans doute constitué une sorte de noyau autour duquel, au cours des siècles, se sont ajoutés de nouveaux contes[67].

RÉCRÉATION

DES NOMS QUI RÉVÈLENT LEUR ORIGINE

L'un des arguments permettant d'attribuer l'origine de ces contes tour à tour à l'Inde, à la Perse, à la Mésopotamie, à l'Égypte ou encore à des récits turcs peut être trouvé dans certains noms de personnages qui y figurent :

Sindbad, Ali Baba, Shéhérazade, Dinarzade

Deux d'entre eux sont persans, un autre est d'origine indienne et le quatrième est d'origine turque. Pouvez-vous les identifier ?

RÉPONSE : *Shéhérazade* et *Dinarzade* sont des noms persans — *Sindbad* est indien et *Ali Baba* est un nom hybride : *Ali* est un prénom arabe très ancien et *Baba*, sans doute turc[68].

Littérature orale et humour

Transmis oralement de génération en génération, ces contes ont connu d'innombrables variantes et, sur dix ou douze siècles[69], toute la société arabo-musulmane a contribué à les enrichir pour aboutir à un ensemble étonnamment varié, où cohabitent réalisme et merveilleux. Plusieurs récits aux multiples rebondissements s'y superposent tout en reflétant divers aspects de la vie quotidienne : celle des califes et des bourgeois dans leurs palais somptueux, avec leurs histoires d'amour et leurs complots, et celle du petit peuple avec ses contes libertins, ses malheurs et ses joies. La naïveté des uns, la ruse des autres, les aventures des uns et des autres, tout y est raconté de façon vivante et avec des mots de tous les jours.

De tous les récits mettant en scène les gens du peuple ressort un trait inattendu : la parodie mêlée d'humour. C'est sans doute là un élément défensif qui permet à l'homme du peuple de se libérer de ses peurs et des contraintes qui lui sont imposées par le destin. Cet humour s'élève parfois au niveau du comique littéraire[70].

L'art du silence et de la digression

Afin de créer chez celui qui l'écoute une irrésistible envie de connaître la fin de l'histoire, l'art du conteur – en l'occurrence d'une conteuse, Shéhérazade – réside tout d'abord dans le choix du moment critique du récit où celui-ci doit faire place au silence : « À ce moment, Shéhérazade vit apparaître le matin et, discrète, se tut[71] ». Telle est la phrase qui se répète immanquablement à la fin de chacune des nuits.

Plus subtilement, la conteuse crée sans cesse un emboîtement de plusieurs récits enchâssés les uns dans les autres : tel personnage raconte son histoire, au cours de laquelle il dit qu'un autre personnage raconte une autre histoire, au milieu de laquelle s'incruste une troisième histoire, et le lecteur se trouve ainsi entraîné malgré lui dans le récit de nouvelles aventures. Il en résulte que chaque personnage existe, non pas en tant qu'ensemble de traits de caractère intéressants à découvrir, mais en tant que prétexte permettant l'introduction d'une nouvelle intrigue. Le personnage devient en quelque sorte un « homme-récit[72] ».

Loin d'être évitée, la digression se change ainsi en un procédé précieux au service du conteur et devient le moteur principal du récit, interminable et palpitant.

Lorsqu'on passe d'un conte dans un autre, on a l'impression pendant un petit instant que l'on quitte le monde de l'imagination et de la fantaisie pour retourner dans un monde plus réel, mais on découvre vite que l'on ne fait que remonter d'un degré dans les niveaux multiples de l'imaginaire narratif.

Devenus célèbres grâce à leur traduction en français

C'est l'orientaliste français Antoine Galland, grand connaisseur de l'arabe, du persan et du turc, qui, à partir de 1704, fait connaître au public français une adaptation d'une version arabe des *Contes des Mille et une Nuits*. À la demande de ses contemporains, il complétera plus tard cette première version par la traduction d'autres récits, transmis oralement par un conteur originaire d'Alep[73].

L'intérêt du public pour cette traduction fut immédiat car cet ouvrage répondait aux attentes des lecteurs français qui, dès la fin du XVIIᵉ siècle, avaient connu un grand engouement pour les récits fabuleux, avec les *Illustres fées* de Madame d'Aulnoy (1697) et les *Contes de ma mère l'Oye* de Charles Perrault (1697).

L'INFLUENCE DES *MILLE ET UNE NUITS*
SUR LA LITTÉRATURE FRANÇAISE

Parmi les nombreux ouvrages littéraires français inspirés par les *Mille et une Nuits*, on peut citer :
MONTESQUIEU, *Les Lettres persanes* (1721)
VOLTAIRE, *Zadig* (1747)
Victor HUGO, *Les Orientales* (1828)
Théophile GAUTIER, *La Mille et deuxième Nuit* (1842)
Gérard de NERVAL, *Voyage en Orient* (1851)
Pierre LOTI, *Fantôme d'Orient* (1892)
Henri de RÉGNIER, *Le Veuvage de Schaharazade* (1930)
Jules SUPERVIELLE, *Shéhérazade* (1949)

À la même époque, les livres de Mademoiselle de Scudéry[74] et de Madame de Villedieu avaient éveillé dans l'esprit du public français une grande curiosité pour la société et les mystères du monde musulman.

Enfin, cet ouvrage décrivait en toute liberté les intrigues amoureuses et les dialogues de femmes belles, cultivées et émancipées, ce qui plut tout de suite à la société raffinée et libertine de l'aristocratie française de l'époque.

Le succès de la publication en français de ces contes, qui faisaient entrer en Occident tout le merveilleux d'un Orient de rêve, sera si considérable que l'ensemble du monde des arts et des lettres s'en trouvera renouvelé et que des traductions dans les principales langues de l'Europe ne tarderont pas à voir le jour.

Dans les pays arabes

En revanche, les premiers historiens de la littérature arabe faisaient peu de cas de ce recueil de contes qui séduisait tant les Occidentaux. On peut se demander pourquoi.

Peut-être est-ce dû à la langue même de ces récits populaires, toujours racontés dans un style familier et sans prétention. Certes, ils comportaient un certain nombre de passages poétiques, mais ils étaient dénués des ornements considérés comme indispensables à l'écriture littéraire dans la langue arabe.

Il a fallu attendre 1814 – un bon siècle après la traduction française d'Antoine Galland – pour que paraisse la première édition des *Mille et une Nuits* en arabe (Édition de Calcutta)[75].

Fait paradoxal, les mêmes raisons qui semblent avoir retardé la parution de la première édition des *Mille et une Nuits* en arabe – c'est-à-dire une langue trop simple, trop pauvre – ont été à l'origine de l'enrichissement et des transformations que la langue littéraire a connues au Moyen Âge sous l'influence des langues et des cultures voisines.

RÉCRÉATION

SHÉHÉRAZADE
PARMI LES PERSONNAGES LÉGENDAIRES UNIVERSELS

Souvent connus depuis des siècles par la tradition orale, plusieurs personnages de légende n'ont atteint la célébrité mondiale que grâce à des recueils de contes qui font aujourd'hui partie du patrimoine littéraire de l'humanité.

Face aux personnages de la colonne de gauche, on trouvera dans celle de droite, mais dans le désordre, les titres des œuvres qui les ont rendus célèbres. Le jeu consiste à relier chaque personnage à l'œuvre qui l'a fait connaître :

1. Le petit chaperon rouge   A. Contes d'Andersen
2. Blanche-Neige   B. Contes de Perrault
3. Shéhérazade   C. Contes de Grimm
4. La petite sirène   D. Contes des Mille et
                                 une Nuits

RÉPONSE : 1B – 2C – 3D – 4A.

*
* *

Enrichissement de la langue

Outre l'essor donné à la langue arabe dans ses réalisations poétiques et littéraires, le Moyen Âge avait vu en quelques décennies cette langue s'étendre à l'ensemble des connaissances du monde connu {cf. § L'arabe face aux langues des nouveaux convertis, p. 50}. Qu'il soit d'origine indienne, grecque, persane ou latine, tout le savoir ancien était étudié dans les mosquées, qui faisaient alors office de lieux d'enseignement pour tous, un enseignement qui était dispensé en langue arabe.

Pour rendre compte des nouvelles connaissances qu'ils puisaient dans les civilisations du passé et pour exprimer les résultats de leurs recherches, les penseurs arabes avaient été conduits à créer une nouvelle terminologie, soit par analogie, soit par arabisation de termes empruntés au grec, au latin ou au persan. De plus, le vocabulaire de la vie quotidienne avait bénéficié d'apports venus de plusieurs langues étrangères.

Emprunts de l'arabe au grec, au latin, au persan

Parmi les mots arabes d'origine grecque, on peut citer, par exemple :

'inbîq	« alambic »
'anîsûn	« anis »
'almâs	« diamant »
'iblîs	« Satan »
lûbyâ	« haricot vert »
bâmya	« gombo »
barqûq	« prune » (par le latin *praeco-quum*), qui a abouti à *abricot* en français, mais pour désigner un autre fruit

Voici également quelques mots arabes d'origine latine :

dînâr	« dinar »
'imbarâṭûr	« empereur »
bâsillâ	« petit pois »
balâṭ	« cour (royale) »

Enfin, voici une petite liste de mots arabes d'origine persane :

'ibrîq	« cruche, gargoulette »
sulaḫfât	« tortue »
'ibrîz	« or pur »
bâbûnaj	« camomille »
babbaghâ'	« perroquet »
bîmâristân	« hôpital (psychiatrique) »
bâdhinjân	« aubergine »
bakhchîch	« pourboire »
dîwân	« divan »
narbîj, narbîch	« tuyau du narguilé »
nâranj	« orange amère »

On remarquera que certains mots d'origine persane, tout d'abord empruntés par l'arabe, ont ensuite pénétré dans des langues européennes. Tel est le cas de *dîwân*, qui a donné deux mots différents en français (*divan* et *douane*) ou de *nâranj*, devenu *orange* en français mais pour désigner non pas la bigarade ou orange amère, mais l'orange douce {cf. Glossaire des mots français venus de l'arabe, p. 113 et 163}.

Influence de l'arabe sur les langues voisines

Inversement, l'arabe a été une source d'enrichissement pour les langues avec lesquelles il avait été en contact, mais dans des domaines différents selon qu'il s'agit de l'Est (Iran)[76] ou de l'Ouest (Espagne), comme on peut le constater dans les quelques exemples suivants :

En persan

tafsir	« interprétation (du Coran) »
mastched	« mosquée »
cheytan	« démon, Satan »
djabr	« algèbre »
qanun	« loi, modèle, canon »
teb	« médecine »
erfan	« mysticisme »
amir	« émir »

En espagnol

aceite	« huile d'olive »
aceituna	« olive »
alubia	« haricot »
almacén	« magasin, entrepôt »
fustán	« jupon »
jarabe	« sirop »
fulano	« un tel[77] »

En comparant ces deux listes, on se rend compte qu'en persan une majorité des mots empruntés à l'arabe se rapporte à la vie culturelle, scientifique ou religieuse, alors qu'en espagnol, les mots qui proviennent de l'arabe se rapportent principalement à la vie matérielle et quotidienne[78].

*

*   *

4. TROIS CAS PARTICULIERS : ESPAGNE, SICILE ET MALTE

L'expansion musulmane, qui avait atteint au Moyen Âge les limites du monde connu, de la Chine jusqu'à Poitiers et de l'Afrique jusqu'aux steppes de la Sibérie, a subi des destins différents selon les peuples et la nature géographique des lieux conquis et a laissé en Europe des traces durables.

AL-ANDALUS

C'est à travers la Méditerranée que l'influence arabo-musulmane a pu pénétrer en Europe, à partir de trois lieux privilégiés : *al-Andalus*, la Sicile et Malte. Mais la région qui a vécu l'aventure la plus longue et la plus originale est sans aucun doute *al-Andalus*.

AL-ANDALUS NE SE CONFOND PAS AVEC L'ANDALOUSIE

Andalousie et *al-Andalus* ont bien la même étymologie mais les historiens et les géographes font une nette distinction entre :

al-Andalus, qui correspond à la région historique de la péninsule Ibérique sous domination arabo-musulmane au Moyen Âge (le Portugal et la plus grande partie de l'Espagne actuelle), et

l'*Andalousie* actuelle, située au sud de l'Espagne et dont la superficie est beaucoup plus réduite[79].

En 711, le gouverneur de l'Afrique du Nord, de la dynastie des Omeyyades, envoie une armée constituée principalement de Berbères convertis à l'islam pour conquérir la péninsule Ibérique, un pays riche et divisé, dont la façade sur la Méditerranée constitue un atout sur le plan militaire et commercial. L'occupation a débuté dans les grandes villes pour atteindre sa plus grande extension géographique vers le milieu du Xe siècle.

Une population d'origines diverses

Le peuplement de l'Espagne à la suite de l'occupation arabe était très diversifié et constituait une « véritable mosaïque[80] » : en plus des Arabes, qui étaient en réalité minoritaires par rapport au reste de la population, al-Andalus était habité principalement par des Berbères venus d'Afrique du Nord, par des « néo-musulmans », c'est-à-dire des chrétiens espagnols convertis à la nouvelle religion, par des chrétiens et des juifs ayant gardé leur religion, et enfin par des esclaves venus du Soudan. Mais, malgré ces différences ethniques et religieuses, la population d'al-Andalus s'est transformée en une grande communauté multiculturelle mais relativement homogène[81].

Toutes les composantes de cette société vivaient dans un respect mutuel. Les pratiques religieuses étaient généralement tolérées et pouvaient s'exprimer librement. Les églises, par exemple, étaient nombreuses et le dimanche était jour de congé[82].

Vers le milieu du Xe siècle, les relations entre la population et les multiples émirs et califes qui ont régné sur ce pays avaient atteint un certain équilibre, l'ensemble d'*al-Andalus* étant devenu majoritairement musulman et arabophone[83].

L'arabe, langue unificatrice

C'est en effet essentiellement par la langue arabe que la société andalouse s'était unifiée. Stabilisée dans toute la Péninsule[84], cette langue était rapidement devenue le moyen de communication de tous les habitants. Les Berbères s'y étaient tellement attachés qu'ils avaient presque abandonné leur langue d'origine[85] et le reste de la population, convertie ou non à l'islam, l'avait peu à peu apprise et adoptée.

RÉCRÉATION

ARABES ET MOZARABES

1. Les **Mozarabes** sont des **Maures** habitant l'Espagne. Vrai ou faux ?

2. Les **Mozarabes** sont des chrétiens vivant dans *al-Andalus* et ayant appris l'arabe. Vrai ou faux ?

3. Les **Mozarabes** sont des Arabes du Mozambique. Vrai ou faux ?

RÉPONSE : 2. Le terme *mozarabe* vient de *musta'rab* « arabisé »

Il est remarquable, par exemple, que les Mozarabes parlaient aussi bien, et peut-être mieux, l'arabe que le latin.

Grâce à leur bilinguisme actif et à leur connaissance des acquis scientifiques et de la pensée philosophique de l'Orient musulman, les Mozarabes étaient devenus un « véritable pont culturel entre les deux mondes qui cohabitaient en Espagne à cette époque[86] ».

Il faut ajouter que certains Mozarabes qui, on l'a vu, parlaient un arabe excellent, étaient même capables d'écrire dans un arabe plus châtié que celui des musulmans[87].

En fait, il était apparu que la langue arabe véhiculait une culture vraiment originale, qui fascinait les peuples de l'Europe, lesquels s'en inspiraient abondamment, ce qui pouvait inquiéter certains esprits chagrins. C'est ainsi qu'au IXe siècle, Álvaro de Cordoue, prédicateur de renom, avait reproché aux savants chrétiens de perdre leur temps à imiter les travaux arabes[88], alors que lui-même écrivait parfois en arabe[89], au détriment du latin.

L'arabe, langue du dialogue

De façon plus positive, le mélange des ethnies et des religions suscitera dans l'Espagne du Moyen Âge un grand mouvement de dialogues, et parfois de controverses, la plupart du temps en langue arabe. La langue du Coran, devenue la langue de l'érudition, était alors adoptée pour présenter des « dialogues imaginaires », où l'auteur mettait en scène des discussions entre les défenseurs de deux ou de plusieurs religions[90].

C'est aussi en arabe qu'un auteur juif, Yehuda ha-Levi, rédigera un ouvrage sous forme de polémique entre trois sages, un musulman, un juif et un chrétien, chacun essayant de convaincre le roi des Khazars que sa religion était la seule vraie. Ce livre, intitulé « Le livre des preuves et des arguments dans l'explication de la meilleure religion », n'a été traduit en hébreu qu'une quarantaine d'années après sa parution en arabe[91].

L'arabe, langue de la poésie

Enfin, l'arabe était aussi par excellence la langue de la poésie. Sous sa forme soutenue et classique, cette langue était devenue le mode d'expression le plus naturel de l'amour courtois, de la chevalerie ou des combats épiques. Toutefois, il n'était pas rare de voir les poètes intégrer dans leurs poèmes écrits en arabe quelques vers ou quelques expressions en langue romane[92], signe d'un attachement réel aux deux langues en présence. Du fait de ce mélange des peuples et des langues, des dialectes hybrides avaient vu le jour et des poèmes populaires, appelés *muwachchah*, avaient même été composés dans ces dialectes, où des formes romanes se mêlaient harmonieusement à l'arabe[93].

Al-Andalus, berceau de formes poétiques originales

Bien qu'*al-Andalus* soit géographiquement éloigné de Bagdad, foyer de la culture arabo-musulmane, cette région a vu l'essor d'une nouvelle orientation de la civilisation arabe.

Il est vrai que la plupart des mouvements culturels avaient leur origine à Bagdad ou à Damas. Les livres écrits par des philosophes arabes ou traduits du grec et du persan provenaient des grandes villes d'Orient et étaient régulièrement demandés en Espagne. De plus, les poèmes récités dans les cours de Bagdad ou de Damas étaient immédiatement transmis et répétés dans les cours de Cordoue et de Grenade. Au cours des siècles, les penseurs andalous de toutes les confessions deviendront les disciples des grands maîtres et des philosophes des centres culturels de l'Orient. Certains courants littéraires étaient même parfois plus répandus et mieux connus dans *al-Andalus* que dans leur berceau d'origine[94].

L'engouement pour la vie culturelle et intellectuelle de Bagdad ne touchait pas les seuls musulmans d'*al-Andalus* : un penseur juif, Shelomoh ibn Gabirol, qui vivait au XIe siècle, est généralement considéré comme le premier disciple espagnol du célèbre philosophe et savant Ibn Sînâ (Avicenne)[95], qui professait à Bagdad.

POÉSIE ARABE ET AMOUR COURTOIS

Des recherches particulières sur le vocabulaire et les structures rythmiques de la poésie des troubadours du sud de la France ont permis de reconnaître une origine « andalouse » à ce genre littéraire[96].

Bien que toujours à l'écoute de tout ce qui venait d'Orient, la sensibilité locale et les sources d'inspiration propres à l'univers culturel d'*al-Andalus* réussiront cependant à créer de nouvelles formes littéraires, des formes qui ont largement contribué à l'évolution de l'art poétique en Occident[97].

Les centres de traduction

Plusieurs centres de traduction avaient été créés en Espagne, et en particulier à Tolède, où se rencontraient de nombreux savants étrangers, parmi lesquels Adélard de Bath, qui avait traduit entre autres les *Éléments* d'Euclide à partir d'une version arabe et *les Tables astronomiques* d'al-Khwârizmî[98].

RÉCRÉATION

UN GRAND TRADUCTEUR DEVENU PAPE

Dans le centre de traduction de Tolède se croisaient des savants venus d'Angleterre (Adélard de Bath, Robert de Chester), d'Italie (Gérard de Crémone), d'Espagne (Jean de Séville) ou de France (Gerbert d'Aurillac).

Lequel d'entre eux a-t-il acquis la célébrité en devenant pape ?

RÉPONSE : Gerbert d'Aurillac (vers 938-1003) après avoir été archevêque de Reims, fut élu Pape en 999 sous le nom de *Sylvestre II.*

D'autres traducteurs célèbres venaient d'Italie, comme Gérard de Crémone, qui avait par exemple traduit d'arabe en latin le livre de médecine d'Avicenne (Ibn Sînâ), ou encore étaient venus de France, comme Gerbert d'Aurillac[99].

Foisonnement de dictionnaires bilingues

Vers le milieu du XIIIe siècle, les chrétiens qui commençaient à gagner du terrain et qui cherchaient à propager leur religion au sein de la communauté musulmane avaient ressenti le besoin de dictionnaires bilingues. Un grand dictionnaire arabe-latin et latin-arabe avait ainsi vu le jour sous le nom de *Vocabulista*, d'un auteur anonyme. Au XVe siècle, le frère Pedro de Alcalá rédigera deux autres dictionnaires, *Arte* et *Vocabulista*, où il ajoutera une transcription de l'arabe en caractères latins[100].

Destin de l'arabe dans la péninsule Ibérique[101]

Vers le milieu du XVIe siècle, et après plus de sept siècles de domination de la langue arabe, *al-Andalus* perdra l'usage de cette langue.

Néanmoins, celle-ci a laissé en Espagne et au Portugal d'importantes traces très perceptibles, aussi bien dans les noms de lieux que dans les langues de ces pays.

— **RÉCRÉATION** —

NOMS DE VILLES D'ORIGINE ARABE EN ESPAGNE

A. Alcalá ; B. Gibraltar ; C. Tolède ; D. Algésiras
Questions :

1. Parmi les toponymes cités ci-dessus, un seul n'est pas d'origine arabe. Lequel ?

2. L'un d'entre eux porte en filigrane le nom du chef berbère qui débarqua en Espagne en 711. Lequel ?

3. Un autre remonte à une forme arabe signifiant « citadelle ». Lequel ?

4. Un autre a la même étymologie que *Alger* ou *Algérie*. Lequel ?

al-jazīra « l'île » (en écriture calligraphique).
Logo d'une chaîne de télévision arabe émettant à partir du Qatar.

RÉPONSE : 1C, *Tolède* est d'origine latine. 2B, *Gibraltar* vient de l'arabe *jabal Tāriq*, « montagne de Tariq » nom du chef berbère. 3A, *Alcalá (de Henares)* vient de l'arabe *qal'a* « citadelle ». 4D, *Algésiras* (tout comme *Alger et Algérie*) repose sur l'arabe *jazīra* « île ». La forme ancienne était *al-jazīra al-khadrā* « île verte », en raison de la présence d'un îlot couvert de verdure contrastant avec le paysage aride de la côte.

Des toponymes d'origine arabe
ont traversé l'Atlantique

De nombreux noms de lieux d'origine arabe figurent en bonne place dans les cartes d'Espagne, comme par exemple :

Guadalquivir, grand fleuve d'Espagne dont le nom vient de l'arabe *al-wâdî al-kabîr* « la grande vallée » ;

Alcazar, de l'arabe *al-qasr*, « le palais, le château » ;

Alcalá (de Henares), près de Madrid, de l'arabe *al-qal'a* « la citadelle ».

Certains d'entre eux, nés en Espagne, se retrouvent en Amérique, témoin *Albuquerque*, ville du Nouveau-Mexique, dont le nom, à peine différent, évoque celui de la ville d'Espagne *Alburquerque*, en Estrémadure. Ce nom est une approximation de l'arabe *abû-l-qurq* « chêne-liège », littéralement « père du liège » : cette ville d'Espagne était en effet réputée pour ses plantations de chêne-liège.

De même, *Guadalajara* a d'abord été une ville d'Espagne (Nouvelle-Castille), dont le nom remonte à l'arabe *wâdî al-hijâra* « la vallée des pierres », ainsi nommée en raison de sa situation dans la rocailleuse vallée du Henares. Lors de la conquête du Mexique en 1531, la nouvelle ville fondée par Nuñez de Guzman prit le nom de *Guadalajara* parce que c'était sa ville de naissance.

Apports de l'arabe
aux langues de la péninsule Ibérique

Parmi les langues de l'Europe, c'est surtout dans le lexique des langues romanes de l'Espagne et du

Portugal que l'on trouve les traces de l'arabe les plus évidentes et les plus nombreuses.

En voici quelques exemples, communs au castillan et au portugais[102] :

CASTILLAN	« signification »	PORTUGAIS	ARABE
alcachofa	« artichaut »	alcachofra	al-kharchûf
berenjena	« aubergine »	beringela	bâdhinjân
aceite	« huile d'olive »	azeite	al-zayt (az-zayt)
aceituna	« olive »	aceituna	al-zaytûna (az-zaytûna)
jarra	« jarre »	jarra	jarra
alfiler	« épingle »	alfinete	hilâl
marfil	« ivoire »	marfil	'adhm al-fîl
almanaque	« almanach »	almanaque	al-manâkh
jarabe	« sirop »	xarope	charâb
aldea	« village, hameau »	aldeia	al-day'a
fulano	« un tel »	fulano	fulân
alfombra	« tapis »	alfombra	al-humra
tarea	« besogne »	tarefa	tarîha
albondiga	« boulette (de viande) »	almôndega	al-bunduqa

En arabe, al-manâkh signifie « climat » et non pas « almanach », charâb désigne n'importe quelle boisson et non pas spécifiquement le sirop. Par ailleurs, al-humra désigne la couleur rouge. Enfin, al-bunduqa désigne la noisette en arabe, ce qui explique l'origine de albondiga (en espagnol) et almôndega (en portugais), qui sont de petites boulettes de viande de la taille d'une noisette.

Comme on le voit, les emprunts à l'arabe sont surtout des noms mais, chose plus rare, on trouve également l'arabe à l'origine d'éléments grammaticaux usuels dans ces deux langues, par exemple

– une préposition :

hasta (castillan) *até* (portugais), de l'arabe h̲attâ « jusqu'à » ;

– une interjection :

ojalá (castillan) *oxalá* (portugais), de l'arabe classique *'inchâ 'allâh* « plût à Dieu ».

*
* *

LA SICILE

Alors que la domination arabe a été d'environ sept siècles sur *al-Andalus*, elle n'a duré sur la Sicile que deux siècles et demi, du milieu du IXe siècle jusqu'à la fin du XIe siècle. Pourtant, son empreinte a également été profonde et, longtemps après la prise de Palerme par les Normands (1072), l'influence arabe a continué à se faire sentir sur la vie scientifique et culturelle de l'île : médecine, chirurgie, astronomie, architecture, poésie, musique, danse.

Conquête de la Sicile

C'est de l'est de l'Ifriqiya, c'est-à-dire des côtes de l'actuelle Tunisie, que les musulmans avaient commencé à tenter des incursions en Sicile dès le début du VIIIe siècle, avant d'organiser au cours du IXe siècle une plus durable occupation de l'île, jusqu'alors sous la domination des Byzantins.

Après avoir débarqué à l'ouest de la Sicile en 827, des souverains musulmans occuperont progressivement l'ensemble de l'île de 827 à 878 et feront de Palerme, dès 831, la capitale prestigieuse d'un émirat arabe prospère et puissant. C'est à Palerme que résideront les émirs, ou gouverneurs militaires[103], et cette ville deviendra dès lors à la fois un centre administratif très organisé et un foyer de culture apprécié autour de sa grande mosquée, monument représentatif de la puissance politico-religieuse de l'islam[104].

Mais la Sicile tout entière allait, deux siècles plus tard, connaître d'autres maîtres, venus de Normandie.

L'influence arabe persiste sous les Normands

Les Normands s'étaient emparés de Messine en 1061 et toute l'île sera sous la domination normande dès 1091.

Avec la prise de Palerme en 1072, on aurait pu penser que cette victoire des Normands marquerait la fin de la présence arabe en Sicile. Or, le seul événement spectaculaire sera la transformation de la grande mosquée en cathédrale[105], tandis que toute la population musulmane continuera à vivre en bonne intelligence avec les nouveaux conquérants, qui lui laissaient une totale liberté de pratique religieuse. De plus, les rois normands avaient adopté un mode de vie oriental et s'étaient entourés de conseillers, d'artistes et de savants d'origines diverses : grecs, lombards et surtout arabes.

Parmi ces derniers émerge une personnalité de premier plan, le grand géographe arabe connu sous le nom de al-'Idrîssî, qui vécut à la cour du roi normand Roger de Hauteville, devenu Roger II de Sicile.

Une grande fresque géographique

Sous le règne de ce roi paraîtra un livre de géographie descriptive, rendu célèbre sous le nom de **Livre de Roger**. En fait, ce livre n'est pas l'œuvre de Roger II, roi de Sicile, mais celle du célèbre géographe arabe al-'Idrîssî, à qui le roi normand avait demandé de réaliser un planisphère en argent, accompagné de commentaires écrits. Ces commentaires portent en arabe un titre plus imagé, et qui invite vraiment au voyage : *Kitâb nuzhat al-mushtâq fikhtirâq al-'âfâq* « Le livre de la promenade de celui qui désire aller au-delà des horizons ».

Réinterprétation du planisphère d'Idrissi
dans une gravure du XIXe s.[106]

L'auteur y fait le point des connaissances géographiques de l'époque, en étendant ses investigations bien au-delà du monde islamique. Il réalise ainsi au milieu du XIIᵉ siècle une vaste fresque géographique où il réussit à faire l'inventaire des différents « climats » du monde habité, en les classant en sept zones définies par leur latitude.

Grâce aux nombreux commentaires bien documentés qu'il contient, on peut considérer cet ouvrage comme le premier planisphère encyclopédique.

RÉCRÉATION

LA FRANCE VUE DE SICILE AU XIIᵉ SIÈCLE

Dans le **Livre de Roger** (1154), le grand géographe arabe **al-'Idrissî**, connu en Europe sous le nom de **Idrissi**, a voulu englober l'ensemble des pays connus à son époque. Dans ses commentaires relatifs à la France, on trouve des descriptions extrêmement détaillées sur de nombreuses villes, même de petite taille : Châtellerault, Rennes, Quimper, Saint-Malo ou encore Reims, Verdun, Orléans, Paris… Pour chacune d'entre elles sont précisées à la fois la situation géographique, les habitudes de vie de ses habitants et leurs activités économiques.

À titre d'exemple, voici comment ce savant arabe vivant en Sicile au milieu du XIIᵉ siècle présente la ville de Nantes : « Nantes est une ville du bord de mer sise au fond d'un golfe. Elle marque le début de la Bretagne ; elle est grande, prospère, bien peuplée et entourée de champs […] À partir de là, la mer forme de nombreux golfes vers le nord…[107] ».

Dès sa parution, le *Livre de Roger* connaîtra une grande diffusion en Occident et on a pu dire que

« s'il ne fallait donner qu'un seul exemple de la collaboration fructueuse entre les cultures chrétienne et musulmane autour de la Méditerranée, Idrissi paraîtrait le plus emblématique de tous[108] ».

La cour prestigieuse de Sicile sous Frédéric II de Hohenstaufen

À la fin du XIIe siècle, la couronne de Sicile passe à la dynastie des Hohenstaufen en la personne de Frédéric II (1194-1250). Ce dernier était, d'une part, le petit-fils de Roger II, roi de Sicile, par sa mère Constance de Sicile, descendante des Hauteville, eux-mêmes originaires de Normandie, et d'autre part le petit-fils de Frédéric Barberousse de Hohenstaufen, par son père Henri VI. Devenu orphelin, il avait été confié à des membres de la communauté musulmane, qui lui avaient appris l'arabe et qui l'avaient initié à l'algèbre, que Léonard de Pise, dit *Fibonacci*, venait d'introduire en Italie, ainsi qu'à l'ensemble des sciences de son temps[109].

Par la suite, il fera de sa cour sicilienne un carrefour culturel prestigieux, renommé pour son luxe et son raffinement, un lieu privilégié où des savants et des artistes des trois religions – chrétiens, juifs et musulmans – vivront en exceptionnellement bonne harmonie.

Ce roi, qui était un grand érudit, écrivait aussi des poèmes en sicilien[110] ou en italien[111], et il s'intéressait passionnément à la philosophie et aux sciences de la nature.

Il avait surtout un vrai sens de l'observation et un besoin de précision scientifique qui se révéleront de façon magistrale dans son fameux traité sur la fauconnerie, rédigé en latin, *De arte venandi cum avibus* « De l'art de chasser avec les oiseaux ». Cet ouvrage fera autorité en la matière jusqu'au XVIIIᵉ siècle[112].

Le manteau de soie

Au moment de son couronnement à Rome, il fit venir de Palerme le fameux manteau du sacre des empereurs germaniques pour le revêtir. Celui-ci avait été fait pour son arrière-grand-père, le roi Roger Iᵉʳ et avait déjà été porté par son grand-père, le roi Roger II. Depuis lors, il restera jusqu'au XVIIIᵉ siècle, de génération en génération, le vêtement de la cérémonie du couronnement pour tous les empereurs du Saint Empire[113].

C'est au Kunsthistorisches Museum de Vienne qu'est conservé ce somptueux manteau de cour. On y voit, sur un tissu de damas rouge brodé de fils d'or et d'argent et orné de milliers de perles, la représentation, de part et d'autre d'un palmier, de deux lions, animaux royaux par excellence, terrassant deux camélidés et symbolisant ainsi la puissance de l'Empire sur les peuples du désert. Remarquable pour sa somptuosité, cette cape l'est encore davantage lorsqu'on se rend compte qu'elle comporte une bordure vraiment surprenante : ce vêtement d'apparat destiné au sacre des empereurs germaniques est paradoxalement orné sur son pourtour d'une broderie d'or représentant un texte arabe en calligraphie coufique, où prédominent les lignes droites et les formes géométriques {cf. § Les différents types de calligraphie arabe, p. 278}. C'était là un signe de l'attachement de Frédéric II à la langue arabe, qu'il pratiquait depuis sa plus tendre enfance[114].

Le manteau du sacre des empereurs germaniques
La position des lions ne permet pas de décider si les animaux qu'ils attaquent sont des dromadaires ou des chameaux. En bordure, un texte arabe en caractères coufiques indique le lieu (Sicile) et la date de confection de la cape (528 de l'Hégire, 1132 ap. J.-C.), accompagné d'incantations à la gloire de la manufacture royale[115].

À sa mort, Frédéric II fut enterré dans la cathédrale de Palerme, dans cette ville dont il avait fait un centre d'échanges culturels entre l'Orient et l'Occident.

Apports de l'arabe à l'italien

La présence constante et pacifique de la langue arabe auprès de la langue d'origine latine qui s'était développée en Sicile ne pouvait pas ne pas laisser de traces, tout d'abord en sicilien, mais aussi dans l'italien littéraire issu du toscan[116].

En italien, les emprunts à l'arabe ne sont pas rares :

carciofo « artichaut », de l'arabe *kharchûf* ;

fondaco « dépôt de marchandises », de l'arabe *funduq* « lieu d'hébergement pour les marchands, hôtel » ;

giubba « veste d'homme », de l'arabe *jubba* « vêtement large qui couvre tout le corps et les bras et qui se porte sur les autres vêtements » ;

zibibbo « raisin sec », de l'arabe *zabîb* « raisin » ;

zerbino « paillasson », de l'arabe *zurbiyy* « tapis, coussin »…

FACCHINO, UN EMPRUNT À L'ARABE, QUI A CHANGÉ DE SENS

Le mot italien *facchino*, qui signifie « portefaix », vient de l'arabe *faqîh*, dont le sens est très éloigné puisqu'il désigne le « jurisconsulte théologien », puis le « responsable des questions douanières ». Ce changement de sens tout à fait inattendu s'explique par la grave crise économique qui avait frappé le monde arabo-islamique au XVe siècle, et qui avait contraint les anciens fonctionnaires des douanes à se contenter de petits commerces de tissus, qu'ils transportaient sur leurs épaules de place en place.

Voilà pourquoi et comment *facchino*, en italien, a pu désigner le « portefaix[117] ».

Ces emprunts ont pris des voies diverses : soit par le truchement du sicilien, soit en passant par Venise,

Pise ou Gênes. C'est sans doute après un séjour à Venise que *facchino* « portefaix » ou *arsenale* « arsenal » sont devenus des mots italiens, alors que *ragazzo* « enfant » est passé par Pise et *darsena* « darse » probablement par Gênes. Mais c'est sûrement par la cour des Normands de Sicile qu'a transité le mot italien *ammiraglio* « amiral », pour ensuite se répandre dans toutes les autres langues de l'Europe, après avoir été emprunté à l'arabe *'amîr* « commandant, prince[118] ».

Quelques mots d'arabe en sicilien

Le dialecte sicilien a aussi gardé de nombreuses traces de l'occupation arabe dans son vocabulaire, surtout dans le domaine agricole. Ainsi, *margiu*, de l'arabe *marj* « marais », désigne un terrain abondamment inondé, favorable à la chasse aux oiseaux aquatiques.

Dans un domaine très différent, *musciaru* désigne un grand plateau fait de croisillons en bois, utilisé pour le séchage au soleil des figues, des abricots ou des tomates. À le voir, on ne peut manquer d'évoquer la dentelle de bois du moucharabieh, dont le nom arabe est à l'origine du mot sicilien *musciaru*.

Voici encore une petite liste de mots siciliens empruntés à l'arabe de Tunisie :

baida :	de l'arabe *baydâ'* « steppe, désert ou grande plaine »
favara :	de l'arabe *fawwâra* « source »
godrano :	de l'arabe *ghudrân* « lagunes »

ziza :	de l'arabe *'azîza* « pierre précieuse »
cubba :	de l'arabe *qubba* « coupole »
bizzéfi :	de l'arabe *bizzaf* « beaucoup ». L'expression existe aussi en italien sous la forme *a bizzeffe* « à profusion », ainsi qu'en français populaire *bezef*, « beaucoup ».
zamù :	alcool d'anis, que l'on ajoute à de l'eau fraîche en été et qui rappelle le *raki* de Grèce.

Quelques toponymes d'origine arabe[119]

Tout comme en Espagne {cf. Récréation « Noms de villes d'origine arabe en Espagne », p. 83}, on trouve en Sicile plusieurs toponymes d'origine arabe, comme *Marsala*, où l'on reconnaît l'arabe *marsa* « port » et le nom d'Allah, ou *Caltanissetta* qu'une étymologie populaire fait remonter à l'arabe *qal'at* « château, citadelle » et *nisâ'* « femmes », avec l'adjonction du suffixe diminutif italien *-etta*, c'est-à-dire « petit château des femmes ».

D'autres toponymes, comme *Caltabellotta*, *Caltavulturo*, *Caltagirone* ou encore *Calatabiano* rappellent aussi que dans ces lieux s'élevaient autrefois des palais arabes. Près de Taormina, coule un cours d'eau appelé *Alcantara*, de l'arabe *'al-qantara* « le pont ».

Enfin, la ville de *Misilmeri* doit son nom à l'arabe *Manzil'al-'Amir* « lieu de halte de l'émir » et *Sciacca* est aujourd'hui une station thermale dont le nom vient de l'arabe *chaqqa* « crevasse, source thermale ».

Quel rapport entre Gibraltar et l'Etna ?

Pour le découvrir, Il faut penser au lien étymologique entre **Gibraltar** et l'ancien nom, **Mongibello**, donné à l'**Etna** à l'époque de la domination arabe en Sicile.

Pouvez-vous le trouver ?

RÉPONSE : la montagne, car *Gibraltar*, c'est la « montagne de Tariq », et *Mongibello*, c'est deux fois la « montagne », de *mons*, « montagne » en latin, et *jabal*, « montagne » en arabe.

---

*
* *

MALTE

La Sicile et Malte, au cœur de la Méditerranée, ont vécu une longue période florissante sous la domination musulmane mais elles n'ont pas connu le même sort linguistique : paradoxalement, la Sicile, qui a servi de point de passage pour un grand nombre de mots arabes dans les langues de l'Europe, n'a gardé que des traces de l'arabe alors que le maltais est resté fondamentalement une langue arabe.

Plus précisément, alors que la langue arabe ne s'est maintenue en tant que telle ni dans *al-Andalus*, ni en Sicile, elle s'est différenciée et a survécu en donnant naissance à une variété particulière, le maltais[120].

Cette langue sémitique est parlée à Malte, un pays constitué de deux îles – Malte, où se trouve la capitale, et Gozo –, et de trois îlots : Comino, Cominotto et Filfola.

Aperçu historique

Du fait de sa position stratégique en plein milieu de la Méditerranée, ce pays s'est trouvé sur le chemin de nombreuses convoitises, et donc d'occupations successives diverses. Après les Phéniciens et les Carthaginois entre 800 et 700 av. J.-C., il y a eu la longue présence romaine à partir de -218, dont l'influence se perpétuera jusqu'à l'arrivée des musulmans, arabes et berbères, venus de Tunisie en +870. Cette domination musulmane durera un peu plus de deux siècles, jusqu'en 1090. À partir de cette date se succéderont les puissances régnantes de la Sicile voisine jusqu'en 1530.

C'est à cette date que se situe l'intermède de la domination de l'Ordre de Malte, un ordre hospitalier qui régnera sur le pays jusqu'en 1798, date à laquelle Napoléon Bonaparte occupera l'île : une occupation de courte durée puisque, deux ans plus tard, Malte passera sous la domination anglaise, qui ne cessera qu'en 1964, lors de l'indépendance du pays.

Sur cette terre à l'histoire mouvementée, la langue très particulière qui s'est finalement imposée mérite qu'on s'y arrête un peu plus longuement.

Le maltais : une langue arabe très originale

Une première indication s'impose : de nos jours, la langue parlée à Malte, qui a la singularité de s'écrire avec l'alphabet latin, est néanmoins sans aucun doute une variété de l'arabe. Or la domination arabe n'a duré qu'un peu plus de deux siècles, beaucoup moins par exemple que la domination romaine. Et pourtant, les structures grammaticales, tout comme la majorité du vocabulaire courant sont incontestablement arabes.

Pour expliquer l'évolution tout à fait originale qui a abouti à l'état actuel de la langue, il faut rappeler que les contacts avec le monde arabo-musulman ont été très distendus à partir du XIIIe siècle et que cette langue a alors évolué dans un milieu dominé pendant des siècles par l'Église de Rome, loin de l'emprise du Coran qui est si prégnante dans la langue des communautés musulmanes.

L'influence italienne

L'influence italienne se manifeste surtout à partir de l'invasion de l'île par les Normands de Sicile (fin du XIe siècle-milieu du XIIIe siècle). Un grand nombre d'éléments lexicaux siciliens, d'origine latine, s'infiltrent alors dans cette langue sémitique. Cela se vérifie surtout dans le domaine de l'artisanat et du commerce maritime. On ne sera donc pas surpris de reconnaître dans le mot maltais *tavla* « planche », l'italien *tavola* « table » (mais « table » se dit *mejda* en maltais, un nom spécifiquement arabe).

Dans la langue d'aujourd'hui, sous *vapur* « bateau »,
on peut identifier le sicilien *vapuri* « bateau (à
vapeur) ». Comme on le voit, le sens du mot a été
un peu modifié en passant en maltais.

LE BATEAU À VAPEUR EN MÉDITERRANÉE

Au XIXe siècle, le bateau à vapeur était devenu le
moyen de transport le plus utilisé entre les différents
ports de la Méditerranée.

C'est pourquoi on retrouve le mot **vapeur**, abréviation de **bateau à vapeur**, qui est le calque de l'anglais
steam-boat, aussi bien en français que dans les différentes langues parlées dans les ports de la Méditerranée :

en maltais **vapur**   en espagnol **vapor**
en arabe **bâbûr** ou **wâbûr**   en italien **vapore**

On constate aussi l'existence d'un nouveau sens
dans le maltais *majjistra* « sage-femme », alors que
le mot italien *maestra*, d'où il est issu, désigne une
« institutrice ». On peut ajouter qu'en maltais, *si-
njur* signifie à la fois « riche » et « monsieur ».

Dans un autre domaine, le maltais a deux mots
pour désigner le dictionnaire : *dizzjunarju* et *kalepin*.
Ce dernier mot remonte au nom du savant italien
Ambrogio dei Conti di Caleppio, dit *Calepino*, auteur
d'un dictionnaire célèbre du XVIe siècle. Cette forme
kalepin du maltais rappelle qu'en français, jusqu'au
XVIIe siècle, *calepin* a également désigné un dictionnaire. Il s'agissait alors d'un volumineux dictionnaire rédigé en plusieurs langues, et qui renfermait
une quantité considérable d'informations. Ce n'est

que bien plus tard que le *calepin*, en français, perdra ses proportions démesurées et que ses pages, désormais blanches, ne contiendront plus que des notes manuscrites[121].

DES MOTS MALTAIS VENUS DE SICILE

C'est souvent sous leur forme sicilienne que les mots venus d'Italie se manifestent en maltais. Voici quelques mots maltais empruntés au sicilien avec, en regard, les mots italiens correspondants, mais dont l'orthographe et la prononciation sont différentes.

MALTAIS	Signification	ITALIEN
grazzi	« merci »	*grazie*
tramuntana	« nord »	*tramontana* « vent du Nord »
forsi	« peut-être »	*forse*
karozza	« voiture, auto »	*carrozza*
ğenituri	« parents (le père et la mère) »	*genitori*
xugaman	« serviette de toilette »	*asciugamano* (mot à mot « essuie-main »)
lapes	« crayon »	*lapis*
fang	« boue »	*fango*
kapott	« manteau, pardessus »	*cappotto*
kaxxun	« tiroir »	*cassone*
fag	« hêtre »	*faggio*
appuntu	« exactement, tout à fait »	*appunto*
kalamita	« aimant (n.m.) »	*calamita*
koxxa	« cuisse »	*coscia*
ferita	« blessure »	*ferita*

Les emprunts à l'italien ont parfois abouti à la création de deux formes différentes pour exprimer le même sens : par exemple, pour dire « lui-même », en maltais, on a le choix entre *stessu*, emprunté à l'italien *stesso*, dans l'expression *hu stessu*, et *nifsu*, d'origine arabe, dans l'expression *hu n-nifsu*[122].

Une dernière remarque à propos des mots maltais venus d'Italie : pour désigner la feuille de papier, le mot maltais est *folja* (italien *foglia*) tandis que la feuille d'arbre se dit *weraq*, mot d'origine arabe.

Un fonds lexical purement arabe

Toutefois, la plupart du temps, et malgré des formes plus ou moins altérées, on reconnaît la source incontestablement arabe d'une grande partie du lexique maltais, surtout dans le domaine de la vie quotidienne, comme dans :

iva	« oui »	*fuq*	« dessus »
kiteb	« écrire »	*fehem*	« comprendre »
stenna	« attendre »	*kellem*	« parler »
tabib	« médecin »	*kbir*	« grand »
lejl	« nuit »	*jum*	« jour »
dinja	« monde »	*rîḫ*	« vent »…

Des études statistiques montrent d'ailleurs que, dans le vocabulaire de la presse écrite, l'élément arabe est majoritaire (plus des ⅔) alors que l'élément d'origine latine n'atteint pas ⅓ de l'ensemble[123].

Emprunts à d'autres langues

On peut reconnaître le français sous :

xarabanc	« autobus »	*xufier*	« chauffeur »
bonǧu	« bonjour »	*bonswa*	« bonsoir »
garax	« garage »	*missier*	« père »

et l'anglais sous :

petrol	« essence »	*partner*	« associé »
kejk	« gâteau »	*dokkjard*	« chantier naval »
flat	« appartement »	*sink*	« évier, lavabo »
friġġ	« réfrigérateur »	*kowt*	« manteau »
kompjuter	« ordinateur »	*dripp*	« perfusion »
lift	« ascenseur »	*lejžer*	« laser »
steijġ	« arrêt de bus »	*komiks*	« journal illustré »

À la lecture de ces formes en orthographe maltaise, on aura remarqué que la graphie < x > se prononce comme le **ch** de *chat* en français, et < ğ > comme le début de *djinn*.

Une dernière curiosité lexicale

Les expressions les plus surprenantes dans cette langue sont peut-être celles où se trouvent côte à côte des formes arabes et des formes appartenant à d'autres langues, ce qui aboutit à des hybrides tout à fait inattendus, comme :

• *ahmar oscur* « rouge foncé », où *ahmar* est arabe et *oscur* d'origine italienne

• *mhux veru* « pas vrai », où *mhux* est arabe et *veru* italien (ou plutôt sicilien)

• *Ministeru ta l'affarijet barranim* « ministère des Affaires étrangères », où *ministeru* vient du sicilien, *affarijet* est un mot italien mais avec une désinence arabe et *barranim*, totalement arabe.

Dans la forme maltaise *spallejn* « épaules », on peut identifier le mot italien *spalla* « épaule », suivi de la désinence *-ejn* du duel en arabe (parce qu'on a deux épaules).

Enfin, un roman maltais écrit au XXᵉ siècle par J.-J. Camilleri est intitulé *Ahna sinjuri* « nous sommes riches », où *ahna* est arabe et *sinjuri* emprunté au sicilien.

Le maltais, une langue arabe vraiment à part

Mais l'élément le plus spectaculaire de cette variété d'arabe est sans nul doute sa prononciation, totalement modifiée par rapport aux autres variétés de l'arabe, en particulier en ce qui concerne les proportions entre consonnes et voyelles. Rappelons que l'arabe classique se caractérise par une abondance de consonnes (26 dont 10 sont prononcées à l'arrière de la bouche ou encore plus profondément), face à seulement 3 voyelles brèves /i, u, a/, auxquelles s'ajoutent les voyelles longues correspondantes.

La surprise en maltais vient de ce que les consonnes de l'arabe articulées du fond de la gorge ont été en majorité éliminées, non sans avoir modifié le timbre de la voyelle précédente. Résultat : un système vocalique enrichi par rapport à celui de l'arabe classique, et proche du système vocalique de l'italien pour les voyelles brèves.

MALTAIS		ARABE CLASSIQUE	
/i/	/u/	/i/	/u/
/e/	/o/		
/a/		/a/	

À ce système de voyelles brèves s'ajoutent 5 voyelles longues ainsi qu'une diphtongue /ie/ :

	MALTAIS		ARABE CLASSIQUE	
/i :/		/u :/	/i :/	/u :/
/e :/		/o :/		
	/a :/			/a :/

+ une diphtongue /ie/

Spécificité du maltais

En résumé, pour la grammaire et pour une grande partie du lexique, et malgré de nombreux emprunts aux langues étrangères, le maltais s'est maintenu dans le cadre de l'ensemble des variétés de l'arabe, mais il fait preuve d'une originalité tout à fait exceptionnelle sur le plan de la prononciation, ce qui le rapproche très nettement des langues européennes, où l'abondance des voyelles est essentielle.

L'adoption de l'alphabet latin, légèrement aménagé[124], confère en outre à cette langue une place à part dans le concert des diverses variétés de l'arabe.

*
* *

L'arabe, une langue diversifiée

Territoire actuel de l'arabe

On a vu qu'à la suite de l'expansion de la religion musulmane, la langue arabe, uniquement parlée en Arabie au VIIe siècle, s'était progressivement répandue sur un vaste territoire, qui couvre de nos jours un espace continu allant de l'océan Atlantique (au niveau du Maroc et de la Mauritanie), en suivant les côtes du sud de la Méditerranée, jusqu'au golfe Persique.

Tous les musulmans ne parlent pas l'arabe

Comme on peut le constater sur la carte ci-contre, il existe plusieurs pays dont les habitants sont à une très grande majorité musulmans mais qui, tout en conservant l'arabe comme langue de référence rituelle, symbolisée par le Coran, n'ont pas adopté cette langue dans la vie quotidienne.

Parmi les pays faisant partie de l'Islam, mais ayant maintenu ou repris leurs propres langues, l'Iran tient une place de choix car dès le XIIIe siècle l'arabe a perdu sa prédominance dans ce pays[125] au profit du persan (farsi), une langue appartenant à une branche de la famille indo-européenne (la branche indo-iranienne) et non pas à la famille sémitique.

La même remarque vaut pour l'Afghanistan, où les deux langues officielles – le dari et le pachto – sont très proches du persan.

La langue arabe dans le monde

Sur cette carte n'ont été nommés que les pays où l'arabe a une position de langue officielle[126]. Il est à signaler qu'à Malte il s'agit d'une variété très particulière, le maltais, et au Tchad, d'une autre variété, le dialecte tchadien. Aux îles Comores, non représentées sur la carte, l'arabe est langue officielle (avec le français et le shikomori, langue proche du swahili)

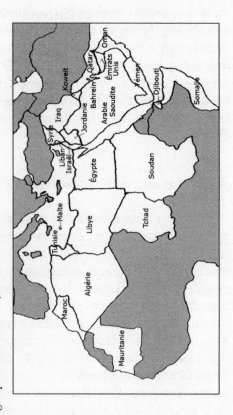

Au Pakistan, la langue officielle est l'urdu qui, avec le hindi, est à relier au sanskrit, autre langue indo-européenne.

Par ailleurs, la situation linguistique et religieuse de la Turquie demande à être précisée. La religion musulmane n'y est plus religion d'État depuis 1928, mais la grande majorité de ses habitants (97 %) est de religion musulmane. Le turc parlé en Turquie appartient à la famille altaïque, qui regroupe des langues de l'Asie centrale, de la Sibérie, de la Mongolie et du Caucase.

Enfin, en Indonésie, pays considéré comme celui où vit le plus grand nombre de musulmans, ce n'est pas la langue arabe mais la langue indonésienne, proche du malais, qui est restée la langue quotidienne de ses habitants.

Tout cela indique qu'une carte représentant l'expansion de la religion musulmane dans le monde ne coïnciderait que partiellement avec une carte de la répartition géographique de la langue arabe[127] qui, de plus, présente dans ses usages parlés une image très diversifiée dont l'origine remonte aux premiers temps de l'expansion de la langue arabe.

Les dialectes avaient suivi les mouvements des tribus

En effet, pratiqué sur un si vaste domaine, et par des populations qui l'avaient souvent appris comme une langue étrangère, l'arabe parlé a subi des modifications plus ou moins considérables au cours des siècles, en donnant naissance à de nombreuses variétés, différentes selon les lieux et les peuples.

La diversité des parlers arabes ne se comprend que si on les rattache aux mouvements des tribus sur le terrain et à la nature des relations qu'elles ont nouées avec les populations autochtones, dès la première expansion de l'islam.

La vie militaire dans les camps, qui mettait en contact étroit et direct plusieurs tribus, aboutira à la création d'une langue commune appelée « moyen arabe ». C'est cette langue interdialectale qui sera utilisée par les orateurs et les chefs militaires pour s'adresser aux combattants[128].

Le contact des Arabes entre eux et avec les habitants des pays conquis entraînait des modifications de leur prononciation et de leur vocabulaire. Tout en conservant leur propre idiome, les conquérants se laissaient influencer par les langues locales, malgré le recul de celles-ci au profit de la langue arabe. De leur côté, en adoptant la langue du Coran, les habitants des pays conquis introduisaient dans cette langue nouvellement apprise les habitudes linguistiques qui étaient les leurs. Dès lors, on comprend bien comment et pourquoi les parlers arabes du Maghreb (« de l'Ouest ») ont été influencés par les différentes variétés du berbère alors que ceux du Machreq (« de l'Est ») ont reçu des apports de l'araméen, du syriaque, du persan et, plus tard, du turc.

Les grandes divisions dialectales

L'évolution de la société musulmane avait abouti à la création de grandes villes, comme Damas, Bagdad, Le Caire, ou encore Kairouan et Fès, où le brassage des populations venues de divers horizons avait entraîné des altérations de leurs habitudes linguistiques. C'est pourquoi les historiens de la langue arabe vont jusqu'à classer les dialectes en deux grands groupes : les dialectes des gens des villes et les dialectes des nomades.

LES GROUPEMENTS DIALECTAUX

On distingue un grand nombre de dialectes arabes, dont les plus importants sont :
– les dialectes arabiques (péninsule Arabique)
– les dialectes mésopotamiens (Irak et Anatolie)
– les dialectes syro-libanais (Syrie, Palestine, Jordanie et Liban)
– les dialectes égyptiens
– les dialectes soudanais et tchadiens
– les dialectes libyens
– les dialectes maghrébins (Tunisie, Algérie et Maroc)
– le dialecte *hassaniya* (Mauritanie)
– le maltais qui, comme on l'a vu, constitue un cas à part.

Pourtant, un grand orientaliste français a pu découvrir dans les usages linguistiques d'une grande ville, Bagdad, « plus de sept groupements indigènes stables, tous de langue arabe mais de dialectes différents[129] ».

Ces dialectes peuvent être considérés comme des vestiges de langues parlées, il y a plus de mille ans, par des tribus venues d'Arabie.

Outre la dichotomie entre les parlers sédentaires et les parlers nomades, fondée sur des considérations d'ordre social, une autre grande division dialectale apparaît nettement sur le plan géographique : les dialectes orientaux (du Machreq) et les dialectes occidentaux (du Maghreb), la ligne de partage se situant approximativement en Lybie.

Enfin, une division d'ordre religieux permet de distinguer l'arabe musulman du judéo-arabe et de l'arabe chrétien[130].

Entre Maghreb et Machreq

Soulignons tout d'abord que l'arabe parlé dans tous les pays arabes se distingue de l'arabe classique par quelques points communs :

– disparition progressive des déclinaisons

– rareté de l'utilisation du duel, qui tend à se confondre avec le pluriel

– tendance à confondre le masculin et le féminin au pluriel

– modifications de la prononciation de certaines consonnes.

Mais les dialectes orientaux et les dialectes occidentaux ont chacun des propriétés spécifiques, à la fois sur le plan de la prononciation et du lexique.

Différences dans la prononciation

C'est au point qu'un Égyptien ne parle pas exactement le même arabe qu'un Marocain, ni un Libanais la même variété qu'un Tunisien. Il est même fréquent de constater que l'intercompréhension orale peut devenir difficile entre des arabophones de différents pays, parlant chacun l'arabe de sa région.

Pourquoi par exemple la communication n'est-elle pas totalement fluide entre un habitant d'Afrique du Nord et un Égyptien, qui pourtant tous deux parlent arabe ? Plus étonnant encore, comment se fait-il que le degré d'incompréhension ne soit pas le même chez les deux protagonistes ? En effet, ce que dit un Égyptien est assez bien compris par un Maghrébin, alors que ce même Égyptien a beaucoup plus de mal à comprendre les paroles du Maghrébin.

Tout s'explique lorsque l'on constate que l'arabe du Maghreb et celui du Machreq n'ont pas connu le même degré d'évolution phonétique : elle a été poussée beaucoup plus loin dans les pays du Maghreb, où elle a abouti à des mots aux formes nettement raccourcies. Dans cette variété d'arabe, l'articulation des voyelles brèves des syllabes inaccentuées s'est progressivement affaiblie, au point que ces voyelles ont été totalement éliminées de la prononciation, alors qu'elles se sont maintenues au Machreq.

Ainsi, le verbe *khadam(a)* « servir » est prononcé en trois syllabes au Moyen Orient alors qu'au Maghreb, il se réduit à deux syllabes, avec élimination de la première voyelle : *khdam*.

On comprend dès lors que les formes abrégées du Maghreb, où il manque des indices permettant d'identifier les mots, soient plus difficiles à interpréter que les formes complètes du Machreq, plus proches de l'arabe classique enseigné à l'école.

RÉCRÉATION

MAGHREB, ALGARVE ET TRAFALGAR

Ces trois toponymes ont pour origine des points cardinaux.

1. Le nom de l'*Algarve*, province du Portugal, vient de l'arabe **al-gharb** « l'ouest ». Vrai ou faux ?

2. *Trafalgar* rappelle une fameuse bataille navale qui a eu lieu en 1805 et qui s'est terminée par la victoire de l'amiral Nelson. Le nom de cette bataille repose sur un mot arabe désignant le Sud. Vrai ou faux ?

3. Les pays du Maghreb doivent cette appellation à un mot arabe désignant l'est. Vrai ou faux ?

RÉPONSE : 1. Vrai, car l'Algarve se trouve bien à l'ouest de la péninsule Ibérique. – 2. Faux. *Trafalgar* vient de l'arabe *taraf al-gharb* « la pointe de l'ouest ». – 3. Faux. *Maghreb* vient de l'arabe *gharb* « ouest ».

Différences dans le vocabulaire

À ces différences de prononciation s'ajoutent des particularités lexicales, dont on trouvera ci-après quelques exemples.

Le thé se dit *tay* ou *et-tey* au Maghreb, mais *chây* au Machreq, ce qui ne présente sans doute aucun problème d'inter-compréhension pour les usagers de l'un et l'autre groupe car les formes sont assez proches. Pourtant, ces deux prononciations en disent long sur le voyage des mots car si *chây* semble très proche du mot chinois *cha*, qui en est l'origine, *tay* a suivi un chemin beaucoup plus sinueux : parti du chinois, il est passé par le malais, puis par l'anglais, qui l'a transmis au français[131].

Le nom de l'orange a une histoire qui mérite qu'on s'y attarde un peu plus longuement. Au Machreq, ce fruit est désigné par deux mots différents : soit *berd'ân*, altération du mot *burtuqâl*, qui lui-même est dérivé du nom du Portugal, soit *laymûn*. Or *laymûn* désigne aussi le citron, surtout quand ce mot est suivi de l'adjectif *hâmod* « acide », mais avec une exception : Tripoli, port situé au nord du Liban, est la seule ville du Moyen Orient à désigner le citron par le nom *marâkbî*, qui est issu de *marâkib* « bateaux ». Cette étymologie pour le moins inattendue ne s'explique que si l'on sait que Tripoli était au XIXe siècle le port d'embarquement des récoltes de citrons de la région vers l'Europe.

Cette histoire du nom de l'orange n'est pas terminée car, au Maghreb, elle porte un tout autre nom, *china*. On y devine le nom de la Chine, qui a effectivement été le pays originaire de ce fruit, plus tard cultivé en Inde, d'où les Arabes l'importèrent au Moyen Orient[132] et finalement en Occident.

Avec la cerise, c'est le nom utilisé au Maghreb, *habb al-mulûk*, qui est le plus imagé car il signifie littéralement « graine des rois », ce qui évoque un fruit digne des grands de ce monde, alors qu'au Machreq, *karaz* ne désigne que la cerise sans susciter d'autres images.

Par ailleurs, le nom de la tomate a été emprunté au français *tomate* dans les pays du Maghreb (*ṭmaṭm*), mais à l'italien *pomodoro* (littéralement « pomme d'or ») au Liban et en Syrie, où la forme *banadûra* ne laisse pas facilement transparaître la forme italienne d'origine, *pomodoro*.

Un dernier exemple, parmi bien d'autres, permet de comprendre comment la communication peut être entravée en raison de la diversité des usages lexicaux entre des personnes parlant la même langue : le nom du poisson est *ḥût* au Maghreb et *samaka* au Machreq. Chose curieuse, au Machreq le mot *ḥût*, qui existe aussi, sert à désigner, non pas le « poisson », mais la « baleine ».

*
*   *

Cette dichotomie Est-Ouest, très générale, s'accompagne d'autres différences partielles, qui touchent en particulier les emprunts aux langues étrangères, qui ne sont pas les mêmes selon les circonstances historiques qui les ont introduits en arabe.

De plus, les influences entre l'arabe et le français ont été réciproques, comme en témoignent les deux glossaires qui constituent les deux chapitres suivants :

CHAPITRE III : Glossaire des mots français venus de l'arabe.

CHAPITRE IV : Glossaire des mots arabes venus du français.

III

Des mots français venus de l'arabe

Établissement du glossaire

En principe, tous les mots figurant dans le glossaire qui suit sont d'origine arabe (Ex. **alfa**) mais on ne l'indique expressément que lorsqu'on y ajoute une précision (Ex. **alambic**).

N'ont été retenus que les mots figurant dans au moins deux des ouvrages de référence suivants :

• WALTER, Henriette & WALTER, Gérard, *Dictionnaire des mots d'origine étrangère*, Paris, Larousse (1991), 2e édition revue et augmentée, 1988, 427 p.

• DEVIC, Marcel, Supplément concernant l'étymologie des mots d'origine orientale (arabes, hébreux, persans, turcs et malais) à la suite du *Dictionnaire de la langue française* d'Émile LITTRÉ, Paris, Hachette, 1877, p. 1-69 du Supplément.

• MAKKI, Hassane, *Dictionnaire des arabismes*, Paris, Geuthner, 2001, 145 p.

• BEN SMAIL, Mohammed, *Dictionnaire des mots français d'origine arabe*, Tunis, S.T.E.R., 1994, 151 p.

• HUNKE, Sigrid, *Le soleil d'Allah brille sur l'Occident*, Paris, Albin Michel, 1963, 414 p., index p. 399-401. et p. 13-14.

• En outre, le T.L.F. (*Trésor de la langue française*, http://atilf.atilf.fr) a été consulté pour confirmer certaines étymologies.

Ont été exclus les mots attestés autrefois en français mais qui n'ont pas survécu (Ex. **chaban**, n.m., huitième mois de l'année musulmane, attesté chez Montesquieu sous la forme **chabban**). Ont également été exclus la plupart des dérivés forgés à partir de mots français empruntés à l'arabe (Ex. **sucre**, venu de l'arabe, figure en entrée, et non pas ses dérivés français **sucrer, sucrier, sucrerie**, etc.).

Aide à la lecture

Chaque entrée se termine par une indication approximative de la date de la première attestation écrite en français.

La flèche ⇒ renvoie soit à une autre entrée, soit à un encadré ❑ regroupant d'autres mots du glossaire, apparentés par le sens (Ex. **sesbanie** ⇒ **alfa** ❑) ou par la forme (Exemple **abricot** ⇒ **babouche**).

N.B. : Chaque encadré a été placé immédiatement à la suite de l'entrée de référence (Ex. l'encadré COLORANTS se trouve à la suite de l'entrée **aniline**).

Enfin, c'est afin de ne pas alourdir la translitération des mots arabes, que l'on n'a pas noté la consonne initiale' dans la notation de l'article *al*.

Glossaire des mots français
venus de l'arabe

abelmosc(h) n.m. plante odorante (fam. des malvacées), appelée aussi *ketmie odorante, graine musquée* ou *ambrette*.

abricot n.m. fruit (fam. des rosacées), de l'ar. *al-barqûq*, emprunté au latin (*malum*) *praecoquum* « (fruit) précoce » mais en arabe *al-barqûq* désigne une sorte de prune et non pas l'abricot, qui se dit *muchmuch* au Moyen Orient et *mechmech* dans le Maghreb. XVIe s.
⇒ **babouche**

QUEL RAPPORT ENTRE ABRICOT ET BABOUCHE ?

Il n'y a aucun rapport sur le plan sémantique, mais la trace manifeste du passage de ces deux noms par l'arabe : l'un vient du latin (*malum*) *praecoquum*, l'autre du persan (*papouch*) et, dans les deux cas, le /p/ de la langue d'origine a été remplacé par un /b/ car dans le système phonologique de l'arabe classique, il n'y a pas de /p/.

---

abutilon n.m. plante (fam. des malvacées).

achour(a) n.m. impôt, dîme, (Algérie) nom formé sur *'achra* « dix ». XIXe s.

adène n.m. arbrisseau d'Arabie.

adobe n.m. brique séchée, de l'ar. *at-tûb* « brique », par l'esp. XIIe s.

alambic n.m. appareil de distillation. Forme hybride, de l'ar. *al* + gr. *ambix* « vase à distiller », par l'esp. XIIIe s.

⇒ **almanach** ❑, **élixir** ❑

albacore n.m. thon blanc, de l'ar. marocain *al-bakûra* « jeune bonite ». XVIe s.

⇒ **varan** ❑

albatros n.m. oiseau palmipède marin au plumage blanc, de l'ar. *al-ghattas* « espèce d'aigle marin », attesté d'abord sous la forme *alcatrace* (1588), le *b* de *albatros* étant sans doute influencé par le latin *albus* « blanc ». XVIIe s.

⇒ **rock** ❑,

⇒ **varan** ❑

alberge n.f. sorte d'abricot. Forme hybride, à partir de l'ar. *al* + lat. *persica* « de Perse », par l'esp. *alberchiga*. XVIᵉ s.

alcade n.m. de l'ar. *al-qâḏî* « juge ». XVIᵉ s.

alcali n.m. hydroxyde de métaux alcalins, de l'ar. *al-qalî* « soude ». XVIᵉ s.
⇒ **kalium**

Pourquoi le symbole chimique du potassium est-il K ?

Parce que l'ancien nom du potassium était *kalium*, nom formé sur l'arabe *qalî* « soude », qui par ailleurs a donné *alcali*, qui désigne aussi n'importe quel hydroxyde alcalin (soude, potasse, etc.)

---

alcar(r) aza(s) n.m. vase en terre poreuse, de l'arabe *al-kurrâz* « cruche ». XVIIIᵉ s.

alcazar n.m. palais fortifié.
⇒ **médina** ❏

alchimie n.f. science occulte, à la recherche de la transmutation des métaux, de l'ar. *al-kîmyâ*, par le lat. médiéval *alchimia*. XIIIᵉ s.

alcool n.m. composé organique oxygéné et, plus précisément, résultat de la distillation d'un jus sucré fermenté, de l'ar. *al-kohl* « antimoine pulvérisé », par le lat. des alchimistes, qui désignaient ainsi une opération de distillation. Le passage du sens « antimoine pulvérisé » à « résultat de la distillation d'un jus sucré fermenté » reste à éclaircir. XVIᵉ s.
⇒ **aldéhyde, élixir** ❏

alcôve n.f. renfoncement aménagé dans le mur pour recevoir un lit, de l'ar. *al-qubba* « petite chambre », par l'esp. XVIIe s.
⇒ **almanach** ❑

aldéhyde n.m. de *al(cool)* + *déshydrogéné*. Nom créé par le chimiste allemand Justus Liebig. XIXe s.
⇒ **alcool**

alépine n.f. étoffe de soie et de laine, nom formé sur *Alep*, ville de Syrie. XIXe s.
⇒ **satin** ❑

alezan adj. de couleur fauve, de l'ar. *az'ar* « rougeâtre » ou de *al-hisân* « cheval à robe rougeâtre », par l'esp. *alazan*. XVIe s.
⇒ **gerboise** ❑

alfa n.m. plante (fam. des graminacées) servant en particullier à la fabrication du papier, de l'ar. *halfâ*. XIXe s.
⇒ **almanach** ❑,
⇒ **sesbanie** ❑

RÉCRÉATION

PAPIER ALFA ET PAPIER DE SESBANIE

Tout comme l'*alfa*, la *sesbanie*, mot également d'origine arabe, sert à fabriquer du papier.
S'agit-il :
1. du papier gaufré ?
2. du papier à cigarettes ?
3. du papier d'emballage ?

RÉPONSE : 2.

---

alfange n.f. cimeterre, de l'ar. *al-khanjar* « sabre ». XVIIe s.

algarade n.f. brusque altercation, de l'ar. *al-ghâra* « attaque à main armée », par l'esp. *algarada* « cri subit, alerte, attaque imprévue ». XVIe s.

algazelle n.f. antilope du Sahara, de l'ar. *al-ghazâl*. XVIIIe s.
⇒ **gazelle**

algèbre n.f. branche des mathématiques, de l'ar. *al-jabr* en mathématiques, « réduction (à une forme plus simple) », titre d'un ouvrage du mathématicien al-Khuwâri-zmî (IXe s.), traduit en lat. dès le début du XIIe s. XIVe s.

algorithme n.m. ensemble des règles permettant de résoudre un problème, de l'ar. *al-Khwârizmî*, nom d'un savant arabe du IXe s., ayant vécu à la cour du calife al-Ma'mûn, par le lat. médiéval *algorithmus*. XVIe s.

alguazil n.m. fonctionnaire de police en Espagne, de l'ar. *al-wazîr* « vizir, conseiller du calife ». XVIe s.

alhagi n.m. arbrisseau épineux à petites fleurs rouges poussant dans les parties désertiques de l'Égypte, de la Grèce et de l'Asie Mineure.

alidade n.f. instrument de mesure topographique, de l'ar. *al-'idâda* « règle graduée ». XVIe s.

alizari n.m. nom commercial de la racine de garance.

alizarine n.f. colorant rouge extrait de l'*alizari*, racine de la garance. XIXe s.
⇒ **aniline** ❑

alkanna n.f. henné (en ancien français *alcanne*),
plante de la famille des borraginacées, nommée aussi *orcanette*.
⇒ **henné, orcanette**

alkékenge n.f. plante (fam. des solanacées), de l'ar.,
lui-même du persan. XIXᵉ s. On la connaît
aussi sous le nom de *physalis* ou de *coqueret*.

alkermès n.m. liqueur rouge foncé utilisée comme
colorant et obtenue à partir de la macération de la cannelle de Ceylan dans de l'alcool coloré par la cochenille. XIXᵉ s.
⇒ **kermès**

almagra, almagre n.m. poudre d'argile ocre-rouge,
également nommée *rouge indien*.

almanach n.m. calendrier agrémenté d'informations diverses, de l'ar. d'Espagne *al-manâkh*
« calendrier », par le lat. médiéval. XIVᵉ s.

RÉCRÉATION

LA PRÉSENCE PRÉSUMÉE DE L'ARTICLE ARABE

On peut identifier l'article arabe *al* plus ou moins
altéré au début de la plupart des mots français
suivants :

alambic	alfa	almée	anila	ayatollah
alcôve	almanach	amiral	arsenal	azimut

Trouvez les trois intrus.

RÉPONSE : *alfa, almée, ayatollah*, où la première syllabe ne
représente pas l'article *al* mais fait partie du mot arabe.

---

almée n.f. danseuse orientale lettrée, de l'ar. 'âlma
« savante », de 'alima « savoir ». XVIIIᵉ s.

⇒ **almanach** ❏

almène n.f. unité de poids en Inde orientale, de l'ar. *al-manâ*, lui-même du grec.

⇒ **ar(r)obe** ❏

almicantarat n.m. terme d'astronomie désignant un cercle de la sphère céleste parallèle à l'horizon. XVIIe s.

almude n.m. mesure de capacité.

alquifoux n.m. sulfure de plomb utilisé pour le vernissage des poteries. XVIIe s.

aludel n.m. assemblage de poteries des alchimistes, de l'ar., lui-même du grec.

amalgame n.m. alliage du mercure et d'un autre métal, de l'ar. *'amal al-jamâ'a* « fusion charnelle, copulation ». XVe s.

aman n.m. protection, grâce, de l'ar. *'amân* « sécurité, protection ». XVIIIe s.

ambre n.m. sécrétion du cachalot, utilisée en parfumerie, de l'ar. *'anbar* « ambre gris ». XIIIe s.

amiral n.m. grade le plus élevé dans la marine militaire, de l'ar. *'amîr al-(bahr)* « prince de la (mer) », de *'amîr*, « émir, prince » et de *al-bahr* « la mer ». XIVe s.

⇒ **almanach** ❏

amulette n.f. porte-bonheur, du lat. *amuletum*, lui-même de l'ar. *hamilât*, de la racine **h m l** « porter ». XVIe s.

anil n.m. plante produisant l'indigo, de l'ar. *al-nîl* « indigo », lui-même du persan. XVIe s.

⇒ **almanach** ❏

aniline n.f. colorant, nom formé sur *anil*. XIXe s.

COLORANTS

Plusieurs colorants d'origine arabe apportent une couleur rouge, mais dans la liste suivante, un des colorants produit du bleu indigo et un autre du violet.

Lesquels ?

carmin

carthame

henné

aniline

orseille

alizarine

RÉPONSE : l'*aniline* produit une couleur bleu indigo et l'*orseille*, une couleur violette.

---

arabe adj. habitant d'Arabie, de l'ar. *'arabî*, par le grec. XIIᵉ s.

arabesque n.f. ornement fait de motifs curvilignes stylisés, propres à la décoration arabe. XVIᵉ s.

arak, arack n.m. eau-de-vie, de l'ar. *'araq* « liqueur de palmier » (littéralement « sueur » (du palmier), puis « spiritueux ». XVIIᵉ s.

arcanne n.f. poudre colorée servant, avec une cordelette tendue, à tracer une ligne droite, de l'ar. *al-hinnâ'* « henné ».

⇒ **henné**.

argan n.m. plante d'où l'on extrait une huile de table très appréciée au Maroc.

⇒ **tajine** ❑

argousin n.m. officier des galères, de l'ar. *al-gwazil* « gendarme ». XVIᵉ s.

ar(r)obe n.f. ancienne mesure de poids en Espagne et au Portugal (environ 11 kg), de l'ar. *'ar-rub'* « le quart » (du quintal de Castille, qui était égal environ à 45 kg). XVIᵉ s.

RÉCRÉATION

LE PLUS PETIT POIDS

Voici quatre unités de poids d'origine arabe. Quelle est la plus petite ?
1. almène
2. arrobe
3. carat
4. quintal

RÉPONSE : 3. Le **carat**, qui correspond aujourd'hui à 0,20 gramme.

---

arsenal n.m. lieu de **construction** et de ravitaillement des navires de guerre, de l'ar. *(dâr) as-sinâ'a* « (maison) où l'on construit, atelier », d'abord au xiiiᵉ s. sous la forme *tarsenal*. XVIᵉ s.
⇒ **darse** ❑, **almanach** ❑

artichaut n.m. plante potagère (fam. des composées), de l'ar. *al-kharchûf* « artichaut ». XVIᵉ s.
⇒ **tajine** ❑

askari n.m. soldat. XIXᵉ s.

assassin n.m. meurtrier avec préméditation, de l'ar. *hachchâchîn* « fumeurs de haschisch », ou dérivé de l'ar. *'asâs* « fondement (de la foi) » par l'it. *assassino*. XVIIᵉ s.[133]
⇒ **ouléma** ❑

athanor n.m. fourneau, de l'arabe *at-tannûr* « four ».
    XIIIe s.
    ⇒ **mahonne** ❏

aubergine n.f. plante potagère (fam. des solénacées), de l'ar. *al-bâdhinjân*, lui-même du persan, XVIIIe s.
    ⇒ **moussaka** ❏

aval n.m. garantie commerciale, de l'ar. *ḥawâla* « délégation, mandat ». XVIIe s.

RÉCRÉATION

DE QUEL AVAL S'AGIT-T-IL ?

Il y a deux mots **aval** en français, L'un d'entre eux vient de l'arabe, par l'italien *avallo* et concerne une garantie financière. L'autre s'oppose à *amont* et désigne le côté situé vers le bas d'une pente.
    Quelle en est l'origine ?

RÉPONSE : l'autre *aval* est d'origine latine, il est formé sur la même racine que *vallée.*

---

avanie n.f. affront, insulte, de l'ar. *ḥawân* « rançon », par l'it. XVIe s.

avarie n.f. dégâts, de l'ar. *'awârîya* « dommages », par l'it. XIIIe s.

avives n.f.pl. maladie des glandes salivaires chez les animaux, de l'ar. *'adhdhîba*.

ayatollah n.m. chef religieux chiite, de l'ar. *'âyat* « signe » et'*allâh* « dieu ». XXe s.
    ⇒ **almanach** ❏, imam ❏

azerole n.f. fruit (fam. des rosacées), de l'ar. *az-zu'rûr* (*za'rûra*) « néflier », par l'esp. XVIe s.

azimut n.m. terme d'astronomie permettant d'indiquer la position d'un astre, de l'ar. classique *as-samt* « chemin ». XVᵉ s.
⇒ **almanach, zénith, darse**

azur n.m. pierre bleue, puis couleur bleue, de l'ar. *lâzaward*, lui-même du persan. XIᵉ s.
⇒ **moussaka** ❏

babouche n.f. pantoufle orientale, par l'ar. dialectal *bâbûch*, lui-même du persan *pâpoûch* « mule » (la chaussure). XVIᵉ s.
⇒ **abricot** ❏

balais adj.m. rubis rose pâle, de l'ar. par l'it. *balescio*, déjà en lat. médiéval, du nom de *Badakhchan*, montagne près de Samarcande réputée pour ses mines de pierres précieuses.

NE PAS CONFONDRE UN *BALAIS* ET UN *BALAI*

Si le premier désigne une pierre précieuse, qui évoque les fastes de l'Orient, le second, qui vient d'une forme gauloise désignant le genêt, n'est qu'un modeste ustensile de ménage servant à nettoyer le sol.

---

baldaquin n.m. dais de soie, de l'ar. *baghdâdî* « de Bagdad », par l'it., le premier sens de ce mot étant « soie de Bagdad ».

baobab n.m. arbre des régions tropicales, peut-être de l'ar. *bû hibâb*. XVIIIᵉ s.

baraka n.f. chance, de l'ar. *baraka* « bénédiction ». XXᵉ s.

barbacane n.f. meurtrière, de l'arabo-persan. XIIᵉ s.
⇒ **médina** ❏

barca interj. (famil.) ça suffit !

bar(r)aquer v. s'accroupir (pour un camélidé). XXe s.

barda n.m. (famil.) bagage encombrant, de l'ar. *barda'a* « bât d'âne ». XIXe s.

barde n.f. tranche de lard, de l'ar. *al-barda'a* « bât », par l'esp. *albarda* « bât, couverture de selle », puis « barde (de lard) ». XIIIe s.

bardeau n.m. planchette de bois en forme de tuile, de l'ar. *barda'a* « bât ». XVIe s.

bardot n.m. hybride d'un cheval et d'une ânesse, de l'ar. *barda'a* « bât », d'où « bête de somme ». XVIe s.

baroud n.m. combat. XXe s.

barrer (se) v. (fam) partir rapidement, de l'ar. *barra* ! « dehors ! ». XXe s.

⇒ **lascar** ❑

basane n.f. cuir souple, de l'ar. *bîṯâna* « doublure », déjà présent en bas-latin. XIIe s.

bédégar n.m. excroissance chevelue de l'églantier et du rosier, mot arabo-persan (du persan *bâd* « souffle » + ar. *ward* « rose »).

bédouin n.m. nomade, de l'ar. *badawî* « habitant du désert ». XVIe s.

benjoin n.m. substance aromatique, de l'ar. *lubân jâwî* « encens de Java ». Les Arabes appelaient *Jâwî* l'île de Java. XVIe s.

⇒ **benzène, benzine**

benzène n.m. hydrocarbure cyclique (C^6H^6), de l'ar. *lubân jâwî* « encens de Java ». XVIe s.

⇒ **benjoin, benzine**

benzine n.f. mélange d'hydrocarbures provenant de la distillation du benzol, de l'ar. *lubân jâwî* « encens de Java ». XVIe s.

⇒ **benjoin, benzène**

bézef, bésef adv. (famil.), beaucoup. XIXe s.

bézoard n.m. concrétion calcaire qui se forme dans les viscères de certains mammifères, de l'ar. *bezuwâr*, lui-même du persan. XVe s.

bled n.m. (famil.) village isolé, de l'ar. maghrébin *bled* « pays ». XIXe s.
> ⇒ **lascar** ❑,
> **ouléma** ❑

borax n.m. sel de sodium du bore, composé chimique utilisé en céramique, de l'ar. *buraq*, lui-même du persan. XIIe s.
> ⇒ **colcotar** ❑

bordj n.m. fortin, de l'ar. maghrébin *bordj* « forteresse ». XIXe s.

bougie n.f. de *Bougie*, ancienne ville d'Algérie. XIVe s.

bouracan n.m. étoffe faite de poils de chameau

bourrache n.f. plante sudorifique, de l'ar. *'abû* « père » et *'araq* « sueur ». XIIIe s.

boutargue ou **poutargue** n.f. œufs de mulet ou de thon salés et séchés au soleil, de l'ar. *batârikh* « œufs de poisson », par le provençal. XVIe s.
> ⇒ **couscous**

LA BOUTARGUE DANS UN TEXTE DE RABELAIS

De la **boutargue** figure en bonne place au menu d'un souper de Gargantua, qui...

« ... commençait son repas par quelques douzaines de jambons, de langues de bœuf fumées, de **boutargues**, d'andouilles, et tels autres avant-coureurs de vin. »

« ... *commençoit son repas par quelques douzeines de jambons, de langues de beuf fumées, de boutargues, d'andouilles, et telz autres avant-coureurs de vin*[134]. »

---

boutre n.m. petit voilier arabe. XIXᵉ s.
> ⇒ **mahonne** ❏

brick ou **brik** n.f. sorte de crêpe, de l'ar. tunisien *breck*. XXᵉ s.

burnous n.m. manteau, de l'ar. *burnus* « manteau à capuchon ». XIXᵉ s.
> ⇒ **caban** ❏

caban n.m. grande veste en gros drap de laine, de l'ar. *qabâ* « manteau d'homme ». XVᵉ s.

cadi n.m. magistrat musulman remplissant les fonctions de juge, de l'ar. *qâḏî* « juge ». XIVᵉ s.

cafard n.m. délateur, peut-être de l'ar. *kâfir* « infidèle, mécréant ». XVIᵉ s.

café n.m. fève du caféier, puis boisson, de l'ar. *qahwa*, prononcé à la turque *kahvé*. XVIIᵉ s.

cafetan, **caftan** n.m. vêtement ample et long, de l'arabo-persan *qaftân* « robe doublée de fourrure ». XVIᵉ s.

RÉCRÉATION

DES VÊTEMENTS

Tous ces noms de vêtements sont d'origine arabe, à l'exception de l'un d'entre eux. Trouvez-le.

burnous   caftan
caban   paletot
djellaba   gandoura
jupe   gilet

RÉPONSE : *paletot*, qui vient du moyen anglais *paltok* « sorte de jaquette ».

---

caïd n.m. gouverneur, de l'ar. *qâ'id* « chef ». XIIIe s.
   ⇒ **raïs** ❑

calfater v. rendre étanche la coque d'un bateau, de l'ar. *qalafa* « calfater », de *qafr* « asphalte ». XIVe s.

calfeutrer v. réaliser l'isolation thermique, de l'ar. *qalafa* « calfater ». XVIe s.

calibre n.m. instrument de mesure, de l'ar. *qâlib* « forme, moule », par l'it. XVe s.

calife, khalife n.m. souverain musulman, successeur de Mahomet, de l'ar. *khalîfa* littéralement « successeur ». XIIe s.
   ⇒ **imam** ❑

camaïeu n.m. pierre fine sculptée et présentant deux nuances de la même couleur, de l'ar. *qum'ûl* « bouton (de fleur) ». XIIe s.
   ⇒ **camée, darse** ❑

camée n.m. pierre fine sculptée et présentant différentes couleurs
   ⇒ **camaïeu, darse** ❑

camelot n.m. grosse étoffe pelucheuse, de l'ar. *hamelat* « peluche de laine ». XIIIe s.

RÉCRÉATION

POUR CAMELOT, ON A LE CHOIX
ENTRE UNE ÉTOFFE ET UN COLPORTEUR

Le nom de l'étoffe vient de l'arabe.
De quelle autre langue vient celui du colporteur ?

RÉPONSE : *Camelot*, dans le sens de « marchand ambu-
land » vient du turc.

---

camphre n.m. substance aromatique aux propriétés tonicardiaques, de l'ar. *kâfûr*, lui-même du sanskrit et déjà en lat. médiéval. XIIIe s.

candi adj. inv. sucre, de l'ar. *qandî* « sucre de canne » lui-même du persan. XIIIe s.

cange n.f. embarcation à voiles utilisée sur le Nil, de l'ar. dialectal *qanja*, lui-même du turc. XIXe s.
⇒ **mahonne** ❏

caoua n.m. (famil.) café, de l'ar. *qahwa* « café ». XIXe s.
⇒ **lascar** ❏

carabé n.m. variété d'ambre jaune, de l'ar. *kahrabâ* « ambre jaune ». XIIIe s.

carafe n.f. récipient de verre ou de cristal, de l'ar. *gharrâfa* « pot à boire », par l'esp. *garrafa* et l'it. *caraffa*. XVIe s.
⇒ **tajine** ❏

car(r)aque n.f. grand navire de commerce, de l'ar. *karrâka* « bâtiment léger ». XIIIe s.

carat n.m. très petite unité de poids, de l'ar. *qîrât* « petit poids » (1/24e de denier), lui-même du grec *keration* « graine de caroubier ». XIVe s.
⇒ **ar(r)obe** ❏

RÉCRÉATION

QUELQUES NOMS DE RÉCIPIENTS

Dans la liste de récipients présentée ci-dessous, tous les noms sont d'origine arabe sauf trois. Lesquels ?

1. carafe	5. tagine
2. jarre	6. amphore
3. tasse	7. matras
4. hanap	8. bocal

RÉPONSE : **4, 6, 8** : *hanap* est d'origine germanique, *amphore* est d'origine grecque et *bocal* vient du latin populaire par l'intermédiaire de l'italien.

---

carmin n.m. colorant d'un rouge éclatant, de l'ar. *qirmiz* « carmin », lui-même du sanskrit *krmis*, par le persan *qermez*. XIIe s.

⇒ **kermès, cramoisi, aniline** ❑, **darse** ❑

caroube n.f. fruit du caroubier, de l'ar. *kharrûb*. XVIe s.

carouge n.m. bois du caroubier, utilisé en marqueterie. XVIIe s.

carthame n.m. plante (fam. des composées) utilisée comme colorant.

⇒ **aniline**

carvi n.m. plante aromatique (fam. des ombellifères), appelée aussi *carmin des prés*, de l'ar. *karawiya* « carvi ». XIIIe s.

⇒ **tajine** ❑

casbah, kasbah n.m. citadelle (dans une ville d'Afrique du Nord), de l'ar. *qasaba* « forteresse ». XIXe s.

⇒ **médina** ❑

cassate n.f. glace aux fruits confits enrobée d'une glace différente, de l'ar. *qas'a* « grande assiette creuse », par l'it. XXe s.

cavas, kavas n.m. garde, archer, de l'ar. *qawwâs* « tireur »

chadouf n.m. balancier pour tirer l'eau du puits, de l'ar. d'Égypte *châdûf*.

chalef n.m. arbuste oriental à fleurs odorantes (fam. des éléaniacées).

chamarrer v. de *chamarre*, altération de *samarre* « sorte de robe doublée de fourrure et rehaussée d'ornements colorés », probablement de l'ar. *sammûr* « belette sibérienne ». XVIe s.

chaouch n.m. huissier, appariteur, de l'ar. *châwuch*. XIXe s.

charabia n.m. langue incompréhensible, de l'ar. *al-gharbiyya* « celle de l'Ouest ». XIXe s.

RÉCRÉATION

UN DOUTE À PROPOS DU CHARABIA

Ce mot vient de l'arabe et, dans cette langue, il signifie :

1. arabe ?
2. en rapport avec l'Ouest ?
3. incompréhensible ?

RÉPONSE : 2. Dans la forme arabe *al-gharbyia*, on identifie la racine **gh r b** que l'on retrouve dans *Maghreb* « territoire situé à l'Ouest ». En effet, les arabophones du Moyen-Orient ont du mal à comprendre les arabophones du Maghreb.

---

charia n.f. loi islamique. XXe s.

chébec n.m. navire à trois mâts et à rames de la Méditerranée, de l'ar. *chabbâk* « bâtiment barbaresque ». XVIIIe s.

⇒ **mahonne** ❏

chèche n.m. écharpe de coton pouvant servir de coiffure, de l'ar. *châchîyya*, de *Châch*, nom arabe de la ville de *Tachkent* (Ouzbékistan) où l'on fabriquait des bonnets. XIXe s.

chéchia n.f. coiffure, de l'ar. *châchîyya*, du nom de la ville de *Châch* (Ouzbékistan) où l'on fabriquait des bonnets. XIXe s.

cheik, cheikh, scheik n.m. chef de tribu, de l'ar. *cheikh*, d'abord « vieillard » puis « seigneur ». XVIIIe s.
⇒ **raïs** ❑

chergui n.m. vent chaud du Sud-Est, au Maroc, de l'ar. *charqî* « de l'Est ». XXe s.
⇒ **mousson** ❑

chérif n.m. de l'ar. *charîf* « noble », puis « descendant de Mahomet (par sa fille Fatima, épouse d'Ali) ». Repris par l'angl. au XIXe s.

chervis n.m. plante à racines comestibles (fam. des ombellifères), même origine que *carvi*. XVIe s.

chiche-kébab n.m. brochette de viande, de l'ar. *kabâb* « viande grillée »

chicotin n.m. suc de l'aloès, de *suqutra*, nom ar. de l'île de *Socotra* (Yémen). XVIe s.

chiffre n.m. élément de numération, de l'ar. *sifr* « vide, zéro ». XVe s.
⇒ **zéro, darse** ❑

chiite adj. appartenant à un courant religieux issu du schisme des partisans d'Ali, de l'ar. *chî'î* formé sur *chî'a* « parti ». XVIIIe s.

chott n.m. lac temporaire salé en Afrique du Nord, de l'ar. *chatt* « rive, bord d'un fleuve ». XIXe s.

chouia n.m. (famil.) un peu, de l'ar. *chuwayya* « peu de chose », diminutif familier de l'ar. *chay'* « chose ». XIXe s.

cithare n.f. instrument de musique dérivé de la lyre, de l'ar. *qîthâra* « cithare », lui-même emprunté au grec. XIVᵉ s.

civette n.f. mammifère carnivore (fam. des viver- ridés), nom formé sur l'ar. *zabâd* « musc », sécrétion de cet animal appelé *(qatt) az-zabâd* « civette », littéralement « (chat) musqué ». Le nom de cet animal a été emprunté à l'arabe par l'intermédiaire du catalan. XVᵉ s.
⇒ **gerboise** ❑

clébard n.m. (famil.) chien, de l'ar. *kalb* « chien ». XIXᵉ s.

clebs n.m. (famil.) chien, de l'ar. *kalb* « chien ». XIXᵉ s.
⇒ **lascar** ❑

cohober v. distiller à plusieurs reprises, de l'ar. *quhba* « couleur brunâtre ». XVIIᵉ s.

colcotar n.m. oxyde rouge de fer, utilisé pour le polissage du verre. XIVᵉ s.
⇒ **borax, talc**

RÉCRÉATION

COLCOTAR, BORAX ET TALC

Certains composés chimiques tiennent leur nom de l'arabe. En voici trois, dont les propriétés sont indi- quées dans la colonne de droite, mais dans le désordre. Remettez-les dans l'ordre :

1. *borax*	A.	silicate de magnésium utilisé pour les soins de la peau
2. *colcotar*	B.	sel de sodium du bore, utilisé en céramique et en métallurgie
3. *talc*	C.	oxyde de fer utilisé pour le polis- sage des verres optiques

RÉPONSE : 1B – 2C – 3A.

coton n.m. matière textile entourant la graine du cotonnier, de l'ar. *quṭn* « coton », par l'it. *cotone*. XIIᵉ s.
⇒ **tajine** ❑

coubba voir **koubba**

couffin n.m. panier en paille tressée, de l'ar. *quffa*, par le provençal *coufo*, le terme arabe étant emprunté au lat. *cophinus* qui l'avait lui-même emprunté au grec *kophinos* « corbeille ». XVIIᵉ s.

coufieh n.m. coiffure formée d'un carré de tissu plié en triangle, de l'ar. *kuffiyya*, mot formé à partir de *Kûfa*, nom d'une ville d'Irak. XVIIIᵉ s.

coufique adj. désignant d'abord une écriture arabe ancienne, puis une calligraphie angulaire agrémentée de fleurons et de décorations souvent symétriques (cf. p. 279-281), adjectif formé à partir de *Kûfa*, ville d'Irak. XVIIᵉ s.

couscous n.m. plat préparé à partir de semoule, de l'ar. *kuskus* (probablement d'origine berbère). XVIIIᵉ s.
⇒ **boutargue** ❑, **tajine** ❑

QU'EST-CE QUE LE COSCOSSON DE RABELAIS ?

On trouve ce mot chez Rabelais à la fin d'une longue énumération des plats constituant un souper vraiment pantagruélique :

« seize bœufs, trois génisses, deux veaux… sept cents bécasses… quatre cents chapons, six mille poulets force **couscous** et renfort de potages. »	« seze beufz, troys génisses, deux veaux… sept cens bécasses… quatre cens chappons, six mille poulletz… force **coscossons** et renfort de potages[135] ».

Comme on peut le constater ci-dessus, **coscosson** était l'ancienne forme du mot **couscous**.

---

cramoisi adj. de couleur rouge tirant sur le violet, de l'ar. *qirmizî* « rouge de kermès (cochenille) ». XIVᵉ s
⇒ **kermès, carmin, darse** ❏

cubèbe n.m. plante grimpante dont les fruits ont des vertus curatives. XIIIᵉ s.

curcuma n.m. herbe aromatique et colorante (fam. des zingibéracées), appelée aussi *safran des Indes*, de l'ar. *kourkoum* « safran ». XVIᵉ s.
⇒ **tajine**

cuscute n.f. plante parasite des genêts et de la luzerne (fam. des cuscutacées). XIIIᵉ s.

dahabieh n.f. grande barque à voiles et à rames, de l'ar. dialectal *dhah(a)biyya* « dorée », car il s'agissait à l'origine des embarcations dorées des gouverneurs d'Égypte. XIXᵉ s.[136]
⇒ **mahonne** ❏

dahir n.m. décret du souverain au Maroc. XIXᵉ s.

daïra n.f. subdivision administrative en Algérie.

daman n.m. petit mammifère ressemblant à la fois au lapin et à la marmotte, et cité quatre fois dans la Bible[137]. XIXᵉ s.
⇒ **gerboise** ❏

damas n.m. étoffe aux dessins satinés sur un fond mat, du nom de la ville de *Damas*. XIVᵉ s.
⇒ **satin** ❏

damasquiner v. incruster des filets métalliques dans des métaux polis, verbe formé à partir de la forme française *damas*. XIVᵉ s.
⇒ **satin** ❏

damasser v. tisser à la manière d'un damas, verbe formé à partir de la forme française *damas*. XIVᵉ s.
⇒ **tajine** ❏, **satin** ❏

darbouka n.f. **darabouk** n.m. sorte de tambour fait
     d'une peau tendue sur une poterie. XIXe s.

darse, **darce** n.f. bassin de radoub (en Méditerra-
     née), de l'ar. *dâr-as-sinâ'a*. XVIe s.
     ⇒ **arsenal**

DES MOTS QUI VONT PAR DEUX, PARFOIS PAR TROIS

Pourquoi les réunit-on ? Parce qu'ils ont pour origine
le même mot arabe, mais ils ont pris de nouveaux sens
en français :

darse et *arsenal*	< *(dâr) as-sinâ'a* « atelier »
azimut et *zénith*	< *as-samt* « le chemin »
mohair et *moire*	< *mukhayyar* « étoffe de laine »
camée et *camaïeu*	< *qum'ûla* « bouton de fleur »
chiffre et *zéro*	< *sifr* « vide »
sirop et *sorbet*	< *charâb* « boisson »
kermès, *carmin*	< *qirmiz* « rouge de kermès »
et *cramoisi*	(cochenille)

---

diffa n.f. réception des hôtes de marque, accompa-
     gnée d'un repas, au Maghreb. XIXe s.

dinar n.m. monnaie, de l'ar. *dinâr*, lui-même proba-
     blement du latin *denarius* « denier ». XVIIe s.

dirham n.m. monnaie, de l'ar. *dirham*, lui-même du
     grec *drachma*. XXe s.

djebel n.m. montagne, de l'ar. d'Afrique du Nord.
     XVIIIe s.

djellaba n.f. robe ample à capuchon, portée par les
     hommes et par les femmes. XIXe s.
     ⇒ **caban** ❏

djemaa n.f. assemblée des notables (en Afrique du Nord)

djihad n.m. combat pour propager et défendre l'islam, de l'ar. *jihâd* « effort suprême ». XIXe s.

djinn n.m. nom collectif désignant des êtres surnaturels, de l'ar. *djinn* « démons bons ou mauvais » souvent présents dans les contes des *Mille et une Nuits*. XVIIIe s.
⇒ **taliban, ouléma** ❏

RÉCRÉATION

DES ÊTRES SURNATURELS

Le *djinn*, la *goule* et le *rock* sont des êtres surnaturels. Le *djinn* est un esprit de l'air, un lutin, rendu célèbre en France grâce à un poème de Victor Hugo, la *goule* est un vampire femelle et le *rock* figure dans les contes des *Mille et une Nuits*.

Qu'est-ce qu'un *rock* ?
1. un oiseau fabuleux de taille gigantesque ?
2. un rocher en forme de dragon ?
3. un lézard produisant un élixir de longue vie ?

RÉPONSE : 1.

---

douane n.f. contrôle des marchandises, de l'ar. *dîwân* « salle de réunion » et « registre », lui-même du persan *dîwân* « bureau des douanes » et « recueil de poèmes ». Ce sens s'est maintenu dans le titre d'un recueil de poèmes de Goethe, *West-östlicher Divan*. La forme *douane* est apparue en français par l'intermédiaire de l'ancien it. *doana* « douane » (aujourd'hui *dogana*). XIVe s.

DOUANE ET DIVAN

Voilà deux mots dont l'histoire un peu compliquée mêle à la fois l'arabe, le persan, le turc et même l'italien. Il faut partir du persan **dîwân** « registre, liste », qui a ensuite désigné aussi bien le registre que la salle des registres. C'est avec ce dernier sens que **dîwân** avait été emprunté en arabe dès le VIIe s. et qu'il est passé en italien au XIIe, puis en français, sous la forme **douane**, au XIVe s.

Le mot **divan** est beaucoup plus récent en français (XVIe s.) et a une tout autre histoire, qui ne passe pas par l'arabe, mais par le turc, qui l'avait lui-même emprunté au persan **diwân**, avec le sens de « salle des registres », puis « salle de réception ». Or cette salle avait la particularité d'être entourée tout le long des murs de sièges recouverts de coussins, ce qui explique l'évolution ultérieure du mot **divan** en français, qui est attesté avec le sens de « sorte de sofa » depuis le milieu du XVIIIe s.

douar n.m. division administrative au Maghreb et groupement de tentes en cercles. XIXe s.
doum n.m. palmier dont on tire le crin végétal. XIXe s.
drogman n.m. interprète, XIXe s.
⇒ **truchement**

── RÉCRÉATION ──

DROGMAN ET TRUCHEMENT

Ces deux mots viennent du même mot arabe signifiant « interprète ».
Vrai ou faux ?

RÉPONSE : Vrai. Ils viennent tous deux du mot arabe *turjumân* « interprète ».

druze, druse adj. et n. qui appartient à la communauté musulmane des Ismaïliens. XXᵉ s.
⇒ **ouléma** ❑

écarlate adj. rouge vif, de l'ar. *siqillat* « tissu décoré de sceaux », par le persan. L'étoffe persane était généralement bleue, mais plus tard, la couleur rouge est devenue prédominante lorsque la teinture de cochenille s'est répandue. XIIᵉ s.

échecs n.m.pl. jeu de société, nom hybride formé de l'article ar. *al* + persan *châh* « roi », par l'ancien français *eschac*. XIᵉ s.
⇒ **élixir** ❑

éfrit, afrit n.m. génie malfaisant, de l'ar. *'ifrît* « diable ». XVIIIᵉ s.

élémi n.m. résine utilisée dans la fabrication des vernis et des laques.

élixir n.m. potion magique, de l'ar. *al-'iksîr*, nom hybride formé de l'article ar. *al* + gr. *xerion* « sec », déjà en lat. médiéval. XIXᵉ s.
⇒ **alambic, échecs, aldéhyde**

émir n.m. prince, gouverneur, de l'ar. *'amîr* « celui qui ordonne ». XVIᵉ s.
⇒ **raïs** ❑

épinard n.m. plante potagère (fam. des chénopodiacées), de l'ar. *'isbinâkh*, ou de l'arabo-persan, par le lat. médiéval. XIVᵉ s.

erg n.m. Au Sahara, région couverte de dunes de sable. XIXᵉ s.

estragon n.m. herbe aromatique, de l'ar. *tarkhûn*, probablement lui-même du grec *dracontion* « serpentaire », par le lat. des botanistes. XVIᵉ s.

FORMATIONS HYBRIDES

Les noms suivants ont une origine double :

élixir et *alambic* mêlent l'article arabe *al* et des mots grecs,

échecs est formé de l'article arabe *al* et du nom du roi en persan (*châh*),

gabardine repose sur l'arabe *qabâ'* « vêtement d'homme » et sur l'ancien castillan *tabardina* « petit manteau »,

aldéhyde a été forgé à partir de *alcool* et du verbe allemand *dehydrieren*, au XIXe s., par le grand chimiste allemand Justus Liebig, connu pour ses travaux sur la fabrication des extraits de viande.

fagara n.m. arbre de la famille des rutacées, de l'ar. *fegar*

fakir n.m. sorte de magicien hypnotiseur, de l'ar. *faqîr* « pauvre ». XVIIe s.

fanal n.m. lanterne servant de signal, de l'ar. *fanâr*, lui-même du grec *phanos* « lanterne ». XIVe s.

fanfaron adj. vantard, de l'ar. *farfâr* « bavard, léger ». XVIe s.

fantasia n.f. parade équestre, de l'ar. *fantazia*, lui-même de l'esp. XIXe s.

farde n.f. charge, de l'ar. *farda* « demi-charge (d'un chameau) ». XIIe s.
    ⇒ **fardeau**

fardeau n.m. lourde charge, de l'ar. *farda*. XIIe s.
    ⇒ **farde**

fatma n.f. femme arabe, du prénom arabe *Fâṭima*, qui est aussi celui de la fille de Mahomet. XXe s.

fatwa n.f. décision de justice prise par un mufti, de *fatwâ* « sentence », relié au verbe'*aftâ* « éclairer quelqu'un sur une question de religion ». XVIIᵉ s.

fedayin, feddayin n.m. combattant participant à une guérilla, de l'ar. *fed(d)ayin* « ceux qui se sacrifient ». XXᵉ s.

⇒ **ouléma** ❑

fellag(h)a n.m. partisan tunisien ou algérien luttant pour l'indépendance de son pays, de l'ar. *fallâq* « celui qui fend le bois ». XXᵉ s.

fellah n.m. paysan, de l'ar. *fallâḫ* « cultivateur ». XIXᵉ s.

felouque n.f. petit bâtiment à rames et à voiles, de l'ar. *falûka* « bateau », par l'esp. XVIIᵉ s.

⇒ **mahonne** ❑

fennec n.m. renard des sables. XVIIIᵉ s.

fez n.m. coiffure tronconique, de *Fès*, ville du Maroc. XVIIIᵉ s.

RÉCRÉATION

HOMONYMIE CHEZ LES NAVIGATEURS ET LES IMPRIMEURS

Il s'agit d'un nom féminin qui, s'il est d'origine arabe, désigne un paquet de 500 feuilles de papier, et s'il est d'origine latine, se rapporte à une pièce de bois servant à faire avancer une embarcation.

RÉPONSE : *rame.*

---

fissa adv. vite, de l'ar. *fis-sâ'a* « à l'heure même ». XIXᵉ s.

⇒ **lascar** ❑

flouze n.m. (famil.) argent, monnaie, de l'ar. *fulûs*, pluriel de fils, nom d'une ancienne monnaie. XIXᵉ s.
⇒ **lascar** ❏

foggara n.f. galerie souterraine, au Sahara.

fondouk n.m. entrepôt et hôtel pour les marchands étrangers. XVIIᵉ s.

fou n.m. fou (du jeu d'échecs), de l'ar. *fîl* « éléphant », cette pièce du jeu, chez les Orientaux, étant représentée par un éléphant. XIIIᵉ s.

gabardine n.f. tissu imperméable et manteau fait dans ce tissu, nom hybride, sur l'ar. *qabâ* « vêtement d'homme » et l'ancien esp. *tabardina*, « petit manteau ». XVIᵉ s.
⇒ **élixir** ❏

gabelle n.f. ancien impôt sur le sel, de l'ar. *al-qabâla* « recette », par l'it. XIVᵉ s.

galanga n.m. épice de la cuisine orientale.
⇒ **tajine**

galère n.f. de l'ar. *qalija*, par le grec byzantin *galéa*, par le catalan et le provençal *galera*. XVᵉ s.

gamache n.f. guêtre en cuir décoré, nom formé sur *Ghadamès*, oasis en Lybie, où l'on fabriquait ce cuir, par l'espagnol. XVIᵉ s.

gandoura(h) n.f. longue tunique, de l'ar. *ghandûra*, lui-même du berbère *qandur*, XIXᵉ s.
⇒ **caban** ❏

gazelle n.f. mammifère (fam. des bovidés), de l'ar. *ghazâl, ghazâla*, d'abord sous la forme *gacele*. XIIᵉ s.
⇒ **gerboise** ❏

genet n.m. petit cheval rapide, de l'ar. *zenâta* ou *zanâtî*, nom d'une tribu berbère. XVIIe s.

⇒ **gerboise** ❑

genette n.f. petit mammifère carnivore (fam. des viverridés), par l'esp. *jineta*. XIIIe s.

⇒ **gerboise** ❑

gerboise n.f. petit mammifère (fam. des dipodidés) de l'ar. *yarbu*, par le latin des naturalistes. XVIIIe s.

RÉCRÉATION

QUELQUES NOMS DE MAMMIFÈRES D'ORIGINE ARABE

Presque tous les noms de mammifères cités ci-dessous sont d'origine arabe :

gerboise, civette, fennec, gazelle, genet, genette
alezan, girafe, jaguar, panda, sloughi, daman

Quels sont ceux qui ne le sont pas ?

RÉPONSE : *jaguar* (du tupi-guarani) et *panda* (du népalais).

---

gilet n.m. vêtement sans manches, de l'ar. *jalaco*, lui-même du turc *yelek*, par l'esp. *jaleco*. XVIIIe s.

⇒ **moussaka** ❑, **caban** ❑

girafe n.f. mammifère ruminant d'Afrique à long cou, de l'ar. *zarâfa*, par l'it. *giraffa*. XIIIe s.

⇒ **gerboise**

goudron n.m. produit pétrolier visqueux, de l'ar. *qatrân, qatirân*. XVIe s.

goule n.f. démon, de l'ar. *ghûl* « ogre ». XIXe s.

goum n.m. militaire recruté par la France au Maroc, de l'ar. *qawm* « troupe, gens ». XIXe s.

gour n.m. butte isolée par l'érosion (au Sahara). XIXᵉ s.

gourbi n.m. (famil.) habitation rudimentaire en Afrique du Nord, de l'ar. *gurbi*, lui-même probablement du berbère. XIXᵉ s.

⇒ **médina** ❑, **lascar** ❑

guitare n.f. de l'ar. *qîthâra*, lui-même du grec *kithara*, par l'esp. XIVᵉ s.

guitoune n.f. tente de campement. XIXᵉ s.

⇒ **médina** ❑

hadith n.m. recueil des paroles du Prophète, de l'ar. *hadîth* « conversation ». XVIIᵉ s.

hadj n.m. pèlerinage, pèlerin (La Mecque ou Jérusalem). XVIIIᵉ s.

hadji n.m. titre donné à toute personne ayant fait le pèlerinage à La Mecque. XVIIIᵉ s.

haïk n.m. grande pièce d'étoffe recouvrant complètement le corps, chez les femmes musulmanes. XVIIIᵉ s.

haje n.m. espèce de serpent (naja ou cobra).

⇒ **varan** ❑

halal adj. se dit de la viande d'un animal tué selon le rite musulman (c'est-à-dire par égorgement), de l'ar. *halâl* « licite ». XXᵉ s.

halwa, **halva** n.m. confiserie orientale, de l'ar. *halwâ* « douceur », lui-même du turc. XIXᵉ s.

⇒ **moussaka** ❑

hamada n.f. plateau rocheux (au Sahara), de l'ar. *hammâda* « stérile, désert ». XIXᵉ s.

hammam n.m. établissement de bains de vapeur. XVIIᵉ s.

hardes n.f.pl. vêtements usagés, de l'ar. *fard* « drap, vêtement », par le gascon. XVᵉ s.

harem n.m. appartement réservé aux femmes et, par extension, ensemble des femmes qui y habitent, de l'ar. *ḥaram* « lieu sacré, défendu ». XVIIᵉ s.

harissa n.f. condiment à base de piment (en Afrique du Nord), de l'ar. *harîsa* « pilée ». XXᵉ s.

harki n.m. Algérien ayant combattu dans l'armée française. XXᵉ s.

harmale n.f. plante médicinale (fam. des rutacées). XVIIᵉ s.

hasard n.m. événement imprévisible et inexplicable, de l'ar. populaire *az-zahr* « jeu de dés » par l'intermédiaire de l'esp. *azar* « coup défavorable au jeu de dés ». XIIᵉ s.

ha(s)chisch n.m. chanvre indien, de l'ar. *hachîch* « herbe ». XVIᵉ s.

hégire n.f. ère de l'islam, commençant en 622 de l'ère chrétienne, date de l'émigration de Mahomet à Médine, de l'ar. *hijra* « émigration ». XVIᵉ s.

henné n.m. plante exotique (fam. des lythracées), produisant un colorant végétal rouge surtout employé comme teinture pour les cheveux. XVIᵉ s.

⇒ **alkanna, aniline, arcanne, orcanette** ❑

hodjatoleslam n.m. titre donné aux lettrés dans l'islam chiite

hoqueton n.m. casaque brodée d'homme d'armes, de l'ar. *al-qutn* « coton ». XIVᵉ s.

houka n.m. sorte de narguilé. XIXᵉ s.

houri n.f. femme très belle, vierge du Paradis promise comme épouse aux croyants vertueux (Coran III, 20). XVIIᵉ s.

imam n.m. dignitaire religieux musulman, d'un mot signifiant « guide ». XVIᵉ s.

RÉCRÉATION

IMAM, AYATOLLAH...

Les six noms de la colonne de gauche correspondent, dans la religion musulmane, à des fonctions précises, qui sont décrites dans la colonne de droite, mais dans le désordre.

Mettez-les dans le bon ordre.

1. *imam*   A. conseiller du calife
2. *ayatollah*   B. le plus haut souverain musulman, investi du pouvoir spirituel et temporel
3. *mufti*   C. docteur de la loi musulmane
4. *ouléma*   D. chef religieux chiite
5. *calife*   E. interprète de la loi coranique
6. *vizir*   F. chef de prière dans une mosquée

RÉPONSE : 1F – 2D – 3E – 4C – 5B – 6A

---

inch Allah interj. advienne que pourra ! de l'ar. *'in-châ'a-llâh* « si Dieu le veut ». XXᵉ s.

intifada n.f. soulèvement populaire des Palestiniens dans les territoires occupés par Israël (improprement *guerre des pierres*), de l'ar. *'intifâda*, du verbe *'intafâda* « se soulever ». XXᵉ s.

islam n.m. religion des musulmans, de l'ar. *'islâm* « soumission ». XVIIᵉ s.

jarde n.f. **jardon** n.m. tumeur du jarret du cheval. XVIIᵉ s.

jarre n.f. vase servant à conserver des aliments, de l'ar. *jarra* « grand vase de terre ». XVᵉ s.

jaseran, jaseron n.m. cotte de maille, nom formé sur celui de la ville d'Alger, *'al-jazâ'ir*. XIe s.

jasmin n.m. arbuste aux fleurs odorantes (fam. des oléacées), de l'ar. *yâsimîn*, lui-même du persan. XVIe s. {cf. Récréation « Origine grecque ou persane », p. 51}.
⇒ **moussaka** ❑

RÉCRÉATION

QUELQUES FLEURS

La plupart des noms de fleurs qui nous ont été légués par l'arabe sont d'origine persane.

Quel est l'intrus dans la liste suivante ? Il s'agit d'un nom d'origine grecque.

1. jasmin
2. nénuphar
3. lilas
4. orchidée

RÉPONSE : **4.** *orchidée* est un nom d'origine grecque.

---

julep n.f. potion sucrée où l'on dilue un médicament, de l'ar. *jullâb*, lui-même du persan *gul-âb* « eau de rose », par le lat. médiéval. XIe s.

jupe n.f. vêtement féminin, de l'ar. *jubba* « vêtement ». XIIe s.
⇒ **caban** ❑

kabyle adj. et n. peuple d'une région d'Algérie de langue berbère, de l'ar. *qabîla* « tribu ». XVIIIe s.

kafir n. incroyant, pour des musulmans orthodoxes, de l'ar. *kâfir* « incroyant ». XVIIe s.

kali n.m. plante (fam. des chénopodiacées) dont les cendres contiennent beaucoup de soude, de l'ar. *qalî* « soude ». XVIe s.

kalium n.m. potassium (d'où le symbole chimique
   K), de l'ar. *qalî* « soude »
   ⇒ **alcali** ❑
kasbah voir **casbah**
kavas voir **cavas**
k(h)an(d)jar n.m. poignard oriental à lame recourbée, de l'ar., lui-même du persan.
keffieh n.m. coiffure faite d'un tissu retenu par un
   cordon, chez les Palestiniens. XXe s.
kermès n.m. cochenille, insecte parasite du chêne,
   de l'ar. *alqirmiz*. XVIe s.
   ⇒ **alkermès, carmin, cramoisi, darse** ❑
ketmie n.m. sorte d'hibiscus (fam. des malvacées).
   XVIIIe s.
khalife voir **calife**
khamsin n.m. vent chaud soufflant en principe
   50 jours, mais en moyenne 27 jours, de l'ar.
   khamsîn « cinquante ». XVIIIe s.
   ⇒ **mousson** ❑
kharidjisme n.m. doctrine d'un mouvement religieux du VIIe siècle. XXe s.
khat voir **qat**
khôl, kohl, kohol n.m. fard pour les yeux, de l'ar.
   kuhl « poudre d'antimoine ». XVIIIe s.
kibla(h), qibla n.f. direction de La Mecque. XVIIe s.
kif n.m. mélange de tabac et de haschisch. XIXe s.
kif-kif adv. (famil.) pareil, de l'ar. maghrébin *kîf-kîf*
   « identique ». XIXe s.
koubba n.f. tombeau d'un marabout, en Afrique du
   Nord. XVIe s.
   ⇒ **médina** ❑
krak n.m. forteresse construite par les croisés, au
   Proche-Orient. XIIe s.

ksar n.m. village fortifié d'Afrique du Nord, de l'ar. *qasr* (*qsar*) emprunté au latin *castrum*. XIXe s.

laiton n.m. alliage de cuivre et de zinc, de l'ar. *lâṭûn* « cuivre », lui-même du turc *altan* « or ». XIIIe s. ⇒ **moussaka** ❑

lapis-lazuli n.m. pierre semi-précieuse de couleur bleue, nom hybride formé sur le latin *lapis* « pierre » et l'ar. *lâzaward* « bleu », lui-même du persan, à travers le lat. médiéval. XIIIe s.

laque n.f. résine de plusieurs plantes (fam. des anacardiacées), de l'ar. *lakk* « cire à cacheter, laque », lui-même du persan. XIVe s.

lascar n.m. (famil.) homme débrouillard, de l'ar. *al-'askar* « les soldats », du persan *lachkar* « soldat, armée ». XIXe s. ⇒ **ouléma** ❑

lazulite n.f. pierre dure bleue, de *lapis-lazuli*.

lilas n.m. arbuste (fam. des oléacées), de l'ar. *lîlak*, lui-même du persan *nilak*. XVIIe s.

— RÉCRÉATION —

UN JEUNE LASCAR SANS SCRUPULES

À l'aide des formes argotiques suivantes : *se barrer, bled, caoua, clebs, flouze, gourbi, lascar, maboul, razzia, smalah* et *toubib*, on peut, après quelques essais, compléter le texte ci-dessous (le nombre de points de suspension correspond à celui des lettres composant les mots à mettre en place) :

« Au fond de son ...... un jeune ...... un peu ...... se faisait passer pour un ...... amateur de ..... mais toute la ...... de son .... savait bien qu'il n'était qu'un montreur de ..... qui attendait seulement l'occasion de se ...... avec tout le ...... retiré de ses .... ».

RÉPONSE : *gourbi, lascar, maboul, toubib, caoua, smalah, bled, clebs, se barrer, flouze, razzias.*

152

lime, limette n.m. variété de citron très juteuse, de l'ar. *lima*, lui-même du persan *lîmûn*. XVIe s.

limette, voir **lime**

limon n.m. variété de citron rapportée par les croisés, fruit du limonier. XIVe s.

limonade n.f. boisson à base de jus de citron, de l'ar. *lîmûn*, lui-même du persan *lîmoûn*, par l'ancien fr. *limon* « sorte de citron ». XIXe s.

liquidambar n.m. arbre ornemental (fam. des hamamélidacées), forme hybride de l'ar. *'anbar* « ambre gris » et de l'esp. *liquido* « liquide », par l'esp. *liquidámbar*. XVIIe s.

lit(h)am, litsam n.m. voile dont les femmes musulmanes et les Touaregs se couvrent le bas du visage. XIXe s.

looch n.m. médicament sirupeux, de l'ar. *la'ûq* « potion qu'on lèche ». XVIIe s.

loufa, loofa, luf(f)a n.m. plante (fam. des cucurbitacées) dont le fruit, séché, est utilisé comme éponge. XVIIIe s.

lo(u)koum n.m. friandise orientale très sucrée, de l'ar. *râhat-al-halqûm* « rafraîchissement du palais ». XXe s.

luf(f)a voir **loufa**

luth n.m. instrument de musique à cordes pincées, de l'ar. *al-'ûd*. XIIIe s.

LE LUTH ET L'ALCÔVE

Quel rapport ?

Par erreur, ces deux mots ont intégré l'article arabe **al** dans le nom français :

    al-'ûd ⇒ luth   *al-qubba* ⇒ alcôve

---

maboul adj. (famil.) fou, de l'ar. *mahbûl* « imbécile, illuminé ». XIXᵉ s.

macache adv. (famil.) rien du tout, de l'ar. *mâkanch*

madrague n.f. piège de filets de pêche déployé dans la mer pour capturer les thons, soit de l'ar. *mazraba* du verbe *zaraba* « entourer d'une haie », soit de l'ar. *madraba*, de *daraba* « frapper ». XVIIᵉ s.

magasin n.m. établissement de commerce, de l'ar. *makhâzin* « entrepôts », de *khazana* « rassembler, amasser ». XIVᵉ s.

magazine n.m. publication périodique, de l'ar. *makhâzin* « entrepôts », par l'angl. magazine « revue périodique », lui-même du fr. *magasin*. XVIIIᵉ s.

maghrébin n. et adj. habitant d'Afrique du Nord, de l'ar. *maghribî* « occidental ». XIXᵉ s.

— RÉCRÉATION —

POINTS CARDINAUX

Les Maghrébins sont les habitants du **Maghreb**, nom formé sur une racine désignant l'**Ouest**. Ce nom peut être rapproché de *sarrazin*, qui évoque l'**Est** (racine **ch r q** « Orient »), tandis que le nom du **Yémen** évoque le **Sud**. Pourquoi ?

RÉPONSE : les anciens Sémites s'orientaient en regardant vers l'Orient. Or si l'on regarde vers l'Est, le Sud se trouve sur la droite, notion exprimée par la racine *y m n* « droite », que l'on retrouve dans *Yémen* « (pays) situé au sud[138] ».

---

maghzen, makhzen n.m. gouvernement du sultan au Maroc.

mahaleb n.m. petit fruit ressemblant à un noyau de cerise, utilisé en médecine et en parfumerie. XVᵉ s.

mahdi n.m. dans l'Islam, envoyé de Dieu. XIXᵉ s.

mahométan n.m. musulman. XIVᵉ s.

mahonne n.f. grande embarcation, de l'ar. *mâ'ûn* « pot, vase ».

makhzen voir **maghzen**

mamelouk n.m. esclave, de l'ar. *mamlûk* « possédé », du verbe *malaka* « posséder ». XIXᵉ s.

RÉCRÉATION

EMBARCATIONS DIVERSES

Tous ces noms, sauf un, désignent des embarcations. Trouvez l'intrus.

mahonne	boutre
felouque	chébec
dahabieh	athanor
cange	patache

RÉPONSE : l'*athanor*, qui est une sorte de fourneau.

---

marabout n.m. personnage religieux vénéré dans les pays musulmans, de l'ar. *murâbiṭ* « ermite ». XVIᵉ s.

maravédis n.m. ancienne petite pièce de monnaie, frappée sous les Almoravides, de l'ar. *murâbiṭî* « monnaie d'or », puis « de cuivre ». XVIIIᵉ s.

marcassite n.f. sulfure de fer, également appelé *pyrite*, de l'ar., lui-même du persan. XVᵉ s.

marfil, **morfil**, n.m. ivoire brut, de l'ar. *fîl* « éléphant »

maroquin n.m. cuir de chèvre, plus ou moins grenu, de l'ar. *marâkichî* « relatif à la ville de Marrakech ». XVᵉ s.

marrane n.m. juif converti en apparence au christianisme mais resté fidèle à sa religion, de l'ar. *maḥram* « tabou ». XVe s.

mascarade n.f. divertissement de personnages masqués, de l'ar. *maskhara* « bouffon, plaisanterie », par l'it. XVIe s.

massepain n.m. pâtisserie à base d'amandes et de blancs d'œuf, de l'ar. *marṭabân* « vase (contenant des confiseries) », par l'it. *marzapane*. XVIe s.

masser v. exercer des pressions sur le corps dans un but thérapeutique, de l'ar. *massa* « frictionner, palper ». XVIIIe s.

massicot n.m. protoxyde de plomb utilisé en peinture et en céramique

mastaba n.m. tombeau égyptien, de l'ar. *masṭaba* « banc de pierre ». XIXe s.

mat adj. mise à mort du roi, aux échecs, de l'ar. *mât* « mort », de la locution arabo-persane *châh mât* « le roi est mort ». XIIe s.

matelas n.m. pièce de literie, de l'ar. *maṭraḥ* « qui est jeté à terre », de *ṭaraḥa* « jeter », par le sicilien. XVe s.

matraque n.f. gourdin, de l'ar. algérien *maṭraq* « gourdin ». XVIIe s.

matras n.m. vase à distiller, de l'ar. *maṭara* « vase, récipient ». XVIIe s.

mazagran n.m. verre en faïence dans lequel on sert le café, du nom de la ville de *Mazagran*, en Algérie. XIXe s.

mazout n.m. produit pétrolier, probablement de l'ar. *makhzulât* « déchets », par le russe *mazout*. XXe s.

méchoui n.m. viande cuite à la broche, de l'ar. *machwî* « grillé ». XXᵉ s.

mechta n.f. groupe de petites maisons, au Maghreb, de l'ar. *machtâ* « lieu où l'on passe l'hiver », du verbe *chattâ* « passer l'hiver, hiberner ». XXᵉ s.

medersa, madrasa n.f. établissement d'enseignement dépendant de l'autorité religieuse, de l'ar. *madrasa* dont la racine est **d r s** « enseigner ». XIXᵉ s.

⇒ **médina** ❑

médina n.f. ville arabe, de l'ar. *madîna*. XVIIIᵉ s.

méhari n.m. dromadaire de course, de l'ar. *mahrî* « de la tribu de Mahra (sud de l'Arabie) ». XIXᵉ s.

mellah n.m. quartier juif dans les villes marocaines. XIXᵉ s.

merguez n.m. saucisse de mouton épicée. XXᵉ s.

— RÉCRÉATION —

UNE MÉDINA EN AFRIQUE DU NORD

« Le **minaret** de la **mosquée** – avec son **mihrab** et son **minbar** ouvragé – dominait la **casbah**, tout entourée de **bordjs** pour la défense de l'**alcazar**, percé de multiples **barbacanes**. Un peu plus loin, au-delà de la **medersa**, on pouvait découvrir une **koubba** au milieu des **gourbis** et des **guitounes** ».

Qu'est-ce qu'une **koubba** ? Est-ce

1. le tombeau d'un marabout ?
2. un arbre centenaire ?
3. un temple en ruines ?

RÉPONSE : 1. C'est le tombeau d'un marabout, personnage religieux vénéré dans les pays musulmans.

---

mérinos n.m. race de moutons, probablement de l'ar. *Benî-Merîn*, de la tribu des *Merînî*, nomades et éleveurs de moutons en Afrique du Nord. XVIIIᵉ s.

mesquin adj. petit, peu généreux, de l'ar. *miskîn* « pauvre », par l'it. *meschino* « pauvre, malheureux ». XVIIᵉ s.

RÉCRÉATION

MESQUIN ET FAKIR

Ces deux mots sont quasi-synonymes en arabe. Vrai ou faux ?

RÉPONSE : Vrai, en arabe, *miskîn* et *faqîr* signifient « pauvre ».

---

mihrab n.m. niche indiquant la direction de La Mecque dans une mosquée. XVIIᵉ s.
⇒ **médina** ❑

minaret n.m. tour près d'une mosquée, d'où le muezzin appelle les fidèles à la prière, de l'ar. *manâra* « phare », lié au verbe *'anâra* « éclairer, briller », lié à son tour à *nâr* « feu » et à *nûr* « lumière ». XVIIᵉ s.
⇒ **médina** ❑

minbar n.m. chaire dans une mosquée, du verbe *nabara* « élever la voix »
⇒ **médina** ❑

mohair n.m. étoffe de laine, de l'ar. *mukhayyar*, par l'angl. *mohair* « étoffe de poils de chèvre angora », avec attraction de l'angl. *hair* « poil ». XIXᵉ s.
⇒ **moire, darse**

moire n.f. soie chatoyante, de l'ar. *mukhayyar* « étoffe de laine », par l'ancien fr. *mouaire*. XVIIᵉ s.
> ⇒ **mohair, darse**

moka n.m. variété de café, de l'ar. *al-mukhâ*, nom formé sur *Moka*, port du Yémen où l'on embarquait le café. XVIIIᵉ s.

mollah, mullah n.m. docteur en droit musulman. XIIIᵉ s.

momie n.f. corps embaumé, de l'ar. *mûmiyâ'* « bitume d'embaumement », du persan *moûm* « cire » (le sens actuel de « momie » date du XVIᵉ s.). XIIIᵉ s.

morfil, voir **marfil**

mortaise n.f. entaille dans une poutre, probablement de l'ar. *murtazza* « fixé ». XIIIᵉ s.

mosquée n.f. temple du culte musulman, de l'ar. *masjid* « lieu où l'on se prosterne », par l'esp. XVIᵉ s.
> ⇒ **médina** ❑

moucharabieh n.m. grillage en bois devant une fenêtre, où l'on plaçait une cruche d'eau pour la rafraîchir, de l'ar. *machraba* « cruche d'eau en terre poreuse », du verbe *chariba* « boire ». XIXᵉ s.

moudjahiddin n.m.pl. combattant musulman. XXᵉ s.
> ⇒ **taliban** ❑, **ouléma** ❑

moussaka n.f. plat à base d'aubergines et de viande, de l'ar. *musaqqa'a* « qui est froid », lui-même du turc. XXᵉ s.

mousseline n.f. tissu léger, de l'ar. *mawṣilî*, « de Mossoul », ville d'Irak, par l'it. XVIIᵉ s.
> ⇒ **satin** ❑

┌─ RÉCRÉATION ─────────────────────────────┐

DES MOTS ARABES VENUS DU PERSAN OU DU TURC ?

Tous les mots suivants ont été transmis au français par l'arabe, mais la moitié de ces mots arabes vient du turc et l'autre moitié, du persan.

Classez-les selon leur origine :

1. moussaka	6. orange
2. gilet	7. azur
3. aubergine	8. jasmin
4. halva	9. laiton
5. nénufar	10. vizir

RÉPONSE : Viennent du persan : 3-5-6-7-8 ; viennent du turc : 1-2-4-9-10.
└──┘

mousson n.f. vent saisonnier de l'océan Indien, de l'ar. *mawsim* « époque fixée, saison », par le portugais. XVIIe s.

mozarabe n.m. chrétiens d'Espagne autorisés par les Arabes à exercer leur culte, de l'ar. *musta'rab* « arabisé ». XVIIe s.

mudéjar n.m. musulman devenu sujet des chrétiens après la reconquête, sur le verbe ar. *dajana* « rester dans un lieu ». XVIIIe s.

muezzin n.m. fonctionnaire musulman appelant les fidèles à la prière, de l'ar. *mu'adhdhin* « celui qui appelle à la prière », dont la base est *'udhun* « oreille ». XVIe s.

m(o)ufti, muphti n.m. interprète du Coran qui décrète les fatwas, de l'ar. *muftî* « juge ». XVIe s.

⇒ **imam** ❑

mullah, voir **mollah**

muphti, voir **mo(u)fti**

RÉCRÉATION

DES VENTS AUX NOMS D'ORIGINE ARABE

Parmi les noms des différents vents cités ci-dessous, seuls 6 d'entre eux sont d'origine arabe. Trouver l'origine des deux intrus :

1. mousson	2. ouragan
3. sirocco	4. simoun
5. typhon	6. aquilon
7. chergui	8. khamsin

RÉPONSE : 2. *ouragan* vient d'une langue des Antilles – 6. *aquilon*, vient du latin *aquila* « aigle » car ce vent froid et violent souffle avec la rapidité d'un aigle fondant sur la proie.

---

musacées n.f.pl. fam. de plantes monocotylédones, telles que le bananier, de l'ar. *mawz* « banane ». XIXᵉ s.

musc n.m. substance odorante sécrétée par certains mammifères, de l'ar. *misk*, déjà emprunté par le lat. médiéval. XIIIᵉ s.

musulman adj. et n. adepte de la religion islamique, de l'ar. *muslim* « qui se soumet », puis « adepte de l'islam ». XVIᵉ s.

nabab n.m. homme riche et fastueux, de l'ar. *nawwâb* « gouverneur », par le portugais. XVIIᵉ s.
⇒ **raïs** ❏

nabka n.m. espèce de jujubier.

nacaire n.m. sorte de tambour, de l'ar. *naqqâra* « tambour ». XIIIᵉ s.

nacarat n.m. couleur rouge clair à reflets nacrés, de l'ar., par l'esp. *nacarado* « nacré »

nacre n.f. matière calcaire à reflets irisés présente dans les coquilles de certains mollusques, de l'ar. *naqqâra* « tambour » (par analogie de forme). XVIe s.

nadir n.m. point de la sphère céleste, de l'ar. *nadîr* « opposé (au zénith) ». XIVe s.

⇒ **azimut, zénith**

nafé n.m. fruit de la ketmie, utilisé contre la toux. XIXe s.

naffe (eau de) n.f. eau de fleur d'oranger, de l'it. *acqua lanfa*, de l'ar. *nafha* « odeur, fragrance ». XIXe s.

⇒ **tajine**

natron, natrum n.m. carbonate de sodium hydraté naturel, de l'ar. *natrûn*. XVIIe s.

natrum, voir **natron**

nebk(h)a n.f. petite dune. XXe s.

nénuphar, nénufar n.m. fleur aquatique (fam. des nymphéacées), de l'ar. *nânûfar* (*nînûfar*) lui-même du persan *nilûfar*. XIIIe s.

⇒ **moussaka** ❏

niquer v. (argot) posséder charnellement. XIXe s.

noria n.f. machine hydraulique à godets, de l'ar. *nâ'ûra* « moulin »

nouba n.f. (famil.) musique, fête, de l'ar. *nûba* « tour de rôle », la musique se faisant à tour de rôle devant les maisons des officiers. XIXe s.

nuque n.f. partie postérieure du cou, de l'ar. *nukhâ'* « moelle épinière », sens qu'avait ce mot au Moyen Âge, par le lat. médiéval. XIVe s.

oliban n.m. encens, de l'ar. *lubân*. XIIIe s.

orange n.f. fruit de l'oranger, de l'ar. *nâranj* « orange amère », sens qu'avait ce mot au Moyen Âge, lui-même du persan *nârandj*. XIIIe s.

⇒ **moussaka** ❏

Orange amère, orange douce

De nombreux mots français empruntés à l'arabe sont arrivés par l'intermédiaire de l'Espagne. L'itinéraire du nom de l'orange a été beaucoup plus sinueux. Venu de l'arabe *nâranj*, ce nom avait été emprunté au persan *nâranj*. Toutefois, au Moyen Âge, ce mot ne désignait pas l'orange que nous connaissons mais la *bigarade*, c'est-à-dire l'*orange amère* que les Arabes ont ensuite fait connaître en Sicile puis dans toute l'Europe méditerranéenne. Et c'est seulement vers le XVe siècle que l'*orange douce* a été rapportée de Chine par les Portugais. On la nommait alors *orange du Portugal*[139].

En arabe, le mot *burtuqâl* désigne d'ailleurs l'*orange*, tout comme en grec moderne, où le nom de l'orange est *portokali*, dans lequel on reconnaît le nom du Portugal.

---

orcanette, orcanète n.f. plante dont la racine contient un colorant rouge. Se nomme aussi *halkanna*.
⇒ **henné**

orcanète, voir **orcanette**

orseille n.f. sorte de lichen des rochers, utilisé en teinture pour obtenir une couleur rouge tirant sur le violet.
⇒ **aniline** ❑

ottoman n.m. étoffe de soie, de l'ar. *'Uthmân*, nom d'origine arabe du fondateur de la dynastie ottomane. XVIe s.

ottomane n.f. canapé, de l'ar. *'Uthmân*, nom d'origine arabe du fondateur de la dynastie turque à la fin du XIIIe s. XVIIIe s.

ouate n.f. bourre de coton, peut-être de l'ar. *baṯâ'in* « doublures ouatinées ». XVe s.

oued n.m. cours d'eau temporaire (en Afrique du Nord), de l'ar. *wâd(î)* « lit de rivière ». XIXe s.

ouléma, uléma n.m. docteur de la loi musulmane, de l'ar. *'ulamâ'*, pluriel de *'âlim* « savant ». XVIIe s.

⇒ **imam** ❏

RÉCRÉATION

ON PEUT RAPPROCHER OULÉMA DE ...

moudjahiddin, assassin, bled, druze, feddayin ou lascar.

Pourquoi ?

RÉPONSE : pour des raisons grammaticales. Ces sept mots arabes sont des formes du pluriel, alors qu'on les utilise en français comme des singuliers.

---

papegai n.m. oiseau de bois servant de cible aux tireurs à l'arc, de l'ar. *babbaghâ'* « perroquet », par l'ancien provençal. XIIIe s.

pastèque n.f. grosse cucurbitacée à chair rose, de l'ar. *baṭṭîkha* « pastèque », par le lat. médiéval. XIIIe s.

patache n.f. vieux bateau, puis diligence inconfortable, peut-être de l'ar. *baṯâs, baṯâch* « bateau à deux mâts ». XVIe s.

pataouète n.m. façon de parler des Français d'Algérie, déformation de *Bab-el-Oued*, nom d'un quartier d'Alger « porte de la vallée ». XIXe s.

potiron n.m. cucurbitacée, de l'ar. *futr* « gros champignon ». Le mot *potiron*, qui désignait en moyen français un gros champignon[140], peut encore s'entendre dans ce sens dans les parlers d'oïl de l'Ouest. XVe s.

qat, khat n.m. substance hallucinogène.

qibla voir **kibla(h)**

quintal n.m. de l'ar. *qintâr* « poids de cent unités », du grec *kentênarion* « centaine », par le lat. médiéval *quintale*. XIIIe s.
> ⇒ **arobe** ❏

quirat n.m. part de la propriété d'un bateau.

racahout n. fécule alimentaire à base de cacao et de riz.

rahat loukoum n.m. friandise très sucrée, de l'ar. *râhat-al-hulqûm* « repos du gosier, rafraîchissement du palais ». XIXe s.

raï n.m. genre littéraire et musical arabe, de l'ar. *ra'y* « opinion, avis ». XXe s.

raïs, reis n.m. chef d'État, de l'ar. *ra'îs* « chef », lui-même de *ra's* « tête ». XXe s.

RÉCRÉATION

DES PERSONNAGES IMPORTANTS

Parmi les personnages cités ci-dessous, cherchez l'intrus.

raïs	nabab
cheik	sultan
émir	caïd

RÉPONSE : le *nabab*, qui est seulement un homme riche et fastueux, tandis que tous les autres sont des personnages exerçant un pouvoir spirituel ou religieux.

---

raki n.m. eau-de-vie, de l'ar. *'araq*, par le turc *râqi*.

ramadan n.m. nom du neuvième mois de l'année de l'hégire, de l'ar. *ramadân* « chauffé par le soleil » (car à l'époque des débuts de ce calendrier, le ramadan tombait en été). XVIe s.

ramdam n.m. (famil.) altération de *ramadân*. XXe s.

rame n.f. paquet de cinq cents feuilles de papier, de l'ar. *rizma* « ballot ». XIVe s.

⇒ **mahonne** ❑

raquette n.f. instrument pour jouer avec une balle, de l'ar. *râhat* « paume de la main ». XVe s.

ras n.m. chef éthiopien.

razzia n.f. expédition militaire, de l'ar. algérien *ghazwa* « attaque, incursion militaire », par une forme populaire *ghâzya*. XIXe s.

⇒ **lascar** ❑

réalgar n.m. sulfure naturel d'arsenic, de l'ar. *rahj'al-ghâr* « poussière de caverne » ou de l'arabe *rahj'al-fâr* « poudre de la souris » (poudre effectivement utilisée comme mort-aux-rats). XVIIIe s.

rebab n.m. instrument de musique à cordes pincées ou frottées, XVIIIe s.

rebec n.m. instrument de musique à cordes avec archet. XIVe s.

récif n.m. rocher à fleur d'eau, de l'ar. *ar-rasîf* « jetée, chaussée ». XIXe s.

reg n.m. désert rocheux, de l'ar. *ruqq* « désert ». XXe s.

reis, voir **rais**

rezzou n.m. bande armée opérant une razzia. XIXe s.

ribat n.m. couvent fortifié (en Afrique du Nord).

ribes n.m. nom scientifique du groseillier, de l'ar. *ribâs* « groseille, groseillier ». XVe s.

ribésiacée n.f. famille botanique dont fait partie le groseillier, de l'ar. *ribâs* « groseille, groseillier ». XVe s.

rob n.m. suc de fruits, obtenu par évaporation. XVIe s.

rock n.m. oiseau fabuleux dans les *Mille et une Nuits*. XVIIIe s.
⇒ **djinn** ❑

RÉCRÉATION

DEUX NOMS D'OISEAUX D'ORIGINE ARABE

Parmi les noms d'oiseaux suivants, seuls deux d'entre eux sont d'origine arabe :

aigle	albatros	autruche
chouette	héron	hirondelle
moineau	sacre	vautour

RÉPONSE : *albatros* et *sacre*.

---

romaine n.f. balance à fléau et curseur, de l'ar. *rummân* « grenade », en raison de la ressemblance du curseur avec une grenade. XVe s.
⇒ **roumi** ❑

roquer v. intervertir le roi et la tour aux échecs, de l'ar. *rukhkh* « tour », par l'esp. *roque* « la tour (aux échecs) » et par *roc*, nom de la tour aux échecs en ancien français. XVIIe s.

roumi n.m. nom donné aux chrétiens et plus généralement aux Européens en Afrique du

Nord, de l'ar. *rûmî* « Romains de l'Empire d'Orient ». XIXe s.

sacre n.m. oiseau de proie (fam. des falconidés), très apprécié en fauconnerie pour sa docilité et sa robustesse, de l'ar. *saqr* « faucon ». XIIIe s.
⇒ **rock** ❑, **sultan** ❑, **varan** ❑

safari n.m. expédition de chasse en Afrique, de l'ar. *sâfara* « voyager », par le swahili *safari* « bon voyage ». XXe s.

—— RÉCRÉATION ——

SALADE ET BALANCE

Trouver, en français, un nom féminin pouvant être à la fois un nom de salade verte et celui d'une sorte de balance, le second étant d'origine arabe.

RÉPONSE : *romaine.*

---

safran n.m. plante bulbeuse (fam. des iridacées) dont les stigmates floraux séchés constituent un condiment recherché pour son goût autant que pour sa couleur, de l'ar. *za'farân* « crocus », par le lat. médiéval *safranum*. XIIe s.
⇒ **tajine** ❑

sagaie n.f. javelot, de l'ar. *zaghâya* « javelot », et lui-même du berbère. XVIe s.

sahel n.m. région de collines littorales, de l'ar. *sâhil* « rivage ». XIXe s.

sahélien adj. du sahel.

sahib n.m. titre honorifique, de l'ar. *sâhib* « compagnon ». XXe s.

sahraoui adj. peuple du Sahara.

RÉCRÉATION

IL Y A SAFRAN ET SAFRAN

Le *safran* est une espèce de crocus dont les filaments sont très appréciés dans la cuisine orientale, mais il existe un autre *safran*, qui est :

1. une plante aux vertus aphrodisiaques ?
2. la partie verticale du gouvernail ?
3. un verre coloré en bleu par des sels de cobalt ?

Réponse : 2

---

sakieh n.f. machine hydraulique actionnée par des animaux tournant en manège, de l'ar. *sâqiya* « canal, ruisseau ». XIXᵉ s.

salamalec, salamalek n.m. formule de salutation orientale, de l'ar. *salâm 'alaïk* « paix sur toi ». XVIᵉ s.

salep n.m. fécule extraite d'orchidées, utilisée dans la cuisine orientale. XVIIIᵉ s.

salicor, salicorne n.f. plante des rivages salés (famille des chénopodiacées), de l'ar. *salkuran*. XVIIᵉ s.

salicorne, voir **salicor**

santal n.m. sorte de bois odorant, de l'arabe *sandal*, par le lat. médiéval *sandalum*. XVIᵉ s.

saphène adj. et n.f. se dit de deux veines de la jambe. XVIIIᵉ s.

sarbacane n.f. tube creux servant à lancer de petites fléchettes, de l'ar. *zabatâna*, lui-même du malais. XVIᵉ s.

saroual, sarouel n.m. pantalon à jambes bouffantes. XIXᵉ s.

sarrasin adj. et n.m. population musulmane d'Occident et d'Orient, au Moyen Âge, de l'ar. *charqiyyîn*, pluriel de *charqî* « oriental ». XIIIe s.

    ⇒ **maghrébin** ❑

satin n.m. étoffe de soie brillante, de l'ar. *zaytûnî* « de la ville de Zaitoûn », nom arabe de la ville chinoise Tseu-Toung, où se fabriquait le satin. XIVe s.

RÉCRÉATION

QU'EST-CE QUI RAPPROCHE LES NOMS
DE CES QUATRE TISSUS ?

satin   alépine   damas   mousseline

RÉPONSE : Ils sont tous formés sur le nom d'une ville : *satin* sur *Zaitoun* nom arabe de la ville chinoise *Tseu-Toung*, *alépine* sur *Alep* (Syrie), *damas* sur *Damas* (Syrie), et *mousseline* sur *Mossoul* (Irak).

---

savate n.f. pantoufle, de l'ar. *sabbât* « chaussure ». XIIe s.

sebkha n.m. étendue temporaire d'eau salée. XIXe s.

seghia, seguia n.f. canal d'irrigation dans les oasis du Sahara, de l'ar. *sâqiya*. XIXe s.

seguia, voir **seghia**

séide n.m. partisan fanatique, de l'ar. *Zayd* (*ibn Hâritha*), nom d'un fils adoptif de Mahomet. Il fut mis en scène par Voltaire dans sa tragédie *Mahomet*. XVIIIe s.

séné n.m. arbuste (fam. des légumineuses) de l'ar. *sanâ*, par le lat. médiéval *sene*. XIIIe s.

sequin n.m. ancienne pièce de monnaie, de l'ar. *sikka* « pièce de monnaie », par le vénitien *zecchino*. XVIᵉ s.

sesbanie n.f. **sesbania** n.f. plante (fam. des papilionacées) utilisée pour la fabrication du papier à cigarettes. XIXᵉ s.

⇒ **alfa** ❑

sidi n.m. monsieur, de l'ar. *sîdî* « mon seigneur ». XIXᵉ s

simoun n.m. vent brûlant d'Afrique, de l'ar. *samûm* « vent empoisonné ». XIXᵉ s.

⇒ **mousson** ❑

sirocco n.m. vent du sud-est, chaud et sec, de l'ar. *charqî* « (vent) oriental », par l'ar. *churûq* « lever du soleil ». XVIᵉ s.

⇒ **mousson** ❑

sirop n.m. jus de fruit sucré, de l'ar. *charâb* « boisson ». XIIᵉ s.

⇒ **sorbet, darse**

sloughi n.m. lévrier arabe. XIXᵉ s.

⇒ **gerboise** ❑

smala(h) n.f. (famil.) suite nombreuse accompagnant un personnage de façon un peu encombrante, de l'ar. *zamâla*. XIXᵉ s.

sofa n.m. canapé recouvert de coussins, de l'ar. *sûfa* « coussin ». XVIᵉ s.

sophora n.m. arbre ornemental (fam. des papilionacées). XIXᵉ s.

sorbet n.m. préparation glacée à partir d'un jus de fruit, de l'ar. *charbât* « boisson ». XVIᵉ s.

⇒ **sirop**

soude n.f. nom usuel d'une plante, le salsola, poussant au bord de la mer et dont les cendres donnent du carbonate de calcium (fam. des salsolacées), de l'ar. *suwwâd* « plante », par le lat. médiéval *soda*. XVIᵉ s.

soufi n.m. mystique musulman. XVIIIᵉ s.

souk n.m. marché, dans les pays arabes, de l'ar. *sûq* « marché ». XIXᵉ s.

sourate ou **surate** n.f. chapitre du Coran, de l'ar. *sûrat* « chapitre ». XIIIᵉ s.

sucre n.m. aliment de saveur douce, de l'ar. *sukkar*, par l'italien. XIIᵉ s.

sultan n.m. souverain d'un pays arabe, XVIᵉ s.

⇒ **raïs** ❑

RÉCRÉATION

UN MÊME NOM
PEUT ÉVOQUER UN SOUVERAIN OU UN OISEAU

Il existe un nom d'origine arabe désignant un oiseau de proie, qui est l'homonyme d'un nom évoquant une cérémonie en l'honneur d'un souverain.

Quel est ce nom ?

RÉPONSE : *sacre*.

---

sumac n.m. arbuste (fam. des anacardiacées) dont les feuilles, réduites en poudre, sont utilisées pour le tannage des peaux. XIIIᵉ s.

sunna n.f. recueil des règles du Prophète, supplément au Coran, de l'ar. *sunna* « loi, règle ». XVIᵉ s.

sunnite n.m. musulman respectant les règles de la sunna établies par le Prophète. XVIᵉ s.

surate voir **sourate**

swahili adj. qui se rapporte au peuple Swahili, de langue bantoue, de l'ar. *sawâhil* « côtes, rivages ».

tabaschir n.m. sucre exsudé de la canne à sucre.

tabor n.m. troupes marocaines sous commandement français

taboulé n.m. plat libanais à base de semoule, de persil et de tomates, le tout coupé finement, très agréablement assaisonné de citron et arrosé d'huile d'olive, de l'ar. *tabbûla* « mélange ». XXe s.

tabouret n.m. siège sans bras ni dossier, de l'ar. *ṭunbûr*, lui-même du persan *tabir* « instrument de musique ». XVIe s.

tabis n.m. sorte d'étoffe, de l'ar. *'attâbî*, qui tire son sens d'un quartier de Bagdad, *al-'attâbiyya*. XIVe s.

tajine, tagine n.m. plat en terre cuite et ragoût cuit dans ce plat. XXe s.

RÉCRÉATION

LE TAJINE DE LA TANTE JAMILA

« Faites mijoter des **artichauts** dans de l'huile d'**argan** avec du **carvi** et du **galanga**. Colorez avec du **curcuma**. Servez accompagné de **couscous** parsemé de fils de **safran** sur une nappe de **coton damassé**. Et pour vous désaltérer, une **carafe** d'eau de **naffe** ».

Question : qu'est-ce que le **galanga** ?

1. une petite graine ressemblant au cumin ?

2. une poudre extraite du cactus ?

3. une plante aromatique de la même famille que le gingembre ?

RÉPONSE : 3.

talc n.m. silicate naturel de magnésium. XVIᵉ s.
> ⇒ **colcotar** ❏

taliban n.m. membre d'un mouvement afghan fondamentaliste, de l'ar. *ṯâlib* « étudiant ». XXᵉ s.
> ⇒ **ouléma** ❏

talisman n.m. objet auquel on attribue des vertus magiques, de l'ar. *ṯalsam*, lui-même du grec byzantin *telesma* « rite religieux ». XVIIᵉ s.

talmouse n.f. pâtisserie au fromage en forme de triangle. XIVᵉ s.

tamarin n.m. fruit exotique aux propriétés laxatives, de l'ar. *tamr hindî* « datte indienne », par le lat. médiéval *tamarindus*. XVᵉ s.

tambour n.m. instrument à percussion formé de peaux tendues sur les deux faces d'un cadre cylindrique, de l'ar. *al-ṯambûr* « instrument à cordes », lui-même peut-être du persan. L'ancien français avait aussi *tabour* (d'où vient *tabouret*). XIIIᵉ s.

tare n.f. élément de pesée, de l'ar. *ṯarḥ* « déduction, décompte ». XIVᵉ s.

tarif n.m. indication des sommes à payer, de l'ar. *ta'rîf* « notification ». XVIᵉ s.
> ⇒ **gabelle**

tasse n.f. petit récipient à anse, de l'ar. *ṯâsa* « écuelle, coupe », lui-même du persan *tâst*. XIIᵉ s.

tell n.m. tumulus formé par des ruines, de l'ar. *tall* « colline ». XIXᵉ s.

timbale 1 n.f. instrument de musique à percussion, **timbale** 2 n.f. gobelet en métal, par l'ar. *al-ṯabl* « tambour ». XVᵉ s.

toubib n.m. (famil.) médecin, de l'ar. *ṭabîb* « médecin ». XIXᵉ s.
  ⇒ **lascar** ❑

truchement n.m. intermédiaire, de l'ar. *turjumân*, « interprète ». XIIᵉ s.
  ⇒ **drogman** ❑

turbé, turbe(h) n.m. mausolée, de l'ar. *turba* « tombeau ». XVIIᵉ s.

turbith n.m. plante à racine purgative, de l'ar. *turbid*.

tut(h)ie n.f. oxyde de zinc, de l'ar. *tûtyâ'*.

typhon n.m. cyclone tropical très violent, de l'ar. *ṭûfân* « déluge ». XVIᵉ s.
  ⇒ **mousson** ❑

uléma, voir **ouléma**

usnée n.m. lichen poussant sur les vieux arbres. XVIᵉ s.

varan n.m. grand lézard (fam. des varanidés). XIXᵉ s.

vilayet n.m. division administrative dans l'empire ottoman, de l'ar. *wilâya*, par le turc *vilayet*.

vizir n.m. conseiller du calife, de l'ar. *wazîr* « ministre », lui-même du turc *vizir*, lui-même du persan *vizir*. XVIᵉ s.
  ⇒ **imam** ❑, **moussaka** ❑

wali n.m. fonctionnaire responsable d'une wilaya.

wil(l)aya n.f. division administrative en Algérie.

RÉCRÉATION

ÉNIGME ZOOLOGIQUE

Dans la liste suivante sont cités deux oiseaux, un serpent, un lézard et un poisson. Identifiez-les.

albacore   albatros
haje   sacre
varan

RÉPONSE : l'*albacore* est un poisson, l'*albatros* et le *sacre*
sont des oiseaux, le *haje* est un serpent et le *varan*, un
lézard.

zain adj. et n.m. se dit d'un cheval dont la robe n'a aucun poil blanc, de l'ar. *zayn* « beauté ». XVIᵉ s.

zakat n.m. aumône religieuse payée par tout musulman.

zaouïa, zawiya n.f. établissement religieux, de l'ar. *zâwiya* « coin ». XXᵉ s.

zellige n. élément de marqueterie en céramique (art du Maghreb).

zénith n.m. point de la sphère céleste à la verticale de l'observateur, de l'ar. classique *samt al-ra's* « chemin au-dessus de la tête », de *samt* « chemin », qui a été lu par erreur *senit* par les scribes du Moyen Âge. Le même mot, avec l'article, *as-samt* « le chemin » a donné *azimut*. XIVᵉ s.

⇒ **azimut**

zéro n.m. valeur nulle, de l'ar. *sifr* « vide », par l'it. *zefiro*, contracté en *zero*. XVᵉ s.

⇒ **chiffre, darse** ❑

Zénith : une mauvaise lecture

C'est par une erreur de lecture de la lettre < -m- > confondue avec la succession < -ni- > dans l'arabe *as-samt* qu'a été créé, par les scribes du Moyen Âge, le mot français *zénith*. La même forme *as-samt* a donné le mot français *azimut*.

---

zérumbet n.m. plante (fam. des zingibéracées). XVIe s.

zinzolin n.m. couleur violet-rougeâtre obtenue à partir des graines de sésame, de l'ar. *juljulân* « sésame ». XVIIe s.

zouave n.m. soldat d'un corps d'infanterie française créé en Algérie en 1830, de *zwâwâ*, nom d'une tribu kabyle. XIX s.

TOPONYMES ARABES ET VOCABULAIRE FRANÇAIS

L'origine d'un certain nombre de mots français repose sur des noms de lieux arabes, par exemple *fez*, sur le nom de la ville de Fès et *maroquin* sur celui de la ville de Marrakech, ou sur des noms de lieux non arabes mais connus des Français par l'intermédiaire des Arabes, comme *satin* et *tamarin*

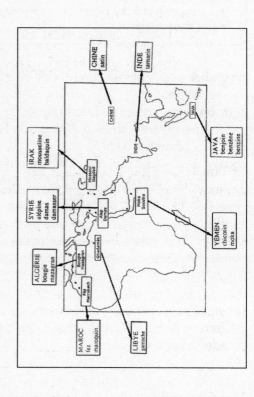

IV

Des mots arabes
venus du français

Comme on a pu le constater dans le glossaire des mots français venus de l'arabe, la langue française s'est beaucoup enrichie au contact de l'arabe. L'influence a été réciproque, mais, à partir du XIXᵉ siècle, c'est surtout dans les dialectes arabes actuels que se sont multipliés les emprunts au français, et selon des modalités diverses. C'est pourquoi on trouvera dans le glossaire suivant les emprunts attestés dans la langue parlée actuelle, avec des indications sur les différentes formes que ces mots d'emprunt ont pu prendre selon les régions.

Une lecture qui réserve des surprises

Chacune des entrées de ce glossaire recouvre un mot français, qu'il n'est pas toujours aisé de reconnaître à première vue.

Si sous *bisklètt*, on découvre comme une évidence le mot français *bicyclette*, et sous *otobiss* le mot *autobus*, on peut rester perplexe devant le mot français devenu *ardichawki* en arabe, et se demander longtemps quel pourrait bien être le mot français qui s'est perpétué sous la forme *atmassor* au Liban et *mortissour* au Maroc. Après une longue réflexion et avec un peu de chance, on arrivera peut-être à identifier les mots français *artichaut* dans le premier cas et *amortisseur* dans le second.

Les pages qui suivent peuvent ainsi devenir pour le lecteur une sorte de jeu intellectuel bilingue. Et pour que l'effet de surprise se prolonge au fil des pages, il est recommandé de commencer par cacher la partie explicative du texte et – avant de prendre connaissance de la définition – de chercher à deviner le mot français qui est à l'origine du mot emprunté.

Aide à la lecture

Afin de faciliter le déchiffrement de ces mots français devenus arabes à des lecteurs familiers des habitudes graphiques du français, il a été nécessaire de prendre en compte les interférences dues aux réalités de la prononciation de l'arabe.

Tout d'abord, les plus grandes modifications viennent de ce que l'arabe a un système vocalique réduit et ne connaît pas certaines voyelles françaises, par exemple celles qui se trouvent à la fin des mots *rue*, *mannequin*, *gant*, *ballon*, ou encore dans la deuxième syllabe de *moteur* ou de *moquette*.

Par ailleurs, certaines consonnes propres à l'arabe et absentes du français ont parfois coloré des mots français empruntés, comme par exemple *Tonn* « thon » avec un < T > emphatique, prononcé presque comme un [t], mais avec un recul important de la masse de la langue vers l'arrière de la bouche.

Afin de faciliter cette lecture, quelques principes généraux ont été adoptés pour noter ces prononciations.

Principes de transposition des prononciations

Aucune norme n'étant établie, et les mots empruntés ayant été plus ou moins adaptés aux habitudes de la prononciation arabe, les graphies utilisées dans ce glossaire ne correspondent qu'à des représentations approximatives de ces prononciations.

C'est à dessein, et pour en faciliter la lecture, que l'on a évité d'employer l'alphabet phonétique international, qui aurait nécessité pour le lecteur un apprentissage préalable.

Les voyelles orales

Les voyelles orales sont représentées par les signes graphiques suivants :
< i > représente le *i* français de *chic*
< y > représente le *i* de *radio*, le *y* de *mayonnaise* ou le *ill* de *maillot*
< ü > représente le *u* de *mur* mais cette voyelle, rarement attestée dans les mots empruntés

au français, n'est prononcée que par des personnes cultivées bilingues. Elle est généralement remplacée soit par le *ou* de *douche*, soit par le *i* de *chic*

< **ou** > représente le *ou* de *douche*

< **wa** > représente la prononciation de *oi* dans *croissant* ou *séchoir*.

< **é** > représente le *é* de *abonné*.

< **è** > représente la voyelle de *beige*, de *fraise*, de *frère* ou de *pêche*

< **e** > représente à la fois le *e* de *melon*, le *eu* de *feu* ou celui de *fleur*. Ces voyelles du français, inconnues en arabe classique, mais présentes dans certains dialectes actuels (par ex. en Algérie), sont souvent prononcées comme le *ou* de *douche*.

< **o** > représente à la fois les voyelles de *pot*, *peau*, *cloche*, *faux*, *pôle*.

< **a** > représente le *a* de *patte* et le *â* de *pâte*.

N.B. Lorsqu'un mot français commence par une voyelle, ce même mot emprunté en arabe est précédé soit par un coup de glotte (qui n'a pas été noté dans ce glossaire), soit par l'article (Ex. *aspirinn* se prononce soit '*aspirinn*, soit *laspirinn*).

Les voyelles nasales

Les voyelles nasales n'existant pas en arabe, elles sont souvent prononcées comme des voyelles légèrement nasalisées ou comme des voyelles orales suivies de la consonne *n*. Pour noter que la consonne nasale est présente dans la prononciation, comme dans *aspirine*, elle a été redoublée (*aspirinn*).

Les consonnes

Les consonnes suivent généralement les principes graphiques du français, avec toutefois quelques aménagements.

Cas particuliers :

< **k** > représente le *c* de *cravate*, *cognac*, *culotte*, le *qu* de *quatrième* ou de *paquet*, le *k* de *kangourou*

< **kh** > représente une prononciation proche de la *jota* espagnole.

< **s** > représente le *s* de *salade*, mais également le *c* de *cinéma*, le *sc* de *scénario*, le *ç* de *caleçon*.

< **g** > représente le *g* de *glace*, *gomme*, *gant*, *guidon*.

< **j** > représente le *j* de *jupe*, mais aussi le *g* de *gilet* ou de *gendarme*.

< **gh** > représente une prononciation proche du *r* français le plus généralisé, alors que

< **r** > représente une prononciation roulée du bout de la langue.

< **th** > ⎫ < **dh** > ⎬	représentent des prononciations proches de *th* anglais

< **T** > ⎫ < **S** > ⎬ < **D** > ⎭	représentent la prononciation emphatique de /t/, /s/, /d/, c'est-à-dire avec un report de la langue vers l'arrière de la bouche

< q > représente une consonne proche du [k] de *cou*, mais plus forte et plus profonde.

< h > représente la consonne [h] telle qu'elle est prononcée en anglais.

Zones d'incertitude

Il reste parfois des zones d'incertitude quant à la langue d'origine, et la question se pose souvent d'attribuer au français, à l'italien ou à l'anglais l'origine d'un mot arabe emprunté à une langue européenne. Tel est le cas en particulier des mots terminés par *a*, que l'arabe aurait pu adapter à partir du français ou de l'italien (par exemple *bouSla* « boussole » ou *kolonya* « eau de Cologne »).

C'est alors que se manifeste aussi la variété des usages régionaux, un même objet ou une même notion pouvant prendre une forme adaptée de l'italien ou de l'anglais dans un pays, mais une forme adaptée du français dans un autre pays.

Constitution du glossaire

Ce glossaire a été établi à partir d'une liste réunie par Bassam Baraké[141], puis il a été complété grâce au recueil d'Alphonse Kyrillos, intitulé *1 500 mots et noms français dans le vocabulaire égyptien*, publié au Caire dans le cadre de l'année France-Égypte 1998.

Les éléments de ce glossaire ont ensuite été soumis à une dizaine de collègues du Liban, de Syrie, de Jordanie, d'Égypte, d'Algérie et du Maroc.

Pour le Liban : Messieurs les professeurs Abdul-
    fattah El Zein et Nader Srage.

Pour la Syrie : Monsieur le professeur Mansour
    Hadifi.

Pour la Jordanie : Monsieur Bassel Al Zboun.

Pour l'Égypte : Madame le professeur Nagat
    Gheith et Mademoiselle Iman Ragab.

Pour l'Algérie : Madame le professeur Nacira
    Zellal.

Pour le Maroc : Mademoiselle le professeur
    Jamila El Kilani.

Que toutes et tous trouvent ici l'expression de nos
remerciements très chaleureux pour leur disponibi-
lité constante et leur collaboration inestimable.

Enfin, insistons sur le fait que, loin d'être exhaus-
tif, ce glossaire ne reflète que les usages individuels
confirmés par les collègues qui ont participé à son
élaboration et ne représentent donc ni l'ensemble
des emprunts ni les différentes prononciations dans
chacune des régions citées.

Glossaire des mots arabes venus du français

abajour < fr. *abat-jour* « dispositif au-dessus d'une lampe pour éviter l'éblouissement ». Cet emprunt peut prendre la forme **abajora** (Égypte, Jordanie) et désigne plutôt un store extérieur (Syrie).

aboné < fr. *abonné* « usage habituel d'un mode de transport ». Cet emprunt désigne plutôt la carte d'abonnement (Égypte).

akordyon(n) < fr. *accordéon*, emprunté à l'allemand. Ce mot peut prendre la forme **okordyonn** (Syrie, Égypte) ou **okardyon** (Liban).

akséswar < fr. *accessoires* (voiture) « pièces détachées ».

alaminyo(m) < fr. *aluminium* « métal industriel léger ». Ce mot se dit aussi **aléminyoum** (Égypte, Jordanie) ou **alamonyum** (Égypte).

alarm < fr. *alarme* « signal annonçant un danger ».

albom < fr. *album* « recueil de dessins, de photos, de timbres… », mot lui-même emprunté à l'allemand. En arabe, ce mot désigne surtout l'album de photos (Maroc, Jordanie).

allô < fr. *allô*, formule d'accueil au téléphone.

amarch < fr. *en marche* « se dit d'un véhicule qui se déplace ». Se dit aussi **march** (Liban).

ananass < fr. *ananas* « fruit exotique (famille des broméliacées) », mot tupi.

anchwa < fr. *anchois* « petit poisson (famille des engraulidés) qui se mange très salé ». Se dit aussi **annchouTa** (Liban), **annchouna** (Égypte).

anavan < fr. *(marche) avant* « dispositif permettant de faire avancer la voiture ». Se dit aussi **avan** (Liban), **anava** (Maroc).

andiv < fr. *endive* « espèce de salade blanche obtenue par forçage des bourgeons de la chicorée witloof ». Ce mot n'a été attesté qu'au Liban.

anntré < fr. *entrée* (sur un menu) « premier plat d'un menu après les hors-d'œuvre ou le potage ». Se dit aussi **antréh** (Égypte).

anorak < fr. *anorak* « vêtement court, imperméable à capuchon », mot inuit.

antènn < fr. *antenne* « capteur et diffuseur d'ondes électromagnétiques (radio et télévision) ». Le mot se dit aussi **antinn** (Maroc).

antikatt < fr. *antiquité* « meuble ancien ». Se dit aussi **antika** (Liban, Jordanie) ou **antikwa** (Égypte) pour désigner des meubles de style.

apartman < fr. *appartement* « logement dans un immeuble ». Se dit aussi **bartma** (Maroc).

archif < fr. *archives* « documents anciens classés ». Se dit aussi **archiv**.

ardichawki < fr. *artichaut* « légume (famille des composées) ». Se dit aussi **ardchawki** (Liban), **arthicholsi** (Syrie). Le mot français *artichaut* < esp. *alcachofa*, lui-même < arabe *al-kharchûf* « artichaut ». Il s'agit donc d'un aller-retour. La forme **articho** (Égypte) existe aussi mais pour désigner la coiffure féminine en forme d'artichaut.

artist < fr. *artiste* « personne pratiquant un art ». Il désigne seulement la danseuse orientale (Égypte).

aryèr < fr. *(marche) arrière* « dispositif permettant de faire reculer la voiture ». Se dit aussi **marchidér** (Égypte), **marcharé** (Égypte), **arryann** (Maroc).

asfalt < fr. *asphalte* « mélange de bitume et de sable pour le revêtement des chaussées ». Se dit aussi **isfilt** (Jordanie), **zift** (Liban).

aspirinn < fr. *aspirine*, médicament analgésique. Se dit aussi **asbirinn** (Égypte), **aspérinn** (Égypte), **sbirinn** (Maroc), **laspirinn** (Algérie).

assansèr < fr. *ascenseur* « cabine transportant verticalement des personnes aux différents étages d'un immeuble ». Se dit aussi **assansir** (Égypte), **assansor** (Jordanie), **assanseir** (Syrie) et **sansour** (Maroc).

atelyé < fr. *atelier* « local où s'effectuent les réparations de voitures ». Se dit aussi **ateliéh** (Égypte),

ateli (Maroc). L'emprunt de ce mot en arabe ne concerne que ce sens particulier.

atmassor (Liban) < fr. *amortisseur* « ressort permettant de réduire l'effet des secousses et des chocs ». Le mot se dit aussi **atamorsor** (Syrie), **amortéssèr** (Liban) ou **mortissour** (Maroc).

avoka < fr. *avocat* « fruit d'un arbuste (famille des lauracées) », d'un mot nahuatl, par l'espagnol *aguacate*. Se dit aussi **aboka** (Maroc) et **avocato** (Syrie, Liban).

baba < fr. *papa* « terme affectueux pour le père ».

bagètt < fr. *baguette* « pain long et mince, de 250 grammes ».

bahü < fr. *bahut* « meuble rustique long et bas ».

bakadouch < fr. *bac à douche* « réceptacle destiné à recueillir l'eau de la douche ».

bakalorya < fr. *baccalauréat* « diplôme de fin d'études secondaires ». Se dit aussi **bakaloréyah** (Égypte).

bakètt < fr. *paquet* « ensemble d'objets enveloppés ». Se dit aussi **paké** (Liban), **baké** (Syrie, Jordanie), **bakiye** (Maroc).

baldakinna < fr. *baldaquin* « tissu suspendu au-dessus d'un trône ou d'un lit », mot venu lui-même de l'italien {cf. Encadré De *Bagdad* à *baldaquin*, p. 35}. Se dit aussi **baltakana** (Égypte).

balé < fr. *ballet* « danse en groupe ».

balkonn < fr. *balcon* « petite terrasse protégée par une balustrade ». Se dit aussi **balkona** (Liban, Égypte, Jordanie), **balakona** (Égypte), **balko** (Maroc), **balkoun** (Algérie).

balonn < fr. *ballon* « grosse balle ». Se dit aussi **bâloun** (Liban, Algérie), **balona** (Égypte), **balon** (Maroc).

bannk < fr. *banque* « établissement financier ». Se dit aussi **banka** (Maroc, Algérie), **binnk** (Égypte), **banng** (Liban).

bansyon < fr. *pension* « établissement où l'on peut être hébergé pour une longue durée ». Se dit aussi **pansyonn** (Égypte), **pansyon** (Liban), **bansyounn** (Égypte).

bantalounn < fr *pantalon* « vêtement recouvrant les jambes ». Se dit aussi **bantalonn** (Égypte, Liban, Jordanie), **pantalounn** (Maroc, Algérie).

bar < fr. *bar* « débit de boisson ».

barachoutt < fr. *parachute* « voilure en tissu léger permettant de ralentir la chute à partir d'un avion ». Se dit aussi **parachütt** (Égypte, Liban), **parachitt** (Algérie).

barannda < fr. *véranda* « galerie extérieure couverte longeant la façade d'une maison ». Se dit aussi **varanda** (Égypte, Liban), **fernada** (Égypte), **firanda** (Algérie).

bardoussé < fr. *pardessus* « large manteau porté par-dessus les autres vêtements ». Se dit aussi **pardoussiyé** (Liban), **barklossé** (Syrie).

barké < fr. *parquet* « sol formé d'éléments de bois ». Se dit aussi **parké** (Liban).

barlaménn < fr. *parlement* « assemblée représentant le pouvoir législatif ». Se dit aussi **barlamann** (Égypte, Syrie, Jordanie, Algérie, Liban).

baskoutt < fr. *biscuit* « gâteau sec ». Se dit aussi **bassoutt** (Liban), **baskawitt** (Liban), **baskott** (Égypte), **beskott** (Jordanie).

bass < fr. *passe* « passage du ballon à un partenaire ». Se dit aussi **bassi** (Égypte), **pass** (Liban, Algérie), **bâS** (Jordanie).

batinaj < fr. *patinage* « dérapage d'un véhicule ». Se dit aussi **batinéj** (Égypte), **patinaj** (Liban).

baTisTa < fr. *batiste* « fine toile de lin ». Se dit aussi **batesta**.

batronn < fr. *patron* « modèle en papier servant à la confection d'un vêtement ». Se dit aussi **patronn** (Liban), **batrounn** (Égypte, Algérie), **patroné** (Liban), **patroun** (Maroc).

baTTâriyé < fr. *batterie* « source d'électricité d'une voiture à l'arrêt ». Se dit aussi **battariyéh** (Syrie), **baTariya** (Égypte), **battareyya** (Égypte), **batri** (Maroc).

béchamèl < fr. *béchamel* « sauce blanche à base de lait et de beurre ». Se dit aussi **bachamèl** (Égypte), **bachamèla** (Égypte), **bichamél** (Algérie).

bèj < fr. *beige* « couleur d'un brun très clair ».

béré < fr. *béret* « coiffure souple en laine ». Se dit aussi **biréh** (Égypte), **biri** (Maroc, Algérie).

bibronn < fr. *biberon* « bouteille à tétine pour bébé ». Se dit aussi **bibroné** (Liban), **bibrounn** (Algérie).

biftèk < fr. *bifteck* « tranche de viande de bœuf ». Se dit aussi **boufték** (Égypte, Syrie), **bouftik** (Maroc), **biftik** (Algérie).

bigoudi < fr. *bigoudi* « rouleau pour boucler les cheveux ». Se dit aussi **bougoudi** (Égypte).

bikarbounatt (el soda) < fr. *bicarbonate de soude* « produit chimique et médicament ». Se dit aussi **bikarbonatt** (Syrie, Jordanie, Algérie), **karbonètt** (Liban).

bilyar < fr. *billard* « jeu pratiqué avec des boules d'ivoire et une queue sur une table recouverte d'un tapis vert ». Se dit aussi **biyardo** (Égypte), **bilayardo** (Égypte).

bisklètt < fr. *bicyclette* « véhicule à deux roues ». Se dit aussi **bissiklètt** (Jordanie), **bissékléta** (Égypte), **boussiklètt** (Jordanie), **bichklitt** (Maroc), **biseklitt** (Algérie).

biskott < fr. *biscotte* « tranche de pain séchée ». Se dit aussi **baskott** (Liban, Jordanie).

bissinn < fr. *piscine* « grand bassin où l'on peut nager ». Se dit aussi **pissinn** (Liban, Jordanie, Maroc, Algérie).

bitroll < fr. *pétrole* « huile minérale servant de combustible ». Se dit aussi **batrol** (Liban, Jordanie), **pitroul** (Maroc).

blastik < fr. *plastique* « produit chimique de synthèse ». Se dit aussi **plastik** (Maroc, Liban), **bilastik** (Syrie).

blouza < fr. *blouse* « corsage de femme ». Se dit aussi **blouzi** (Liban), **blouzé** (Liban).

blouzon < fr. *blouson* « veste courte et ample ». Se dit aussi **blouza** (Jordanie), **blouzo** (Maroc).

bobinn < fr. *bobine* **(de film)** « cylindre sur lequel on enroule un film ».

bobo < fr. *bonbon* « petite friandise sucrée ». Se dit aussi **bonnbonn** (Syrie), **bombo** (Maroc),

bomboné (Liban), **bonbonaya** (Égypte), **boumbouma** (Algérie).

boliss 1. < fr. *policier* « agent de maintien de l'ordre ». Se dit aussi **bouliss** (Liban, Algérie), **boulissi** (Maroc, Algérie).

boliss 2. < fr. *police 1.* « institution du maintien de l'ordre ». Se dit aussi **poliss** (Liban, Algérie), **bouliss** (Maroc).

bolissa < fr. *police 2.* « contrat d'assurance ». Se dit aussi **bouliSSa** (Liban).

bomor < fr. *point mort* (voiture) « position neutre du levier de vitesse ». Se dit aussi **pamor** (Maroc), **mawr** (Égypte).

bonbonyèr < fr. *bonbonnière* « boîte contenant des friandises ». Se dit aussi **bonbonira** (Égypte), **bonnbonyèr** (Liban).

bonè < fr. *bonnet* « coiffure en tissu ». Se dit aussi **bonné** (Égypte), **boni** (Maroc, Algérie).

bonjour < fr. *bonjour* « formule de salutation au cours de la journée ». Se dit aussi **bojour** (Maroc).

bonswar < fr. *bonsoir* « formule de salutation dans la soirée ».

bordo < fr. *bordeaux* « couleur rouge foncé ».

borselènn < fr. *porcelaine* « céramique fine ». Se dit aussi **borzlénn** (Liban), **borcelinn** (Égypte), **borsolann** (Syrie).

bottine < fr. *bottine* « botte courte ».

boubbiyé < fr. *poupée* « jouet en forme de figurine humaine ». Se dit aussi **poupé** (Liban), **poupiya** (Maroc, Algérie).

boublinn < fr. *popeline* « étoffe à tissage serré utilisée principalement pour la confection des chemises ». Se dit aussi **boblinn** (Égypte, Liban, Algérie), **pouplinn** (Maroc).

boubou < fr. *poupon* « jouet en forme de bébé ». Attesté au Liban. Se dit aussi **poupounn** (Algérie).

bouché < fr. *boucher* « marchand de viande crue ». Se dit aussi **bouchi** (Algérie).

boudra < fr. *poudre* « produit de beauté pour embellir le teint de la peau ». Se dit aussi **bodra** (Égypte), **boudra** (Liban, Syrie, Égypte), **bodara** (Jordanie), **poudr** (Maroc), **boudouri** (Algérie).

boufè < fr. *buffet* 1. « meuble de cuisine ou de salle-à-manger » et 2. « table où sont présentés mets et boissons dans une réception ». Se dit aussi **boufféh** (Égypte, Syrie), **bifi** (Maroc, Algérie), **büfè** (Jordanie).

bouklé < fr. *bouclé* « qualifie des cheveux ondulés ». Se dit aussi **boukli** (Maroc).

bouSla < fr. *boussole* « instrument permettant de s'orienter », mot lui-même venu de l'italien. Se dit aussi **boSla** (Égypte, Maroc), **bousléh** (Syrie), **bouSlé** (Liban), **bouSla** (Jordanie).

boutik < fr. *boutique* « magasin de détail ». Se dit aussi **boutika** (Maroc). Ce mot, semble-t-il, est seulement utilisé dans le domaine de la mode. Se dit aussi **boutikaya** pour une petite boutique (Égypte).

boutt < fr. *botte* « chaussure montante ». Se dit aussi **bott** (Liban, Jordanie), **boT** (Maroc), **lébott** (Algérie).

branchman < fr. **branchement** « connexion électrique ». Se dit aussi **brachma** (Maroc, Algérie).

braslé < fr. *bracelet* « bijou porté autour du poignet ». Se dit aussi **brasléh** (Égypte), **brasli** (Algérie).

bravo < fr. **bravo**, expression d'approbation, mot venu lui-même de l'italien. Se dit aussi **brappo** (Algérie).

briyoch < fr. *brioche* « viennoiserie à base de pâte levée ». Se dit aussi **bryouch** (Algérie).

brizz < fr. *prise* (électrique) « fiche de branchement électrique ». Se dit aussi **prizz** (Maroc, Liban), **bariza** (Égypte), **lapriz** (Algérie).

broch < fr. *broche* « petit bijou fixé par une épingle ».

brodri < fr. *broderie* « motif exécuté sur une étoffe à l'aiguille ou à la machine ». Se dit aussi **brodé**.

brotèl < fr. *bretelle* « bande élastique passant sur les épaules et soutenant le pantalon ». Se dit aussi **broutèl** (Liban, Algérie), **broutil** (Maroc).

büss < fr. *bus* « moyen de transport en commun ». Se dit aussi **baSS** (Liban, Jordanie, Égypte), **biss** (Algérie).

bwat vitèss < fr. *boîte de vitesse* « boîte d'engrenages ». Se dit aussi **el fitèss** (Égypte), **el fétiss** (Égypte), **vitèss** (Liban).

byano < fr. *piano* « instrument de musique à cordes frappées ». Se dit aussi **byanou** (Syrie, Jordanie), **pyano** (Liban, Algérie), **piyano** (Maroc).

chal < fr. *châle* « pièce d'étoffe portée sur les épaules », mot lui-même venu du persan par le hindi et transmis à l'anglais, puis au français. Se dit aussi **chann** (Maroc), **chèl** (Liban).

chalè < fr. *chalet* « habitation en bois dans la montagne ». Au Liban, désigne principalement des appartements au bord de la mer. Se dit aussi **chali** (Algérie).

chalimo < fr. *chalumeau* « paille permettant de siroter une boisson ». Se dit aussi **chalümo** (Liban), **chalimonn** (Liban).

chambrèrr < fr. *chambre à air* « enveloppe gonflée d'air comprimé à l'intérieur d'un pneu ». Se dit aussi **chambéryèl** (Liban), **chambriyèl** (Liban), **chambrayèr** (Algérie).

champany < fr. *champagne* « vin pétillant de Champagne ». Se dit aussi **champanya** (Syrie, Liban, Maroc), **chambanya** (Jordanie, Égypte).

champinyon < fr. *champignon* « végétal cryptogame qui pousse dans les lieux humides ». Se dit aussi **champinyonn** (Liban).

channdayy < fr. *chandail* « épais vêtement en tricot que l'on enfile par la tête ».

charyo < fr. *chariot* « véhicule remorqué et destiné à transporter des marchandises ». Se dit aussi **charyou** (Maroc), **chèryou** (Algérie).

chassi < fr. *chassis* « structure qui supporte le moteur et la carrosserie d'une voiture ». Se dit aussi **chaSSi** (Jordanie).

chèk < fr. *chèque* « ordre écrit de paiement par l'intermédiaire d'une banque ». Se dit aussi **chak** (Syrie, Jordanie), **chik** (Maroc, Égypte), **tchèk** (Liban).

cheminé < fr. *cheminée* « lieu aménagé pour y faire du feu ». Se dit aussi **chéminé** (Liban), **chimini** (Maroc, Algérie).

chemizyé < fr. *chemisier* « corsage en forme de chemise d'homme ». Se dit aussi **chimizi** (Algérie).

chéri < fr. *chéri* « aimé ». Se dit aussi **chiri** (Maroc, Égypte, Algérie).

chevalyèr < fr. *chevalière* « bague portée au petit doigt ».

chèzlongg < fr. *chaise-longue* « siège de tissu, à dossier inclinable ».

chiff < fr. *chef* **(de cuisine)** « cuisinier ou cuisinière à la tête d'une cuisine ou d'un restaurant ». Se dit aussi **chèff** (Jordanie)

chifonyéra < fr. *chiffonnier* « petit meuble à tiroirs ».

chik < fr. *chic* « élégant ».

chinyon < fr. *chignon* « cheveux regroupés en masse à l'arrière ou au sommet de la tête ». Se dit aussi **chinyonn** (Égypte), **chinyou** (Maroc, Algérie).

chokola < fr. *chocolat* « produit extrait de la fève de cacao », mot lui-même venu du nahuatl par l'espagnol. Se dit aussi **chokolata** (Jordanie, Égypte, Liban), **choklata** (Égypte), **chklaT** (Maroc), **chikoula** (Algérie).

chofaj < fr. *chauffage* « installation de chauffage central ». Se dit aussi **choufaj**.

chofèr < fr. *chauffeur* « conducteur d'une voiture automobile ». Se dit aussi **choufèr** (Liban), **chofer** (Jordanie), **chofir** (Égypte), **chouffor** (Syrie), **chofour** (Maroc), **chifour** (Algérie).

dakor < fr. *d'accord* « expression de consentement ».

dalya < fr. *dahlia* « fleur ornementale (famille des composées) ». Se dit aussi **aDalya** (Liban).

En Algérie **dèlya** désigne la vigne et en Jordanie **dahlia** désigne également la vigne.

dantèll < fr. *dentelle* « tissu ajouré très fin ». Se dit aussi **dantèlla** (Égypte), **dantil** (Maroc, Algérie).

dazzini < fr. douzaine « ensemble de douze éléments ». Se dit aussi **dazziné** (Liban), **dazdiné** (Liban), **zina** (Maroc, où il signifie aussi « beaucoup »). **douzèna** (Algérie), **dazzina** (Jordanie).

débréyaj < fr. *débrayage* « action effectuée pour passer les vitesses (voiture) ». Se dit aussi **débréyéj** (Égypte), **doubiryaj** (Liban), **doubriyaj** (Syrie).

déjontèr < fr. *disjoncteur* « interrupteur électrique automatique ». Mot attesté au Liban.

dékolté < fr. *décolleté* « qui laisse apparaître largement la peau du haut du corps ». Se dit aussi **dékoltéh** (Égypte), **dikolti** (Maroc, Algérie).

dékor < fr. *décor* « éléments entourant les acteurs sur la scène ». Se dit aussi **dikor** (Égypte, Maroc, Syrie, Jordanie, Algérie).

dezyèm < fr. *deuxième* « position du levier de changement de vitesse, au deuxième cran ». Se dit aussi **déziyam** (Maroc), **douzyèm** (Algérie)

dimarerr < fr. *démarreur* « dispositif permettant de lancer le moteur ». Mot attesté au Maroc.

dinamo < fr. *dynamo* « machine génératrice de courant continu ». Se dit aussi **danamo** (Égypte, Algérie).

dirèksyonn < fr. *direction* « volant d'une voiture ». Se dit aussi **dirkéssyonn** (Liban, Jordanie), **diriksyounn** (Maroc, Algérie).

disk 1 < fr. *disque* « enregistrement musical ».

disk 2 < fr. *disque* « élément de la colonne vertébrale ».

disk 3 < fr. *disque* « partie des freins (voiture) ». Se dit aussi **désk** (Égypte).

diskotèk < fr. *discothèque* « lieu de divertissement où l'on peut danser ».

dissantariya < fr. *dysenterie* « maladie intestinale infectieuse ». Se dit aussi **déssentariya** (Égypte), **zontari** (Liban).

dokter < fr. *docteur* « médecin ». Se dit aussi **doktor** (Égypte), **déktour** (Égypte), **daktour** (Liban), **douktour** (Maroc), **doktour** (Syrie, Algérie), **daktor** (Jordanie).

doublaj < fr. *doublage* « enregistrement des dialogues d'un fim dans une autre langue ».

doublkrèm < fr. *double-crème* « double portion de café à la crème ». Se dit aussi **doblkrèm** (Liban).

douch < fr. douche « appareil sanitaire où l'eau s'écoule à travers les trous d'une pomme d'arrosage », mot lui-même venu de l'italien. Se dit aussi **doch** (Égypte, Jordanie).

dyézèll < fr. *diésel* « moteur de voiture fonctionnant au gazole ». Se dit aussi **dizèll** (Liban, Syrie, Égypte), **dyazal** (Maroc), **dizl** (Jordanie).

écharp < fr. *écharpe* « longue bande d'étoffe portée pour se protéger du froid ». Se dit aussi **écharb** (Égypte, Liban), **icharb** (Syrie, Liban).

échètmann < fr. *échappement* « évacuation des gaz de combustion (voiture) ». En arabe, désigne surtout le pot d'échappement. Se dit aussi **échèkmann** (Liban), **achkman** (Liban), **chakma** (Maroc), **ouchtmann** (Syrie).

èspadriy v fr. *espadrille* « chaussure à semelle de corde et empeigne de toile ». Se dit aussi **èsbadri** (Égypte), **sbrdila** (Maroc), **spadrinn** (Liban), **sbadrinn** (Liban), **sbertina** (Algérie).

étikètt < fr. *étiquette* « cérémonial protocolaire ». Se dit aussi **tikètt** (Égypte), **tikita** (Maroc), **atakètt** (Syrie), **zitikètt** (Algérie).

évazé (jupe) < fr. *évasée* « (jupe) plus large dans sa partie inférieure ». Se dit aussi **évazéh** (Égypte), **éfazéh** (Égypte)

fabrikassyon < fr. *fabrication* « production d'objets ». Se dit aussi **fébrika** (Égypte, Algérie), **fabraka(t)** (Liban).

fanTaziyé < fr. *fantaisie* « originalité. » Se dit aussi **fantazya** (Égypte, Jordanie), **fantaziya** (Algérie)

farmasi < fr. *pharmacie* « point de vente de médicaments ». Se dit aussi **farmachiyè** (Liban), **farmassyèn** (Algérie).

fich < fr. *fiche* « petit carton pour prendre des notes ». Se dit aussi **fiché** (Liban).

ficha (électricité) < fr. *fiche* « en électricité, broche servant à raccorder deux conducteurs ». Se dit aussi **fich** (Liban, Jordanie).

filé < fr. *filet* « tranche de viande ou de poisson ». Se dit aussi **filéh** (Égypte), **filto** (Égypte), **fili** (Maroc, Algérie).

film < fr. *film* « support des images (cinéma) », mot lui-même venu de l'anglais. Se dit aussi **félm** (Égypte).

flütt < fr. *flûte* **(musique)** « instrument de musique à vent fait d'un tube creux percé de trous ».

fonndetin < fr. *fond de teint* « produit de beauté fluide servant de base au maquillage.

foplafon < fr. *faux-plafond* « double plafond ».

fotèyy < fr. *fauteuil* « siège confortable avec dossier et bras ». Se dit aussi **fotéh** (Égypte), **foteyh** (Égypte), **foutayy** (Maroc, Algérie).

fourchètt < fr. *fourchette* « ustensile permettant de piquer les aliments ». Se dit aussi **forcha** (Égypte), **forchiTa** (Maroc, Algérie).

frémm < fr. *frein* « dispositif de ralentissement ». Se dit aussi **fréymm** (Liban), **framél** (Égypte), **fram** (Syrie), **frann** (Maroc).

frèr < fr. *frère* « membre d'une communauté religieuse ». Se dit aussi **frér** (Égypte, Liban).

frèz < fr. *fraise* « fruit rouge ».

frijidèr < fr. *frigidaire* « réfrigérateur domestique ». Se dit aussi **frijidér** (Égypte, Maroc).

fritt < fr. *frites* « bâtonnets de pomme de terre passés dans la friture ».

frizé < fr. *frisé* « se dit des cheveux très ondulés ». Se dit aussi **frizi** (Algérie).

gan < fr. *gant* « pièce d'habillement pour protéger les mains ». Se dit aussi **gawanti** (Égypte), **gwanti** (Égypte), **gatt** (Maroc), **ligan** (Algérie).

garaj < fr. *garage* « 1. lieu abritant des voitures 2. lieu de réparation des véhicules ». Se dit aussi **karaj** (Liban, Syrie, Jordanie), **garj** (Égypte).

gardénya < fr. *gardénia* « fleur ornementale (famille des rubiacées) ». Se dit aussi **gardinya** (Liban), **ghardinya** (Syrie).

garsonn < fr. *garçon* « serveur de café ou de restaurant ». Se dit aussi **garson** (Jordanie, Liban, Algérie), **garso** (Maroc).

gato < fr. *gâteau* « pâtisserie sucrée ». Se dit aussi **gatoh** (Égypte), **gatto** (Liban, Algérie), **gatou** (Syrie, Jordanie).

gazon < fr. *gazon* « étendue d'herbe tondue ». Se dit aussi **gazonn** (Liban, Algérie), **gazo** (Maroc).

ghaz < fr. *gaz* « produit liquéfié servant de combustible ».

gidon < fr. *guidon* « tube métallique à deux poignées qui commande la direction de la roue avant d'une bicyclette ». Se dit aussi **gidonn** (Liban, Égypte), **gidounn** (Maroc, Algérie), **kidon** (Liban), **kidonn** (Syrie), **gadonn** (Jordanie).

glass < fr. *glace* « crème glacée ».

glayyel < fr. *glaïeul* « fleur ornementale (famille des iridiacées) ».

globb < fr. *globe* « volume sphérique ».

gramm < fr. *gramme* « unité de masse ». Se dit aussi **ghramm** (Syrie, Jordanie).

jadarmiya < fr. *gendarmerie* « militaires chargés de l'ordre et de la sécurité publique ». Se dit aussi **jandirma** (Liban), **jandarma** (Syrie).

jakètt < fr. *jacquette* « veste courte ajustée ». Se dit aussi **jakéta** (Égypte, Jordanie), **jakita** (Maroc).

jambon < fr. *jambon* « cuisse ou épaule de porc, salée ou fumée ». Se dit aussi **jambonn** (Liban).

janndèrma < fr. *gendarme* « agent du maintien de l'ordre public ». Se dit aussi **jadarmi** (Algérie).

janTT < fr. jante « pièce de bois ou de métal formant la partie extérieure d'une roue ». Se dit aussi **jantt** (Liban), **janTa** (Maroc).

japonèzz < fr. (blouse) *japonaise* « blouse à manches amples, à la japonaise ». Se dit aussi **japonézz** (Égypte).

jiba < fr. *jupe* « vêtement féminin allant de la ceinture vers le bas », mot lui-même d'origine arabe. Se dit aussi **jüpa** (Maroc), **jüpp** (Syrie, Liban), **jebba** (Algérie).

jido < fr. *judo* « sport de combat japonais », mot lui-même japonais. Se dit aussi **jüdo** (Liban), **jidou** (Maroc), **joudo** (Égypte), **goudo** (Égypte).

jigo < fr. *gigot* « cuisse de mouton ou d'agneau apprêtée pour la cuisson ou déjà cuite ». Se dit aussi **jigou** (Maroc, Algérie).

jilè < fr. *gilet* « veste courte sans manches », mot lui-même venu du turc par l'arabe algérien. Se dit aussi **jiléh** (Égypte), **jili** (Maroc, Algérie).

journal < fr. *journal* « publication donnant des nouvelles quotidiennes ». Au Liban « magazine de couture et de mode ». Se dit aussi **gornal** (Égypte), **gournal** (Égypte), **journo** (Maroc), **jernann** (Algérie).

journalji < fr. *journaliste* « personne collaborant à la rédaction d'un journal ».

jwin < fr. *joint* « garniture interposée entre deux éléments d'un moteur ».

kabaré < fr. *cabaret* « lieu de divertissement où l'on consomme des boissons en regardant un spectacle ». Se dit aussi **kabari** (Algérie).

kabbinè < fr. *cabinet* « W-C ». Se dit aussi **kabanéh** (Égypte), **kabina** (Maroc). Au Liban, ce mot semble être considéré comme un peu ancien.

kabina < fr. *cabine* « cabane de plage où les baigneurs peuvent se changer ». Se dit aussi **kabinn** (Liban).

kabl < fr. *câble* « ensemble de fils torsadés ».

kachmir < fr. *cachemire* « tissu ou tricot fait de poils de chèvre du Cachemire ».

kado < fr. *cadeau* « présent, offrande ». Se dit aussi **kèdou** (Algérie).

kadr < fr. *cadre* « personne appartenant à l'équipe dirigeante d'une société ». Se dit aussi **kadèr** (Maroc).

kaféolè < fr. *café au lait* (couleur) « couleur marron clair ».

kalori < fr. *calorie* « unité d'énergie ».

kalsonn < fr. *caleçon* « sous-vêtement masculin ». Se dit aussi **kalson** (Jordanie), **kalsounn** (Liban, Algérie), **kalso** (Maroc).

kalsyom < fr. *calcium* « métal alcalin ». Se dit aussi **kalsyoum** (Égypte), **kalisyoum** (Jordanie).

kamyonn < fr. *camion* « grand véhicule de transport de marchandises ». Se dit aussi **kamyounn** (Liban), **kèmyounn** (Algérie), **kamiyou** (Maroc).

kanal < fr. *canal* « chaîne de télévision ». Se dit aussi **kanatt** (Égypte, Liban).

kanapé < fr. *canapé* « divan à dossier ». Se dit aussi **kanabyéh** (Syrie), **kanabèyé** (Liban), **kanaba** (Égypte), **kanabaya** (Jordanie), **kènèpi** (Algérie).

kanari < fr. *canari* « oiseau de la famille des fringillidés ». Se dit aussi **kanarya** (Égypte), **kanar** (Liban, Syrie).

kantinn < fr. *cantine* « réfectoire d'un établissement scolaire, militaire, etc. »

kapichonn < fr. *capuchon* « sorte de bonnet fixé sous le col d'un vêtement ». Se dit aussi **kapichou** (Maroc), **kèbichounn** (Algérie).

kappitènn < fr. *capitaine* « officier militaire ». Se dit aussi **kapténn** (Égypte), **kabténn** (Égypte), **qabTann** (Maroc, Algérie), **kabtènn** (Jordanie), **kaptinn** (Liban).

kapsoula < fr. *capsule* « système de fermeture d'une bouteille ». Se dit aussi **kapsola** (Jordanie), **kapsoulé** (Syrie, Liban), **kabsoula** (Égypte).

karamèl < fr. *caramel* « produit obtenu par chauffage du sucre ; bonbon ». Se dit aussi **karaméla** (Syrie), **karamil** (Maroc, Algérie).

karaté < fr. *karaté* « art martial japonais », mot lui-même japonais. Se dit aussi **karati** (Maroc, Algérie).

karbirator < fr. *carburateur* « appareil destiné à mélanger le carburant à l'air dans un moteur à explosion ». Se dit aussi **karbourétor** (Égypte), **karbourtèr** (Égypte), **karbiratèr** (Liban), **kèrbiratour** (Algérie).

karo < fr. (à) *carreaux* (pour un tissu).

karosseri < fr. *carrosserie* « habillage d'un véhicule automobile ». Au Liban, désigne aussi le lieu de réparation et de montage des carrosseries.

kart < fr. *cartes (à jouer)* « jeu de société ». Se dit aussi **karTa** (Maroc, Algérie).

karton < fr. *carton* « produit rigide fabriqué à partir de pâte à papier », mot venu lui-même de l'italien. Se dit aussi **kartounn** (Liban, Algérie), **kartan** (Maroc, Syrie), **kartona** (Égypte).

kartpostal < fr. *carte postale* « missive illustrée ».

kask < fr. *casque* « coiffure rigide », mot lui-même venu de l'espagnol. Se dit aussi **kaSk** (Maroc, Algérie).

kaskètt < fr. *casquette* « coiffure à visière ». Se dit aussi **kaskèta** (Égypte, Algérie), **kaSkita** (Maroc).

kassarola < fr. *casserole* « ustensile de cuisine muni d'un manche ». Se dit aussi **kassrola** (Liban), **kaSrona** (Maroc, Algérie).

kassètt < fr. *cassette* « petite caisse ». Se dit aussi **kassitt** (Jordanie), **kaSèTa** (Maroc, Algérie).

katriyèm < fr. *quatrième* (vitesse) « position du levier de vitesse au quatrième cran ». Se dit aussi **katriyam** (Maroc), **kateryèm** (Algérie).

kawtchouk < fr. *caoutchouc* « substance élastique extraite du latex de certains végétaux ». Se dit aussi **kawetch** (Égypte), **kawtch** (Égypte), **kawchouk** (Jordanie), **kawtchou** (Maroc), **kawitchou** (Algérie).

kazino < fr. *casino* « établissement de jeux ». Se dit aussi **kazinou** (Syrie, Jordanie), mot lui-même venu de l'italien.

kèss < fr. *caisse* « lieu où s'effectuent les paiements ». Se dit aussi **késs** (Égypte).

khartouch < fr. *cartouche* « étui contenant des matières explosives », mot lui-même venu de l'italien. Se dit aussi **khartouché** (Syrie, Liban), **khartoucha** (Égypte, Maroc, Algérie).

kilo < fr. *kilo* « unité de masse, abréviation de *kilogramme* ». Se dit aussi **kilou** (Syrie, Maroc, Algérie, Jordanie).

kilomètr < fr. *kilomètre* « unité de longueur (1 000 mètres) ». Se dit aussi **kiloumètr** (Syrie, Liban), **kilomitr** (Jordanie), **kiloumiTT** (Maroc, Algérie).

kiwi < fr. *kiwi* « fruit exotique », mot lui-même d'origine néo-zélandaise.

klakson fr. *klaxon* « avertisseur sonore dans les voitures ». Se dit aussi **klaksoun** (Maroc, Algérie), **klaks** (Égypte).

klarinètt < fr. *clarinette* « instrument de musique à vent ».

klas < fr. *classe* « nom adjectivé exprimant quelque chose de prestigieux ».

klémantinn < fr. *clémentine* « agrume hybride de l'orange et de la mandarine ». Se dit aussi **klimantinn** (Jordanie), **kilmantènn** (Liban), **kalamanntinn** (Liban).

kloch < fr. *(jupe) cloche* « (jupe) évasée ». Se dit aussi **klouch**.

kofr < fr. *coffre* « place réservée aux bagages (dans une voiture) ».

kolan < fr. *collants* « bas montant jusqu'à la ceinture ».

koll < fr. *colle* « produit adhésif ». Se dit aussi **kolla** (Maroc, Égypte), **koula** (Algérie).

kolonya < fr. *(eau de) Cologne* « eau parfumée ». Se dit aussi **kalonya** (Jordanie).

kolroulé < fr. *col roulé* « col montant retourné sur lui-même ». Se dit aussi **korrolé** (Liban), **kolaroulé** (Égypte).

komandann < fr. *commandant* « chef d'un groupe ». Se dit aussi **komondann** (Liban), **komanda** (Égypte, Algérie), **komandar** (Maroc).

kombinézon < fr. *combinaison* « sous-vêtement féminin, autrefois porté sous la robe ». Se dit aussi **kombinizonn** (Égypte), **kombilizou** (Maroc, Algérie).

komissér < fr. commissaire « dirigeant dans la police ». Se dit aussi **komesseri** (Égypte), **komissir** (Maroc, Algérie). Au Liban, ce nom peut aussi désigner le vendeur de tickets de bus.

kompanyi < fr. *compagnie* « société commerciale ». Se dit aussi **kobaniya** (Égypte), **koubaniya** (Maroc, Algérie).

komprésserr < fr. *compresseur* « appareil servant à comprimer un gaz (voiture) ». Se dit aussi **komprésér** (Algérie, Liban).

konsèrvatwar < fr. *conservatoire* « établissement d'enseignement de la musique ». Se dit aussi **konsèrfatwar** (Égypte, Liban).

konsyèrj < fr. *concierge* « gardien d'immeuble ». Se dit aussi **konsiyèrj** (Maroc), **kosserja** (Algérie).

kontakt < fr. *contact* (électrique) « mise en relation de deux conducteurs électriques ». Se dit aussi **kontak** (Liban).

konterr < fr. *compteur* « appareil de mesure (de la consommation d'électricité) ».

konyak < fr. *cognac* « eau-de-vie de raisins de la région de Cognac ». Se dit aussi **konyèk** (Égypte), **kounyak** (Algérie).

kornè < fr. *cornet* « gaufrette en **forme** de cône qu'on remplit de crème glacée ». Se dit aussi **kourni** (Algérie).

korsè < fr. *corset* « sous-vêtement servant à comprimer le ventre et la taille ».

kouchkilott < fr. *couche-culotte* « garniture absorbante pour bébé ». Au Liban et en Algérie, on dit souvent **kouchbébé**.

koulott < fr. *culotte* « sous-vêtement allant de la ceinture au haut des cuisses ». Se dit aussi **kiloTT** (Maroc), **klott** (Égypte), **külott** (Liban), **kilott** (Syrie, Liban, Algérie, Jordanie).

kouzina < fr. *cuisine* « lieu où l'on prépare les repas ». Se dit aussi **kuzînn** (Liban).

kravatt < fr. *cravate* « pièce d'habillement que les hommes se nouent autour du cou ». Se dit aussi **kravata** (Égypte), **krafata** (Maroc), **karafata** (Jordanie), **grafa** (Jordanie), **karafta** (Égypte, Liban), **grafata** (Maroc), **grafi** (Syrie), **kèrvata** (Algérie).

krèmchantiyi < fr. *crème Chantilly* « crème fouettée avec du sucre ». Se dit aussi **chantily** (Liban).

krèmkaramèl < fr. *crème caramel* « entremets lacté sucré ». Se dit aussi **krimkaramil** (Maroc, Algérie).

krèmm < fr. *crème* (cosmétique) « produit de soin de la peau ». Se dit aussi **kréma** (Égypte), **krima** (Maroc), **lèkrim** (Algérie).

krèpp < fr. *crêpe* « entremets à pâte fine, cuit sur une plaque ». Se dit aussi **kripp** (Maroc).

kriz < fr. *crise* « manifestation excessive et soudaine dont les effets peuvent être graves ». Se dit aussi **kriza** (Liban), **lakriz** (Algérie).

krwassan < fr. *croissant* « viennoiserie en pâte feuilletée dont la forme est recourbée ». Se dit aussi **krwassonn** (Égypte), **krwaSa** (Maroc, Algérie).

ksilatour < fr. *accélérateur* « dispositif permettant d'augmenter la vitesse d'un véhicule ». Cette forme **ksilatour** a été attestée au Maroc. Se dit aussi **ksiliratour** (Algérie).

kwafér < fr. *coiffeur* « artisan spécialiste des soins des cheveux ». Se dit aussi **kwaferr** (Liban), **kwafir** (Égypte, Jordanie, Algérie), **kwafour** (Maroc).

kwafèzz < fr. *coiffeuse* « meuble de toilette muni d'un miroir ». Se dit aussi **kwafezz** (Liban), **kwafouzz** (Maroc), **kwafizz** (Algérie).

laké < fr. *laqué* « enduit de laque ». Se dit aussi **laki** (Maroc, Algérie).

lamba fr. *lampe* « appareil d'éclairage ». Se dit aussi **lamdha** (Syrie).

lavabo < fr. *lavabo* « appareil sanitaire muni de robinets et d'une vidange ». Se dit aussi **lababou** (Maroc, Algérie).

likèr < fr. *liqueur* « boisson sucrée à base d'alcool. Se dit aussi **likerr** (Liban, Algérie).

limouzinn < fr. *limousine* « grande voiture de luxe avec chauffeur ». Se dit aussi **limoussinn**.

lissé < fr. *lycée* « établissement public d'enseignement secondaire ». Se dit aussi **lissi** (Maroc, Algérie).

lissenss < fr. *licence* « autorisation administrative ou diplôme universitaire ».

loj < fr. *loge* « compartiment séparé dans un théâtre ». Au Liban, désigne seulement le balcon (théâtre ou cinéma).

lotri < fr. *loterie* « jeu de hasard récompensé par des prix ». Se dit aussi **lotériya** (Égypte), **otarreya** (Égypte).

lüks < fr. *luxe* « ce qui est somptueux, cher et raffiné ».

machinn < fr. *machine* « appareil destiné à faciliter les tâches de la vie quotidienne ». Désigne souvent la machine à coudre. Se dit aussi **makana** (Égypte, Liban, Syrie), **makina** (Maroc, Liban), **mèchina** (Algérie).

madamm < fr. *Madame* « titre donné à une femme mariée ou en âge de l'être ». Se dit aussi **madémm** (Égypte), **madamma** (Algérie).

madmwazèll < fr. *mademoiselle* « titre donné à une jeune fille ». Se dit aussi **madmazèll** (Jordanie), **madmozèll** (Liban), **madmouzèll** (Liban, Algérie), **mazmwazèll** (Égypte), **madmazil** (Maroc).

makètt < fr. *maquette* « modèle réduit d'un bâtiment ou d'un objet à réaliser » Se dit aussi **makéta** (Algérie).

maksi (jupe) < fr. *maxi-jupe* « jupe très longue ».

mama < fr. *maman* « mot affectueux pour la mère ».

manga < fr. *mangue* « fruit exotique (fam. des ana-cardiacées) », mot venu du tamoul par le portugais. Se dit aussi **mannga** (Égypte, Liban).

manikir < fr. *manucure* « soin et maquillage des ongles ». Au Liban et en Égypte, désigne aussi le vernis à ongles. Se dit aussi **manükür** (Égypte, Liban), **manakir** (Jordanie).

mannkin < fr. *mannequin* « personne présentant des modèles dans des défilés de mode ». Se dit aussi **manikann** (Égypte).

manto < fr. *manteau* « vêtement ample recouvrant d'autres vêtements ». Se dit aussi **mantou** (Jordanie).

march bébé < fr. *marche-bébé* « véhicule à roulettes permettant de se déplacer à un bébé ne sachant pas encore marcher ».

marché < fr. *marché* « réunion de marchands de denrées alimentaires ». Se dit aussi **marchi** (Maroc, Algérie).

marchidèr < fr. *marche arrière* « mouvement d'une voiture qui recule ». Se dit aussi **aré** (Égypte), **aryèr** (Liban), **arryann** (Maroc), **marcharyèr** (Algérie).

marmaTonn < fr. *marmiton* « jeune aide-cuisinier ». En Égypte et au Liban, signifie aussi « cuisinier », où actuellement le terme est péjoratif. Se dit aussi **marméta** (Algérie).

maskara < fr. *mascara* « maquillage pour les yeux ».

massaj < fr. *massage* « action de palper et de friction-
    ner le corps ». Mot lui-même formé à par-
    tir de *masser*, d'origine arabe et signifiant
    « palper ».

matiné < fr. *matinée* « spectacle se déroulant l'après-
    midi ». Se dit aussi **matina** (Algérie)

mayo < fr. *maillot* « vêtement moulant ». Se dit aussi
    miyo (Égypte), **mayoh** (Égypte), **mayou**
    (Maroc, Algérie). En Syrie, ce mot désigne
    seulement le maillot de bain.

mayonèz < fr. *mayonnaise* « sauce émulsionnée à base
    d'œufs et d'huile ». Se dit aussi **mayyonèz**
    (Liban), **mayonéz** (Égypte, Maroc, Algérie).

mdawbal < fr. *redoublant* « élève recommençant
    une année scolaire dans la même classe que
    l'année précédente ». Se dit aussi **mdobl**
    (Maroc), **mdawbil** (Liban), **mdoubli** (Algé-
    rie), **mdobal** (Jordanie).

mèch < fr. *mèche* « petite touffe de cheveux ». En
    arabe, désigne seulement des mèches colo-
    rées. Se dit aussi **mich** (Égypte).

mékanik < fr. *mécanique* « science de la construc-
    tion et du fonctionnement des machines ».
    Se dit aussi **mikanik** (Jordanie, Algérie,
    Liban), **mikaniki** (Égypte, Syrie).

mékanissyènn < fr. *mécanicien* « spécialiste de la
    conduite et de l'entretien des machines ».
    Se dit aussi **mékanissyin** (Liban), **mikanis-
    syann** (Maroc), **mikaniki** (Jordanie),
    mékaniki (Égypte).

mékyaj < fr. *maquillage* « ensemble des produits
    de beauté ». Se dit aussi **makiyaj** (Liban,

Maroc, Algérie), **makyaj** (Syrie), **mikyaj** (Jordanie).

menü < fr. *menu* « liste des plats dans un repas et liste des plats servis dans un restaurant ». Se dit aussi **minou** (Algérie).

mèrsi < fr. *merci* « mot de gratitude ». Se dit aussi **mirsi** (Égypte, Maroc), **mérsi** (Liban, Algérie).

messya < fr. *Monsieur* « titre donné à un homme ».

mètr < fr. *maître* « personne exerçant son autorité ». Se dit aussi **mitr** (Jordanie). En Syrie et au Liban, désigne le maître d'hôtel au restaurant.

métr < fr. *mètre* (unité de longueur). Se dit aussi **mètr** (Liban), **mitèr** (Liban), **mitr** (Syrie, Maroc), **mitra** (Algérie).

métrélyouzz < fr. *mitrailleuse* « arme automatique à tir rapide ». Se dit aussi **mitiryozz** (Liban), **mitrilyozz** (Liban), **mitrayouzz** (Maroc), **mitralozz** (Syrie), **mètrèyouzz** (Algérie).

mikrofonn < fr. *microphone* « dispositif permettant d'augmenter l'intensité des sons ». Se dit aussi **magrafonn** (Jordanie).

minijüpp < fr. *mini-jupe* « jupe extrêmement courte ». Se dit aussi **minijipp** (Maroc, Algérie), **minijibb** (Égypte).

mizanpli < fr. *mise en plis* « mise en forme des cheveux humides ». Se dit aussi **mizanblé** (Égypte).

mobélya < fr. *meuble* « objet servant à l'aménagement des habitations ». Se dit aussi **moublya** (Égypte), **moubilya** (Liban), **moubilyi** (Algérie).

modèl < fr. *modèle* « personne dont la profession est de **poser** pour des artistes ». Se dit aussi **moudèl** (Jordanie, Algérie, Liban), **modil** (Maroc).

mokètt < fr. *moquette* « tapis recouvrant tout le sol d'une pièce ». Se dit aussi **mokétt** (Égypte, Liban), **moukètt** (Syrie, Maroc, Jordanie).

motor < fr. *moteur* « appareil produisant de l'énergie ». Se dit aussi **mator** (Jordanie), **motèr** (Liban), **moutor** (Syrie, Algérie).

motosikl < fr. *motocycle* « véhicule motorisé à deux roues ». Se dit aussi **motosékl** (Égypte).

mouDa < fr. *mode* « manière de s'habiller, en vogue à une certaine époque. Se dit aussi **mouda** (Syrie, Liban), **moDa** (Égypte), **moda** (Égypte, Maroc, Jordanie), **lamouda** (Algérie).

mouslinn < fr. *mousseline* « étoffe de soie fine et transparente ».

moustach < fr. *moustache* « ensemble des poils au-dessus de la lèvre supérieure ».

mov < fr. *mauve* « couleur violet pâle ».

néon < fr. *néon* « tube luminescent ». Se dit aussi **niyo** (Algérie).

obèrj < fr. *auberge* « petit hôtel-restaurant à la campagne ».

odetwalètt < fr. *eau de toilette* « parfum léger ».

okazyounn < fr. *occasion* « en solde ». Se dit aussi **okazyonn** (Liban, Algérie, Jordanie), **okazyou** (Maroc).

oksijinn < fr. *oxygène* « gaz entrant dans la composition de l'air et de l'eau ». Se dit aussi **oksijènn** (Liban, Algérie).

oparlerr < fr. *haut-parleur* « dispositif d'amplification du son ». Se dit aussi **oparlérr** (Liban), **louparlerr** (Algérie).

opital < fr. *hôpital* « établissement public donnant des soins médicaux et chirurgicaux ». Se dit aussi **ozbitalya** (Égypte) **sbétar** (Algérie).

oranj < fr. *orange* (couleur) « couleur entre le jaune et le rouge ». Se dit aussi **rannji** (Algérie).

orevwar < fr. *au revoir* « salutation d'adieu ». Se dit aussi **orvwar** (Liban).

orgg < fr. *orgue* « grand instrument à vent composé de tuyaux de différentes tailles ». Se dit aussi **orghonn** (Liban, Égypte), **lourgg** (Algérie).

orijinal < fr. *original* « différent des autres ». Se dit aussi **orijinèl** (Égypte), **or(i)ginal** (Égypte), **rijinal** (Algérie).

otèl < fr. *hôtel* « établissement où l'on peut loger pour un prix journalier ». Se dit aussi **outèl** (Syrie, Liban), **otél** (Jordanie).

othozoks < fr. *orthodoxe* « adepte de l'église chrétienne d'Orient ». Se dit aussi **orthodoks** (Égypte), **ortodhoks** (Égypte, Liban, Jordanie), **ortodoks** (Syrie), **orthadoks**.

otobiss < fr. *autobus* « transport automobile en commun ». Se dit aussi **tobüss** (Maroc, Algérie).

otomobil < fr. *automobile* « véhicule motorisé ». Se dit aussi **otombil** (Liban), **tomobil** (Maroc), **tonobel** (Algérie). En Égypte, il semble que ce mot ne soit utilisé que par les personnes âgées.

pandantif < fr. *pendentif* « bijou suspendu au cou par une chaînette ».

pantoufl < fr. *pantoufle* « chaussure d'intérieur ». Se dit aussi **bantoufl** (Égypte, Algérie), **mantofli** (Égypte), **pantouflé** (Liban), **pantoufla** (Maroc).

papiyon < fr. *papillon* (nœud) « cravate nouée en forme de papillon ». Se dit aussi **papiyou** (Maroc, Algérie).

parfin < fr. *parfum* « senteur agréable ». Se dit aussi **barfin** (Syrie, Égypte), **barfan** (Égypte, Jordanie).

passpor < fr. *passeport* « document officiel d'identité ». Se dit aussi **bassbor** (Liban, Syrie).

pédikür < fr. *pédicure* « qui s'occupe du soin et du maquillage des pieds ». Se dit aussi **bédikür**.

pèrmanantt < fr. *permanente* (coiffure) « traitement des cheveux pour les friser de manière durable ». Se dit aussi **bèrmanantt** (Égypte).

pérük < fr. perruque « cheveux postiches ». Se dit aussi **barrouka** (Égypte, Liban).

petifour < fr. *petit-four* « gâteau de la taille d'une bouchée ». Se dit aussi **ptifour** (Maroc), **bétifor** (Égypte), **bitifor** (Égypte).

pijama < fr. *pyjama* « vêtement de nuit (veste et pantalon) », mot lui-même venu du persan par l'anglais. Se dit aussi **bijama** (Égypte, Liban, Jordanie, Syrie), **bajama** (Liban), **bajéma** (Liban).

plaj < fr. *plage* « rivage sabloneux ». Se dit aussi **blaj** (Égypte).

plato < fr. *plateau* « tablette servant à transporter des objets ».

pnou < fr. *pneu* « enveloppe caoutchoutée des roues de voiture ». Attesté au Maroc.

portchapo < fr. *porte-chapeau* « dispositif permettant d'accrocher les chapeaux ». Mot attesté au Liban.

portfeyy < fr. *portefeuille* « étui destiné à recevoir des papiers ou de l'argent ». Se dit aussi **bortefeyy** (Égypte), **portfiy** (Maroc).

portmoné < fr. *porte-monnaie* « petite bourse pour mettre les pièces de monnaie ». Se dit aussi **bortmoné** (Égypte, Algérie).

portrè < fr. *portrait* « représentation du visage ou du buste d'une personne, en peinture, dessin, photo ».

postich < fr. *postiche* « mèche de cheveux ajoutés ».

premyèr < fr. *première* (vitesse) « position du levier au premier cran ». Se dit aussi **premiyann** (Maroc).

prèstij < fr. *prestige* « à la fois important et impressionnant ».

protèstan < fr. *protestant* « chrétien adepte des églises issues de la Réforme ». Se dit aussi **brotèstannt** (Liban, Jordanie, Syrie, Égypte), **brotèstannti** (Égypte).

püré < fr. *purée* « légumes ou fruits écrasés ». En Égypte et au Liban, désigne plutôt la purée de pommes de terre. Se dit aussi **piri** (Algérie).

radyatér < fr. *radiateur* « appareil de chauffage ». Se dit aussi **radyaterr** (Liban), **radyatour** (Maroc, Algérie).

radyo < fr. *radio* « poste de réception de programmes sonores ». Se dit aussi **radyou** (Syrie, Algérie, Jordanie).

ranndévou < fr. *rendez-vous* « rencontre programmée ». Se dit aussi **ranndivou** (Jordanie, Algérie), **rodifou** (Maroc).

rènnglott < fr. *reine-claude* « prune de couleur dorée ou verte ». Se dit aussi **rènnglatt** (Liban).

ribortaj < fr. *reportage* « recueil d'informations sur place ». Se dit aussi **rébortég** (Égypte), **réportégg** (Égypte), **riportaj** (Liban, Algérie).

ridou < fr. *rideau* « pan de tissu autour d'une fenêtre ». La forme **rido** est attestée au Liban et en Algérie.

rijimm < fr. *régime* « conduite d'hygiène alimentaire ». Se dit aussi **réjimm** (Syrie, Liban).

rizirvwar < fr. *réservoir* (voiture) « réceptacle du carburant (voiture) ». Se dit aussi **résèrvwar** (Liban, Algérie).

robb < fr. *robe* « vêtement de femme et vêtement officiel dans certaines professions ». Se dit aussi **roppa** (Algérie).

robdechammbr < fr. *robe de chambre* « vêtement d'intérieur ». Se dit aussi **robdichammbr** (Liban), **robdichammbr** (Maroc), **robdichammber** (Maroc), **robb** (Jordanie).

robini < fr. *robinet* « dispositif permettant à l'eau d'affluer ou d'être retenue ». Attesté au Maroc.

rodaj < fr. *rodage* (voiture) « fonctionnement d'une voiture au-dessous de ses performances habituelles ».

rouj < fr. *rouge* (à lèvres) « produit de beauté pour les lèvres ».

roulman < fr. *roulement* « organe permettant de réduire les frottements d'une pièce mécanique sur une autre ». Se dit aussi **rorma** (Maroc), **rolma** (Algérie).

roulo < fr. *rouleau* « objet de forme cylindrique ». Se dit aussi **roulou** (Maroc, Algérie).

roumatizm < fr. *rhumatisme* « affection douloureuse des articulations ». Se dit aussi **roumatiz** (Maroc), **roumatism** (Jordanie, Liban), **rimatiz** (Algérie).

routinn < fr. *routine* « répétition souvent fastidieuse d'une même action ».

rozz < fr. *rose* « couleur composée de rouge et de blanc ».

sabbab < fr. *soupape* « obturateur alternatif dans un moteur à explosion ».

sablé < fr. *sablé* « petit biscuit à base de farine, de sucre et de beurre ».

sabounn < fr. *savon* « produit de nettoyage employé avec de l'eau ». Se dit aussi **Sabounn** (Jordanie).

salamounn < fr. *saumon* « poisson (famille des salmonidés) ». Se dit aussi **somon** (Liban).

salaTa < fr. *salade* « mélange de légumes assaisonnés ». Se dit aussi **salad** (Liban), **chlada** (Maroc, Algérie), **salada** (Maroc), **slaTa** (Liban).

salounn < fr. *salon* « pièce de réception dans un appartement ». Se dit aussi **salonn** (Liban), **salon** (Liban, Syrie, Jordanie, Algérie).

sandriyé < fr. *cendrier* « récipient destiné à recueillir les cendres de cigarette ». Se dit aussi **Sandriya** (Maroc).

sanndal < fr. *sandale* « chaussure légère à lanières ». Se dit aussi **sanndala** (Maroc), **sandal** (Syrie, Liban).

santimètr < fr. *centimètre* « mesure de longueur égale à un centième de mètre ». Se dit aussi **santimitr** (Liban, Syrie, Jordanie, Algérie), **santimm** (Maroc).

sardinn < fr. *sardine* « petit poisson (famille des clupéidés) ». Se dit aussi **serdina** (Algérie).

satin < fr. *satin* « étoffe de soie brillante ». Se dit aussi **satann** (Égypte, Maroc), **saténn** (Égypte, Liban).

séchwar < fr. *séchoir* « sèche-cheveux ». Se dit aussi **sichwar** (Jordanie, Syrie, Algérie), **chichwar** (Maroc).

séramik < fr. *céramique* « espèce de terre cuite ». Se dit aussi **siramik** (Syrie, Liban, Jordanie).

sèrviss < fr. *service* « travail des personnes qui servent les clients dans un retaurant ». Se dit aussi **srbiss** (Maroc), **serbiss** (Algérie). Le mot **sèrviss** est attesté au Liban pour désigner les taxis collectifs.

sigar < fr. *cigare* « feuille de tabac roulée, que l'on fume ». Se dit aussi **sigara** (Égypte).

sigarètt < fr. *cigarette* « petit rouleau de tabac que l'on fume ». Se dit aussi **sigara** (Jordanie, Liban).

sima < fr. *ciment* « pâte durcissant à l'air, utilisée dans la construction ». Se dit aussi **asmènnt**

(Égypte), **ismènnt** (Jordanie) ou **samannto** (Liban).

sinéma < fr. *cinéma* « photographie animée ». Se dit aussi **sinima** (Maroc, Jordanie), **sénima** (Égypte), **silima** (Algérie).

sankyèm < fr. *cinquième (vitesse)* « position du levier de changement de vitesse au cinquième cran ».

sirk < fr. *cirque* « spectacle de clowns et d'acrobates, de dompteurs et de prestidigitateurs ». Se dit aussi **sèrk** (Égypte).

sinaryo < fr. *scénario* « trame d'un film ou d'une bande dessinée ». Se dit aussi **sinaryou** (Syrie).

ski < fr. *ski* « sport d'hiver pratiqué en glissant sur deux longues lattes de bois sur la neige ».

slip < fr. *slip* « sous-vêtement en forme de culotte échancrée ». Se dit aussi **sleb** (Égypte), **slib** (Égypte, Liban, Jordanie).

sold < fr. *soldes* « vente promotionnelle à prix réduit ». Se dit aussi **soldé** (Algérie).

somon < fr. *saumon* « couleur rose orangé ». Se dit aussi **somo** (Maroc), **somonn** (Égypte).

somonn fimé < fr. *saumon fumé*. Se dit aussi **somonn fümé** (Liban).

sossiss < fr. *saucisse* « charcuterie de viande hachée mise dans un boyau ».

soutyann < fr. *soutien-gorge* « sous-vêtement féminin soutenant la poitrine ». Se dit aussi **soutyin** (Liban, Syrie), **soutyana** (Égypte, Jordanie).

souvenir < fr. *souvenir* « objet acheté par les touristes pour se rappeler les lieux visités ». Se dit aussi **soufinir** (Algérie).

srinngg < fr. *seringue* « instrument muni d'une aiguille pour faire des piqûres ». Se dit aussi **seringg** (Égypte, Liban, Jordanie), **souringg** (Algérie).

stad < fr. *stade* « lieu de compétitions sportives ». Se dit aussi **stéd** (Égypte).

stilo < fr. *stylo* « porte-plume à réservoir d'encre ». Se dit aussi **stilou** (Maroc, Algérie), **astilou** (Syrie).

stodyo < fr. *studio* « atelier d'un artiste ou d'un photographe ». Se dit aussi **stüdyo** (Liban, Jordanie), **stidyo** (Liban, Algérie), **stidyou** (Maroc), **estodyo** (Égypte, Liban).

swaré < fr. *soirée* « spectacle se déroulant après le dîner ».

tablo 1 < fr. *tableau* « surface plane verticale servant de support à l'écriture ou à la peinture ».

tablo 2 < fr. *tableau de bord* (voiture).

tafta < fr. *taffetas* « toile de soie légère, brillante et raide ».

taksi < fr. *taxi* « voiture de location munie d'un compteur ». Se dit aussi **Taksi** (Maroc). Au Liban, le **taksi** se distingue du **sérviss**, qui est collectif.

taktik < fr. *tactique* « moyens pour parvenir à un résultat ».

tanntt < fr. *tante* « sœur de la mère ou du père ». Se dit aussi **Tanntt** (Liban). Au Liban, ce mot désigne principalement la sœur de la mère. En Égypte, désigne une dame âgée et respectée.

tartinn < fr. *tartine* « tranche de pain recouverte de beurre, de confiture, etc. » Au Liban,

désigne également un morceau de pain libanais garni et enroulé sur lui-même. Sert de
goûter aux écoliers.

tartt < fr. *tarte* « gâteau à pâte fine recouverte de
fruits ». Se dit aussi **torta** (Égypte, Maroc),
tourta (Égypte), **tarta** (Maroc).

tawla < fr. *table* « surface plane horizontale
posée sur un ou plusieurs pieds ». Se dit
aussi **tabl** (Liban), **tabla** (Maroc, Algérie), **tbla** (Maroc), **Tawlé** (Liban), **Tawla**
(Jordanie).

tayybass < fr. *taille basse* « pantalon ou jupe dont la
ceinture se place au-dessous des hanches ».
Se dit aussi **taybass** (Algérie).

tayir < fr. *tailleur* « vêtement deux pièces pour
femme ». Se dit aussi **tayerr** (Jordanie,
Liban), **tayour** (Maroc, Algérie).

téké < fr. *ticket* « billet donnant droit à l'entrée dans
un lieu ». Se dit aussi **tikètt** (Liban), **tiki**
(Maroc, Algérie).

téléférik < fr. *téléphérique* « cabine remonte-pente ».
Se dit aussi **téléfrik** (Liban).

téléfonn < fr. *téléphone* « appareil pour con-
verser à distance ». Se dit aussi **tilifounn**
(Maroc, Algérie), **talifonn** (Liban), **tilifon**
(Jordanie).

télégraf < fr. *télégraphe* « transmission à distance ».
Se dit aussi **tiligraff** (Maroc), **téléghraf**
(Égypte, Liban), **tiligraf** (Jordanie).

téléskopp < fr. *télescope* « instrument d'optique pour
observer les astres ». Se dit aussi **téléskobb**
(Égypte), **tiliskobb** (Jordanie).

télévizyonn < fr. *télévision* « transmission à distance d'images et de sons par ondes hertziennes ». Se dit aussi **télivizyon** (Jordanie), **tilifizy-ounn** (Maroc, Algérie), **télfizyonn** (Liban), **télfaz** (en arabe littéraire).

terass < fr. *terrasse* « surface en plein air sur le trottoir ou en haut d'un immeuble ». Se dit aussi **tarass** (Jordanie).

Tonn < fr. *thon* « grand poisson à sang chaud ». Se dit aussi **tonn** (Maroc, Jordanie), **touna** (Égypte).

toulib < fr. *tulipe* « plante ornementale (famille des liliacées) ». Se dit aussi **tolib** (Syrie), **tülip** (Liban).

tourné < fr. *tournée* « série de représentations d'un artiste, d'une troupe théâtrale ou d'une équipe sportive dans différents endroits ».

tram < fr. *tram* (abréviation de *tramway*) « moyen de transport intra-urbain sur rail ».

trénn < fr. *train* « moyen de transport interurbain sur rail ». Se dit aussi **trènn** (Liban), **trann** (Maroc).

triko < fr. *tricot* « vêtement en maille ou confection d'un vêtement en maille ». Se dit aussi **trikou** (Algérie, Jordanie).

trommpètt < fr. *trompette* « instrument de musique à vent dont le tube est replié sur lui-même ». Se dit aussi **trombéta** (Algérie).

trwazyèm < fr. *troisième* « levier de vitesse au troisième cran ». Se dit aussi **trwazyann** (Maroc).

tüll < fr. *tulle* « tissu de soie légère et transparente ». Se dit aussi **till** (Algérie).

twalètt < fr. *toilettes* « WC ». Se dit aussi **twalitt** (Algérie).

valss < fr. *valse* « danse à trois temps ». Mot lui-même emprunté à l'allemand.

vaniy < fr. *vanille* « gousse utilisée pour parfumer la pâtisserie ». Se dit aussi **vanilya** (Égypte, Liban).

vaz < fr. *vase* (à fleurs) « récipient destiné à recevoir des fleurs coupées ». Se dit aussi **baz** (Maroc), **vaza** (Jordanie), **faza** (Égypte).

vazlinn < fr. *vaseline* « graisse translucide utilisée en pharmacie ». Se dit aussi **wazalinn** (Jordanie).

vèrni < fr. *vernis* (à ongles) « film brillant s'appliquant sur les ongles ».

vidyo < fr. *vidéo* « système d'enregistrement et de reproduction d'images et de sons ». Se dit aussi **vidéo** (Égypte, Liban, Jordanie), **vidyou** (Maroc), **fidyou** (Maroc), **vidiyou** (Algérie).

villa < fr. *villa* « maison individuelle de villégiature avec jardin ». Se dit aussi **vélla** (Égypte), **fila** (Maroc).

vitaminn < fr. *vitamine* « substance apportée par les aliments et indispensable au bon fonctionnement de l'organisme ». Se dit aussi **fitaminn** (Syrie).

vitèss < fr. *vitesse* « boîte de vitesse » (voiture). Se dit aussi **fitiss** (Maroc), **fétiss** (Égypte).

vitrinn < fr. *vitrine* « 1. devanture vitrée d'un magasin 2. meuble vitré d'exposition ». Se dit aussi **vitrina** (Liban, Maroc), **fitrina** (Maroc), **fétrina** (Égypte), **vatrina** (Égypte).

viza < fr. *visa* « autorisation d'entrer dans certains pays étrangers ». Se dit aussi **fiza** (Maroc, Jordanie).

vwal < fr. *voile* (**vêtement**) « tissu léger et fin se portant sur la tête et éventuellement sur le visage ».

zalamitt < fr. *allumettes* « bâtonnets de bois qu'on enflamme par frottement ». Attesté en Algérie.

Liste des mots français
empruntés en arabe

Cette liste permet de retrouver les mots français qui sont à la source des termes arabes répertoriés dans le *Glossaire des mots arabes venus du français*.

Exemple :

pardessus → **bardoussé**

Le renvoi à **bardoussé** indique que c'est sous cette entrée que l'on pourra retrouver le mot français d'origine (*pardessus*).

abat-jour	→	**abajour**	*anorak*	→	**anorak**
abonné	→	**aboné**	*antenne*	→	**antènn**
accélérateur	→	**ksilatour**	*antiquité*	→	**antikatt**
accessoire	→	**akséswar**	*appartement*	→	**apartman**
accordéon	→	**akordyon**	*archive*	→	**archif**
alarme	→	**alarm**	*arrière (vitesse)*	→	**aryèr**
album	→	**albom**	*artichaut*	→	**ardichawk**
allo	→	**allô**	*artiste*	→	**artist**
allumettes	→	**zalamitt**	*ascenseur*	→	**assansèr**
aluminium	→	**alaminyo(m)**	*asphalte*	→	**asfalt**
amortisseur	→	**atmassor**	*aspirine*	→	**aspirinn**
ananas	→	**ananass**	*atelier*	→	**atelyé**
anchois	→	**anchwa**	*au revoir*	→	**orevwar**

auberge	→	**obèrj**	*bracelet*	→	**braslé**
autobus	→	**otobiss**	*branchement*	→	**branchman**
automobile	→	**otomobil**	*bravo*	→	**bravo**
avocat (fruit)	→	**avoka**	*bretelle*	→	**brotèl**
bac à douche	→	**bakadouch**	*brioche*	→	**briyoch**
baccalauréat	→	**bakalorya**	*broche*	→	**broch**
baguette (pain)	→	**bagètt**	*broderie*	→	**brodri**
bahut	→	**bahü**	*buffet*	→	**boufè**
balcon	→	**balkonn**	*bus*	→	**büss**
baldaquin	→	**baldakinna**	*cabaret*	→	**kabaré**
ballet	→	**balé**	*cabine*	→	**kabina**
ballon	→	**balonn**	*cabinet (toilettes)*	→	**kabbinè**
banque	→	**bannk**	*câble*	→	**kabl**
bar	→	**bar**	*cachemire*	→	**kachmir**
batiste « tissu »	→	**baTisTa**	*cadeau*	→	**kado**
batterie	→	**baTTâriyé**	*cadre*	→	**kadr**
béchamel (sauce)	→	**béchamèl**	*café au lait*	→	**kaféolè**
beige	→	**bèj**	*caisse*	→	**kèss**
béret	→	**béré**	*calcium*	→	**kalsyom**
biberon	→	**bibronn**	*caleçon*	→	**kalsonn**
bicyclette	→	**bisklètt**	*calorie*	→	**kalori**
bifteck	→	**biftèk**	*camion*	→	**kamyonn**
bigoudi	→	**bigoudi**	*canal*	→	**kanal**
billard	→	**bilyard**	*canapé*	→	**kanapé**
biscuit	→	**baskoutt,**	*canari*	→	**kanari**
		biskott	*cantine*	→	**kantinn**
blouse	→	**blouza**	*caoutchouc*	→	**kawtchouk**
blouson	→	**blouzon**	*capitaine*	→	**kappitènn**
bobine	→	**bobinn**	*capsule*	→	**kapsoula**
boîte de vitesse	→	**bwat vitèss**	*capuchon*	→	**kapichonn**
bonbon	→	**bobo**	*caramel*	→	**karamèl**
bonbonnière	→	**bonbonyèr**	*carburateur*	→	**karbirator**
bonjour	→	**bonjour**	*carreaux (à)*	→	**karo**
bonnet	→	**bonè**	*carrosserie*	→	**karosseri**
bonsoir	→	**bonswar**	*carte postale*	→	**kartpostal**
bordeaux	→	**bordo**	*carton*	→	**karton**
(couleur)			*cartouche*	→	**khartouch**
botte	→	**boutt**	*casino*	→	**kazino**
bottine	→	**bottine**	*casque*	→	**kask**
boucher	→	**bouché**	*casquette*	→	**kaskètt**
bouclée	→	**bouklé**	*casserole*	→	**kassarola**
boussole	→	**bouSla**	*cassette*	→	**kassètt**
boutique	→	**boutik**	*cendrier*	→	**sandriyé**

centimètre	→	**santimètr**	*Cologne*	→	**kolonya**
céramique	→	**séramik**	*(eau de)*		
chaise-longue	→	**chèzlongg**	*combinaison*	→	**kombinézon**
châle	→	**chal**	*commandant*	→	**komandann**
chalet	→	**chalè**	*commissaire*	→	**komissér**
chalumeau	→	**chalimo**	*compagnie*	→	**kompanyi**
chambre à air	→	**chambrèrr**	*compresseur*	→	**komprésser**
champagne	→	**champany**	*compteur*	→	**konterr**
champignon	→	**champinyon**	*concierge*	→	**konsyèrj**
chandail	→	**channday**	*conservatoire*	→	**konsèrvatwar**
chariot	→	**charyo**	*contact*	→	**kontakt**
chassis	→	**chassi**	*(électrique)*		
chauffage	→	**chofaj**	*cornet*	→	**kornè**
chauffeur	→	**chofèr**	*corset*	→	**korsè**
chef	→	**chiff**	*couche-culotte*	→	**kouchkilott**
cheminée	→	**cheminé**	*cravate*	→	**kravatt**
chemisier	→	**chemizyé**	*crème*	→	**krèmm**
chèque	→	**chèk**	*crème caramel*	→	**krèmkaramèl**
chéri	→	**chéri**	*crème chantilly*	→	**krèmchantiyi**
chevalière	→	**chevalyèr**	*crêpe*	→	**krèpp**
chic	→	**chik**	*crise*	→	**kriz**
chiffonnière	→	**chifonyéra**	*croissant*	→	**krwassan**
chignon	→	**chinyon**	*cuisine*	→	**küizinn**
chocolat	→	**chokola**	*culotte*	→	**koulott**
cigare	→	**sigar**	*d'accord*	→	**dakor**
cigarette	→	**sigarètt**	*dahlia*	→	**dalya**
ciment	→	**sima**	*débrayage*	→	**débréyaj**
cinéma	→	**sinéma**	*(de voiture)*		
cinquième	→	**sankyèm**	*décolleté*	→	**dékolté**
(vitesse)			*décor*	→	**dékor**
cirque	→	**sirk**	*démarreur*	→	**dimarerr**
clarinette	→	**klarinètt**	*dentelle*	→	**dantèll**
classe	→	**klass**	*deuxième*	→	**dezyèm**
(bourgeoise)			*(vitesse)*		
clémentine	→	**klémantinn**	*diésel*	→	**dyézèll**
cloche (jupe)	→	**kloch**	*direction*	→	**dirèksyonn**
coffre	→	**kofr**	*(de voiture)*		
cognac	→	**konyak**	*discothèque*	→	**diskotèk**
coiffeur	→	**kwafér**	*disjoncteur*	→	**déjontèr**
coiffeuse	→	**kwafèzz**	*disque*	→	**disk**
col roulé	→	**kolroulé**	*docteur*	→	**dokter**
collants	→	**kolan**	*doublage*	→	**doublaj**
colle	→	**koll**	*double-crème*	→	**doublkrèm**

douche	→	**douch**	*gilet*	→	**jilè**
douzaine	→	**dazzini**	*glace*	→	**glass**
dynamo	→	**dinamo**	*glaïeul*	→	**glayyel**
dysentrie	→	**dissentariya**	*globe*	→	**globb**
eau de toilette	→	**odetwalètt**	*gramme*	→	**gramm**
échappement	→	**échètmann**	*guidon (de vélo)*	→	**guidon**
écharpe	→	**écharp**	*loterie*	→	**lotri**
en avant	→	**anavant**	*luxe*	→	**lüks**
(marche avant)			*lycée*	→	**lissé**
en marche	→	**amarch**	*machine*	→	**machinn**
endive	→	**andiv**	*madame*	→	**madamm**
entrée	→	**anntré**	*mademoiselle*	→	**madmwazèll**
espadrille	→	**èspadriy**	*maillot*	→	**mayo**
étiquette	→	**étikètt**	*maman*	→	**mama**
évasée (jupe)	→	**évazé**	*mangue*	→	**manga**
fabrication	→	**fabrikassyon**	*mannequin*	→	**mannkin**
fantaisie	→	**fanTaziyé**	*manteau*	→	**manto**
fauteuil	→	**fotèyy**	*manucure*	→	**manikir**
faux-plafond	→	**foplafon**	*maquette*	→	**makètt**
fiche	→	**fich**	*maquillage*	→	**mékyaj**
fiche (électrique)	→	**ficha**	*marché*	→	**marché**
filet	→	**filé**	*marche arrière*	→	**marchidèr**
(poisson, poulet)			*marche-bébé*	→	**march bébé**
film	→	**film**	*marmiton*	→	**marmaTonn**
flûte (musique)	→	**flütt**	*mascara*	→	**maskara**
fond de teint	→	**fonndetin**	*massage*	→	**massaj**
fourchette	→	**fourchètt**	*matinée*	→	**matiné**
fraise	→	**frèz**	*mauve*	→	**mov**
frein	→	**frémm**	*maxi (jupe)*	→	**maksi**
frère (religieux)	→	**frèr**	*mayonnaise*	→	**mayonèz**
frigidaire	→	**frijidèr**	*mécanicien*	→	**mékanisyènn**
frisés (cheveux)	→	**frizé**	*mécanique*	→	**mékanik**
frites	→	**fritt**	*mèche*	→	**mèch**
gant	→	**gan**	*(de cheveux)*		
garage	→	**garaj**	*menu*	→	**menü**
garçon (de café)	→	**garsonn**	*merci*	→	**mèrsi**
gardénia	→	**gardénya**	*mètre*	→	**mètr**
gâteau	→	**gato**	*meuble*	→	**mobélya**
gaz	→	**ghaz**	*microphone*	→	**mikrofonn**
gazon	→	**gazon**	*minijupe*	→	**minijüpp**
gendarme	→	**janndèrma**	*mise en plis*	→	**mizanpli**
gendarmerie	→	**jadarmiya**	*mitrailleuse*	→	**métrélyouzz**
gigot	→	**jigo**	*mode*	→	**mouDa**

modèle	→	modèl
monsieur	→	messya
moquette	→	mokètt
moteur	→	motor
motocycle	→	motosikl
mousseline	→	mouslinn
moustache	→	moustach
néon	→	néon
occasion (solde)	→	okazyounn
orange (couleur)	→	oranj
orgue	→	orgg
original	→	orijinal
orthodoxe	→	othozoks
oxygène	→	oksijinn
pantalon	→	bantalounn
pantoufle	→	pantoufl
papa	→	baba
papillon (nœud)	→	papiyon
paquet	→	bakètt
parachute	→	barachoutt
pardessus	→	bardoussé
parfum	→	parfin
parlement	→	barlaménn
parquet	→	barké
passe	→	bass
passeport	→	passpor
patinage	→	batinaj
patron	→	batronn
pédicure	→	pédikür
pendentif	→	pandantif
pension	→	bansyon
permanente (coiffure)	→	pèrmanantt
perruque	→	pérük
petit four	→	petifour
pétrole	→	bitroll
pharmacie	→	farmasi
piano	→	byano
piscine	→	bissinn
plage	→	plaj
plastique	→	blastik
plateau (à servir)	→	plato
pneu	→	pnou

point mort (voiture)	→	bomor
police	→	boliss
police (d'assurance)	→	bolissa
policier	→	boliss
popeline	→	boublinn
porcelaine	→	borselènn
porte chapeau	→	portchapo
portefeuille	→	portfeyy
porte-monnaie	→	portmoné
portrait	→	portrè
postiche	→	postich
poudre (cosmétique)	→	boudra
poupée	→	boubbiyé
poupon	→	boubou
première (vitesse)	→	premyèr
prestige	→	prèstij
prise (électrique)	→	brizz
protestant (religieux)	→	protèstan
purée	→	püré
pyjama	→	pijama
quatrième (vitesse)	→	katriyèm
radiateur	→	radyatèr
radio	→	radyo
redoublant	→	mdawbal
régime (alimentaire)	→	rijimm
reine-claude	→	rènnglott
rendez-vous	→	ranndévou
reportage	→	ribortaj
réservoir (voiture)	→	rizirvwar
rhumatisme	→	roumatizm
rideau	→	ridou
robe	→	robb
robe de chambre	→	robdechammbr
robinet	→	robini
rodage (voiture)	→	rodaj

rose (*couleur*)	→	**rozz**	*tailleur*	→	**tayir**
rouge (*à lèvres*)	→	**rouj**	*tante*	→	**tanntt**
rouleau	→	**roulou**	*tarte*	→	**tartt**
roulement	→	**roulman**	*tartine*	→	**tartinn**
routine	→	**routinn**	*taxi*	→	**taksi**
sablé	→	**sablé**	*télégraphe*	→	**télégraf**
salade	→	**salaTa**	*téléphérique*	→	**téléférik**
salon	→	**salounn**	*téléphone*	→	**téléfonn**
sandale	→	**sanndall**	*télescope*	→	**téléskopp**
sardine	→	**sardinn**	*télévision*	→	**télévizyonn**
satin	→	**satin**	*terrasse*	→	**terass**
saucisse	→	**sossiss**	*thon*	→	**Tonn**
saumon	→	**somon**	*ticket*	→	**téké**
(*couleur*)			*toilette*	→	**twalètt**
saumon	→	**salamounn**	*tournée*	→	**tourné**
(*poisson*)			*train*	→	**trénn**
saumon fumé	→	**somonn fimé**	*tram*	→	**tram**
savon	→	**sabounn**	*tricot*	→	**triko**
scénario	→	**sinaryo**	*troisième*	→	**trwazyèm**
séchoir	→	**séchwar**	(*vitesse*)		
service	→	**sèrviss**	*trompette*	→	**trommpètt**
ski	→	**ski**	*tulipe*	→	**toulib**
slip	→	**slip**	*tulle*	→	**tüll**
soirée	→	**swaré**	*valse*	→	**valss**
solde	→	**sold**	*vanille*	→	**vaniy**
soupape	→	**sabbab**	*vase*	→	**vaz**
soutien-gorge	→	**soutyann**	*vaseline*	→	**vazlinn**
souvenir	→	**souvenir**	*veranda*	→	**barannda**
stade	→	**stad**	*vernis (à ongles)*	→	**vèrni**
studio	→	**stodyo**	*vidéo*	→	**vidyo**
stylo	→	**stilo**	*villa*	→	**villa**
table	→	**tawla**	*vitamine*	→	**vitaminn**
tableau	→	**tablo**	*vitesse*	→	**vitèss**
tableau de bord	→	**tablo**	(*voiture, 1re...*)		
tactique	→	**taktik**	*vitrine*	→	**vitrinn**
taffetas	→	**tafta**	*voile*	→	**vwal**
taille basse	→	**tayybass**			

V

La langue arabe : les sons et les formes

Face à la diversité mouvante des usages parlés, qui ont évolué librement au cours des siècles, se dresse la langue écrite : un arabe unifié, qui prend sa source dans la langue du Coran et de la poésie des premiers temps, qui est reconnu dans l'ensemble du monde islamique comme le modèle à respecter et qui fait l'objet d'un enseignement généralisé.

C'est sur cet arabe écrit, appelé *arabe classique* ou *arabe littéral*, que porte le présent chapitre.

Formation des mots

Selon les grammairiens arabes anciens, le choix d'un nom pour désigner chacune des réalités du monde a été dicté par une ressemblance entre cette réalité et les sons dont ce nom est composé. Cela revient à dire que l'origine des langues serait fondée sur une série d'onomatopées.

Théorie invérifiable, bien que, dans toutes les langues du monde, un petit nombre de mots soit effectivement d'origine onomatopéique[142] : le nom du coucou par exemple repose sur le cri de cet oiseau dans plusieurs langues et c'est aussi une onomatopée qui est à la base, en arabe, du nom des sabots de bois, *qabqâb*, qu'on entend presque claquer au rythme des pas.

QUELQUES CRIS D'ANIMAUX

	EN FRANÇAIS	EN ARABE
cri du coq	*cocorico*	**kîkî kîkî**
cri du mouton	*bêê*	**mâ'**
cri de l'âne	*hihan*	**hâhâ**
cri du chat	*miaou*	**naw naw** ou **myâw**
cri du chien	*ouaou*	**'aw 'aw**

Corrélation supposée entre son et sens

Les grammairiens arabes anciens sont allés jusqu'à voir une certaine relation entre chaque consonne d'un mot et le sens qu'elle véhicule. L'un d'entre eux affirmait, par exemple, que toutes les successions de trois consonnes dont la consonne du milieu était **q** devait signifier une direction vers le bas, étant donné qu'en arabe, cette consonne se prononce du fond de la cavité de la bouche. Il est vrai que les exemples foisonnent : *saqata* « tomber », *waqa'a* « tomber », *naqqata* « s'égoutter », *laqata* « ramasser sur le sol », *raqada* « se coucher », *saqima* « tomber malade ». En revanche, les contre-exemples sont également très nombreux, par exemple *saqf* « plafond », *'aqada* « nouer », *faqada* « perdre », ou *maqata* « abhorrer », ce qui affaiblit beaucoup cette théorie.

Un grammairien du Xe siècle, 'Ibn Jinnî, affirmait de son côté que l'effort musculaire déployé dans la prononciation des consonnes d'un mot était en rapport avec le sens du mot et en particulier que la différence d'articulation entre deux consonnes correspondait à la différence de sens entre deux mots. Selon sa théorie, les verbes *qadima* et *khadima* signifient tous deux « croquer », mais avec une nuance d'intensité : *qadima* serait réservé à ce qui est sec et *khadima* à ce qui est humide et mou. On articulerait ainsi le son fort **q** pour désigner l'action forte et le son faible **kh** pour l'action faible[143] ».

On peut donc penser qu'ici encore, l'hypothèse relève plus de l'intuition que de l'observation systématique.

La double articulation

Plus scientifiquement, l'observation et l'analyse des langues vivantes a permis d'établir qu'elles présentent toutes une double articulation[144], c'est-à-dire qu'elles sont toutes constituées de mots – plus précisément de monèmes – qui ont un sens et une forme, cette forme s'articulant à son tour en unités phoniques distinctives, les phonèmes.

Soit, en français, le mot *sel*. Ce mot a un sens, « chlorure de sodium », et il s'articule à son tour en trois sons distinctifs : **/s/ /e/ /l/**. On peut prouver l'exactitude de cette analyse par l'opération suivante, que les linguistes appellent l'épreuve de la commutation : en remplaçant la consonne *-l* de *sel* par un autre son, par exemple /k/, on obtiendrait un autre mot du français, *sec*, qui a un tout autre sens. Ce test permet de vérifier que /l/ et /k/ sont bien en français des sons distinctifs, c'est-à-dire des phonèmes, puisqu'ils permettent de distinguer le mot *sel* du mot *sec*.

Comme toutes les langues du monde, l'arabe est doublement articulé, en unités significatives, les monèmes, qui ont un sens et une forme, et en unités distinctives, les phonèmes, qui, par eux-mêmes, n'ont pas de sens : en appliquant le test de la commutation à des monèmes de la langue arabe, on peut constater que **b** et **w** sont des phonèmes de l'arabe, où *balad* « pays, bled » se distingue de *walad* « enfant » grâce au remplacement du phonème **b** par le phonème **w**.

Les phonèmes de la langue arabe

Contrairement au français ou à l'anglais, dont les multiples voyelles rivalisent presque en nombre avec les consonnes, l'arabe classique se caractérise par un système de voyelles réduit à seulement 3 timbres /i/, /u/, /a/, voyelles brèves auxquelles s'ajoutent les voyelles longues correspondantes /i :/, /u :/, /a :/.

En revanche, on ne peut qu'être frappé par la pluralité des consonnes de cette langue, et en particulier par l'abondance des sons articulés à l'arrière de
la bouche et très profondément dans la gorge. Alors
qu'en français la consonne la plus postérieure, celle
qui se trouve au début du mot *roue*, se prononce au
niveau de la luette, l'arabe connaît aussi plusieurs
consonnes articulées au niveau du pharynx et au
niveau du larynx.

Le schéma de l'appareil vocal ci-dessous permettra
de situer les consonnes de l'arabe le long du canal
vocal.

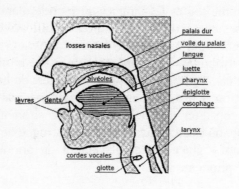

L'appareil vocal

Les consonnes les plus profondes

En termes phonétiques, on dira plus précisément
que les consonnes de l'arabe notées en A.P.I. (Alphabet Phonétique International) /ħ/ et /ʕ/, sont des

fricatives pharyngales car elles résultent d'un frottement de l'air au niveau du pharynx. Exemples : ħub
« amour », ʕayn « œil ».

La consonne / q /, articulée dans la même zone, au
niveau de la luette, résulte d'une fermeture totale du
canal vocal. Exemple : *qur'ân* « Coran ».

Les consonnes /ʔ/ et /h/ se réalisent au niveau de
la glotte, mais :

- pour /ʔ/, en empêchant momentanément l'air
  de passer à travers la glotte – c'est ce que les linguistes nomment un *coup de glotte* ou une *occlu-
  sive glottale* (Ex. *'amîr* « prince ») ;
- pour /h/, en laissant une ouverture suffisante
  permettant à l'air de produire un bruit de frottement en passant, à travers la glotte, entre les
  cordes vocales – c'est, pour les linguistes, une
  consonne *fricative glottale* ou encore une *fricative
  laryngale* (Ex. *hilâl* « croissant (de la lune) »).

Les consonnes emphatiques

De plus, la plupart des usages de l'arabe connaissent des consonnes dites « emphatiques », qui
se caractérisent par une forte tension des organes
vocaux et qui mettent en jeu à la fois la pointe de
la langue et la racine de la langue, cette dernière se
trouvant simultanément repoussée vers l'arrière de
la bouche, comme on peut le constater sur les illustrations ci-après :

/ṭ/ emphatique   /t/ non emphatique

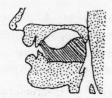 

/ṭ/ emphatique s'oppose à   /t/ non emphatique
/ḍ/ emphatique s'oppose à   /d/ non emphatique
/ð̣/ emphatique s'oppose à   /ð/ non emphatique
/ṣ/ emphatique s'oppose à   /s/ non emphatique

Le système consonantique de l'arabe classique

> ### LES 26 CONSONNES
> #### ET LES DEUX SEMI-CONSONNES DE L'ARABE
>
> □ f t ṭ θ □ s ṣ š k χ q ħ ʔ h
> b □ d ḍ ð ð̣ z □ ž □ ʁ ʕ
> m n
> ....
> l r j w

Dans ce tableau des consonnes[145] de l'arabe classique, on remarquera la répartition presque égale entre :

• les consonnes articulées à l'avant de la bouche :
b m f t d n θ ð s z l r

- celles qui sont articulées au **milieu** ou à l'**arrière** de la bouche, dans la partie la plus reculée de la cavité buccale :

š ž k χ ʁ ħ ʕ ʔ h

- celles qui ont un **double lieu d'articulation**, à la fois à l'avant et à l'arrière : les emphatiques

ṭ ḍ ḏ̣ et ṣ

Par ailleurs, **w** et **j** sont appelées **semi-consonnes** car elles ont le timbre d'une voyelle mais se comportent le plus souvent comme des consonnes.

N.B. : Rappelons que toutes les notations phonétiques de cette présentation de la phonologie de l'arabe sont celles de l'Alphabet Phonétique International (A.P.I).

Deux consonnes absentes de l'arabe classique

Alors qu'en français, on distingue /p/ de /b/ (*pont* ≠ *bond*) et /f/ de /v/ (*faim* ≠ *vin*), en arabe classique il n'y a que /b/ et /f/ (mais ni /p/ ni /v/, remplacés par des carrés vides ☐ dans le tableau p. 240), de sorte que les mots empruntés sont prononcés en utilisant des phonèmes phonétiquement voisins.

Les emprunts de l'arabe aux langues européennes montrent cependant que le choix des consonnes de remplacement a évolué. Ainsi, le nom du philosophe grec *Platon*, par exemple, est devenu *'aflâṭûn* en utilisant la consonne /f/ à la place du /p/ qui n'existait pas en arabe classique.

Plus tard, on constate que *Paris* est prononcé *bârîz*, en substituant la consonne /b/ de l'arabe au /p/ du français. Enfin, dans les usages les plus récents, les emprunts intègrent la consonne étrangère /p/, par exemple dans la prononciation des mots *passeport*, ou *parlement*, tout au moins à Beyrouth[146].

En outre, l'évolution phonétique a connu des variations dans les différents pays actuellement de langue arabe[147].

En Égypte, par exemple, la consonne prononcée [ž] ailleurs se prononce [g], comme dans le mot français *goût*. Ex. : *gabal* « montagne » et non pas *jabal*.

La racine, au cœur de la langue arabe[148]

Dans l'ensemble des pays arabophones, la structure interne des mots se présente de façon tout à fait originale. Tout repose sur une base essentielle, la racine[149].

Soit la forme *kataba* : un locuteur arabophone y reconnaît immédiatement la notion d'« écriture », portée par les trois consonnes **k t b**, dans cet ordre.

Les trois consonnes **n z l**, dans cet ordre, constituent une autre racine. Si l'on intercale la voyelle /a/ à la suite de chacune des consonnes de cette racine, on forme le mot **nazala**, qui exprime la notion de « descendre », sous la forme de la 3e personne du singulier du passé « il est descendu, il descendit ». Avec d'autres voyelles, on peut obtenir, toujours avec les mêmes consonnes, et dans le même ordre, des mots comme **nuzl** « hôtel (lieu où l'on descend) », ou encore **nuzûl** « descente ». Le sens peut également être abstrait. C'est cette notion abstraite que l'on trouve dans le participe passé *munzal*, « descendu (de Dieu) », c'est-à-dire « révélé », pour qualifier le Coran.

Dans chaque racine, l'ordre des consonnes est immuable

Si, précédemment, on a insisté sur l'ordre dans lequel se présentent les consonnes dans la racine, c'est parce que cet ordre est pertinent pour la communication. Tout changement de l'ordre des consonnes dans une racine entraînerait en effet une modification totale du sens. Prenons la racine **d r s**, qui exprime la notion d'étudier. Elle peut servir à former entre autres *darasa* « étudier » ou « il a étudié », *dars* « leçon », *mudarris* « enseignant », *madrasa* « école », etc. Mais le changement de l'ordre des mêmes consonnes en **s r d** correspondrait à une tout autre notion, par exemple : *sarada* « raconter, réciter », *sard* « récit, narration », etc.

En cela, l'arabe se comporte comme la plupart des autres langues. En français par exemple, *tri* n'est pas *tir*, *quitter* n'est pas *tiquer*, *dire* est différent de *ride*, etc. En revanche, dans le classement des entrées des dictionnaires arabes, l'importance de la racine se manifeste de façon inattendue.

Comment chercher un mot dans un dictionnaire arabe

Dès leurs premières réflexions sur leur langue, les grammairiens arabes ont donné la priorité à la racine car presque tout le vocabulaire arabe repose sur le rôle essentiel de cette racine. De ce fait, de nombreux auteurs ont classé les mots de leurs dictionnaires selon l'ordre alphabétique des racines. Jusqu'à nos jours, les lexicographes arabes présentent généralement leurs dictionnaires unilingues (tout arabe) ou bilingues (arabe / autre langue) suivant cet ordre. Ainsi, pour trouver les mots *manzil* « maison », *tanzîl* « révélation » ou *nuzûl* « descente », il ne faut pas se fier à l'initiale de ces mots mais aller chercher la lettre < N >, initiale de la racine **n z l**.

Contrairement à cette tradition, certains dictionnaires modernes rangent la nomenclature, non pas selon la racine, mais selon l'ordre alphabétique des mots. Il est à remarquer que dans ce classement soi-disant alphabétique, les voyelles brèves ne sont pas prises en compte. C'est ainsi que dans un dictionnaire arabe-français récent[150], les entrées suivantes sont classées sous la lettre < B > selon cet ordre dit « alphabétique » :

birkâr	« compas »
burkân	« volcan »
baraka	« bénédiction, baraka »
birka	« bassin (d'eau) »
barlamân	« parlement »
barama	« tournoyer, tortiller »

On aura remarqué que les voyelles brèves *i*, *u*, *a* n'interviennent aucunement dans ce classement.

Les voyelles mettent les consonnes « en mouvement »

Malgré son importance fondamentale, la racine ne constitue pas un mot : elle est virtuelle et donc impossible à prononcer toute seule. Elle ne peut être appréhendée qu'à partir des mots dans lesquels elle se trouve « mise en mouvement » par un schème, composé principalement de voyelles.

Ce n'est pas par hasard que le terme *mouvement* a été utilisé ci-dessus : il est là pour évoquer le mot arabe _haraka_ qui désigne à la fois la voyelle brève et le mouvement.

En conséquence, puisque la voyelle n'est que le « mouvement » qui anime la consonne, on ne peut jamais trouver en arabe, ni une voyelle seule, ni un mot commençant par une voyelle[151].

L'ARTICLE AL NE COMMENCE PAS PAR UNE VOYELLE

On sait généralement que l'article arabe est *al*, sans se rendre compte que ce mot ne commence pas par une voyelle, mais par une consonne. Cette consonne est articulée au niveau de la glotte et correspond à une fermeture, suivie d'une ouverture brusque des cordes vocales – un « coup de glotte » – un peu comme lorsqu'on tousse. On la note dans les translittérations de l'arabe : l'article arabe est donc *'al* et non pas *al*.

Les schèmes

Si l'ordre dans lequel se présentent les consonnes de la racine détermine le sens général des mots, ce sont les schèmes, eux-mêmes principalement constitués de voyelles, qui en précisent exactement la signification.

C'est ainsi que la racine constituée par les trois consonnes **s l m** « paix » permet de former, à partir de différents schèmes, de nombreux autres verbes, comme par exemple *salima* « être en bonne santé », *sâlama* « vivre en paix avec », *'aslama* « entrer dans l'islam ».

RÉCRÉATION

« QUE LA PAIX SOIT AVEC TOI »

1. Il existe un mot français emprunté à l'arabe, formé sur la racine sémitique **s l m** et signifiant « paix », pour désigner des formules de politesse exagérée. Quel est ce mot français, qui est le plus souvent employé au pluriel ?

2. Il existe également une ville sainte du Proche-Orient dont le nom reposerait sur cette même racine **s l m**. Quel est le nom de cette ville ?

RÉPONSE : (à lire de droite à gauche, comme dans la lecture de l'arabe) 1. *sœlamalas* – 2. *mélasuré].*

Le fonctionnement des schèmes

Les schèmes fonctionnent comme des structures dans lesquelles viennent s'insérer les consonnes de la racine[152].

C'est ainsi qu'en insérant dans la structure *m a - - a -* (les traits d'union prenant la place des trois consonnes de la racine) la racine **s k n**, qui exprime la notion d'habiter, on obtient le mot *maskan*, qui veut dire « lieu où l'on habite, habitation ». Le schème *m a - - a -* exprime donc le lieu où se déroule l'action ou l'événement : par exemple, avec la racine **k t b**, on obtiendrait le mot *maktab* « lieu où l'on écrit, bureau », et avec la racine **r q s** (notion de danser), le mot *marqas* « lieu où l'on danse, night-club ».

Par ailleurs, la structure (ou schème) **m a - - û -** prend la valeur sémantique du participe passé en français. C'est ainsi qu'on obtiendrait, en insérant différentes racines, les mots *maskûn* « habité », *maqtûl* « tué », *maktûb* « écrit », *maftûh* « ouvert », *mahbûl* « possédé, maboul », etc.

LE SCHÈME *m a - - û -*

racine	notion	schème	mot	signification
k t b	« écrire »	*m a - - û -*	*maktûb*	« écrit, lettre »
'ch q	« aimer »	*m a - - û -*	*ma'chûq*	« bien-aimé »
q t l	« tuer »	*m a - - û -*	*maqtûl*	« tué »
s k n	« habiter »	*m a - - û -*	*maskûn*	« habité »
b t r	« couper »	*m a - - û -*	*mabtûr*	« coupé »
b l l	« mouiller »	*m a - - û -*	*mablûl*	« mouillé »

Un autre schème, constitué par la suite - *à* - *i* -, sert à désigner l'agent : par exemple *kâtib* « celui qui écrit, écrivain », *sâkin* « habitant », *qâtil* « tueur », *râqis* « danseur », etc.

RÉCRÉATION

ÉTUDIANTS EN THÉOLOGIE

En arabe, la racine **t l b** exprime la notion de « demander », et plus spécifiquement « demander à s'instruire », d'où « étudier ». Connaissez-vous un mot français emprunté à l'arabe, construit sur cette racine et qui désigne les étudiants (en théologie) et plus particulièrement de nos jours un parti religieux en Afghanistan ?

RÉPONSE : *taliban*, de l'arabe *ṭālib* « étudiant ».

Importance du couple racine/schème

En résumé, tous les mots arabes ont un schème de base, et la conscience linguistique collective voit toujours dans les mots de cette langue une composition à double étage : racine + schème.

Cette double structure est si fondamentale que certains emprunts à des langues étrangères peuvent être remodelés selon un schème arabe. Voici un exemple tiré de la langue parlée : la locution française *point mort* (dans une boîte de vitesses) a été prononcée *bomor* et cette dernière forme a permis de créer le néologisme *bawmar* « mettre au point mort » à partir de la racine triconsonantique **b m r**, imaginée à partir de *bomor*, et associée au schème ‑ **aw** ‑ **a** ‑.

Les consonnes : ossature des mots écrits

La prééminence des consonnes, éléments de base des racines, se retrouve dans l'écriture, qui fait la part belle aux consonnes. En effet, alors que les racines à partir desquelles sont construits tous les mots arabes découlent de la combinaison de deux, trois ou – plus rarement – quatre consonnes, les voyelles ne sont considérées que comme « complémentaires » du système consonantique[153].

Cela explique pourquoi les voyelles ne sont pas toujours écrites alors que toutes les consonnes s'écrivent obligatoirement. Ainsi, les consonnes **k t b**, dans cet ordre, expriment la stricte notion d'« écriture », en dehors de toute précision temporelle. La notation des voyelles, qui renvoient aux structures précises des schèmes, permet d'exprimer par exemple le verbe *kataba* « écrire » (ou « il a écrit »), *kitâb* un « livre » (le produit de l'écriture), *kâtib* « l'auteur » d'un livre ou encore *maktûb* « un écrit, ce qui est écrit » {cf. Tableau Le schème **m a - - û -**, p. 247}.

Le rôle des consonnes redoublées

Pour exprimer que l'action d'un verbe devient plus intense, il existe en arabe un procédé qui consiste pour la plupart des verbes à redoubler la consonne interne de la racine. Ainsi, la racine **q t l** (notion de « tuer ») qui est à la base de *qatala* « tuer » ou « il a tué » génère *qattala* « massacrer, faire un carnage », et la racine **k s r** « casser » aboutit à *kassara* « fracasser, mettre en pièces ».

Ce même procédé de redoublement de la consonne permet d'exprimer la notion de « faire faire » : *kataba*

« écrire » devient *kattaba* « faire écrire, dicter » ou encore *jara'a* « boire, avaler », *jarra'a* « faire boire, faire avaler ».

Un autre exemple, très récent : à partir du verbe *recharger* (par exemple un téléphone portable), l'inconscient collectif a dégagé la racine **ch r j** et, suivant le schème de « faire faire » qui consiste à redoubler la consonne du milieu, a été créé le néologisme *charraja* pour « faire charger, recharger le portable ».

VI

Lettres et chiffres

À ceux qui ne savent pas encore la lire, l'écriture arabe apparaît seulement comme une suite de signes agréables à regarder mais qui devient de plus en plus étonnante et de plus en plus attachante lorsque l'on commence à en comprendre le fonctionnement et que l'on découvre toute la charge symbolique qu'elle véhicule.

Avec ses « arabesques » aux courbes continues agrémentées de traits et de points distribués de façon apparemment aléatoire, l'écriture arabe fait tout d'abord penser à des dessins décoratifs plutôt qu'à des caractères strictement alphabétiques. Et l'on ne s'étonnera pas d'apprendre, dans ce chapitre et le suivant, que les régions où l'arabe s'est répandu ont vu naître et se développer un intérêt grandissant pour la forme des lettres et des chiffres, mais aussi pour la calligraphie, où l'acte d'écrire devient une véritable création esthétique.

L'écriture arabe à ses débuts

L'alphabet arabe est actuellement parmi les alphabets les plus répandus au monde, mais contrairement à l'écriture chinoise ou égyptienne, l'écriture arabe ne remonte pas à des milliers d'années. En effet, les plus vieilles inscriptions arabes datent seulement de la fin du premier siècle de notre ère.

Si les Arabes ont pris un tel retard pour constituer leur propre alphabet, c'est qu'ils étaient à l'origine essentiellement un peuple de tribus nomades, adeptes de la tradition orale, des discours et des poèmes récités à haute voix.

Comme on l'a vu dans les chapitres précédents, bien avant l'expansion de l'islam, les diverses tribus d'Arabie se réunissaient déjà une fois par an pour écouter les poètes et désigner le meilleur poème de l'année. Seul ce dernier méritait d'être inscrit en lettres d'or sur l'édifice le plus vénéré à l'époque, la Kaaba.

La Kaaba, porteuse de versets du Coran

Située au milieu de La Mecque, la Kaaba est depuis des siècles un lieu privilégié dans la vie des musulmans car c'est très précisément dans sa direction que se tournent tous les fidèles pour prier. Comme son nom l'indique, l'édifice est cubique car, en arabe, *ka'ba* désigne à l'origine n'importe quelle maison de forme cubique. Cette construction est recouverte d'une chape de brocart noir où figurent, en lettres d'or, des versets du Coran avec, dans sa paroi orientale, la « Pierre noire » qui, selon la tradition coranique, fut apportée à Abraham par l'archange Gabriel.

RÉCRÉATION

LES QUATRE MURS DE LA KAABA

Chacun des quatre murs de la Kaaba porte un nom particulier se référant à sa position géographique, à l'exception de la paroi orientale, dite *noire* à cause de la pierre noire qui y est scellée.

Les trois autres parois sont :

1. au nord : la paroi yéménite.   Vrai ou faux ?
2. au sud : la paroi irakienne.   Vrai ou faux ?
3. à l'ouest : la paroi syrienne.   Vrai ou faux ?

Les réponses à ces questions ne demandent qu'une modeste connaissance de la géographie de la région.

RÉPONSE : Faux, c'est la paroi irakienne – 2. Faux, c'est la paroi yéménite – 3. Vrai.

L'écriture arabe et les nouveaux convertis

Très peu pratiquée avant l'islam, l'écriture a connu un grand élan dès la révélation du Coran. À partir de l'an 610 de notre ère, le prophète Mahomet (*Muhammad* en arabe) a commencé à faire connaître la parole divine sous forme de versets et de sourates, qui étaient appris par cœur et récités en public[154].

VERSETS ET SOURATES

Le Coran est composé de **sourates** et de **versets**. Quelle est la différence entre ces deux termes ? Est-ce le verset qui est divisé en sourates ou la sourate qui est divisée en versets ?

RÉPONSE : le Coran est composé de chapitres, appelés sourates, et qui sont divisés en versets.

Avec la diffusion du Coran, l'alphabet arabe a connu l'essor et le développement géographique qui ont été ceux de la civilisation arabo-musulmane. Il a été progressivement adopté pour écrire les langues des peuples qui se sont convertis à l'islam[155].

QUELQUES LANGUES ÉCRITES
AU MOYEN DE L'ALPHABET ARABE[156]

À la suite de l'expansion de la religion musulmane, l'alphabet arabe transmis par le Coran a été adopté pour noter diverses autres langues, parmi lesquelles :

le **persan (farsi)** langue indo-européenne (Iran)

le **pachto** langue indo-européenne (Afghanistan)

l'**ourdou** langue indo-européenne (Pakistan)

le **haoussa** langue africaine du groupe tchadique

le **peul** langue nigéro-congolaise[157]

le **berbère (tamazight)** langue chamitique

le **kazakh** langue de la famille altaïque (Kazakhstan)

le **malais** langue de la famille austronésienne

l'**ouigour** langue de la famille altaïque

le **swahili** langue bantoue (alphabet arabe jusqu'au XIXe siècle)

le **turc** langue de la famille altaïque (alphabet arabe jusqu'en 1928)[158]

Comme on l'a vu précédemment, la conquête arabe de la Syrie, de l'Égypte, de l'Irak, de la Perse et de territoires plus éloignés avait été accompagnée par la conversion à la religion musulmane de populations non arabes soumises à un enseignement religieux qui était dispensé en arabe. La maîtrise de cette langue était donc devenue une nécessité pour les nouveaux convertis. En conséquence, le besoin s'était imposé de codifier l'arabe afin de mieux l'enseigner.

L'alphabet arabe à ses débuts

L'alphabet arabe – d'origine phénicienne comme la plupart des systèmes d'écriture de la région – se rattache à l'alphabet nabatéen, propre au puissant royaume du nord-ouest de l'Arabie, et dont l'écriture remonte au IVe siècle av. J.-C. Les plus anciennes inscriptions arabes, qui datent seulement du Ier siècle de notre ère, ont connu un renouveau avec des inscriptions du IVe et du VIe siècle après J.-C., un peu différentes, et qui constituent une étape de transition avant la version unifiée du Coran, véritable point de départ de l'alphabet arabe (milieu du VIIe siècle de notre ère)[159].

Dès les origines, les signes de cette écriture, exécutés de droite à gauche, avaient été investis d'une triple fonction, à la fois utilitaire, religieuse et ornementale. Utilisée par les marchands aussi bien que par les savants et les hommes de loi de tous les pays progressivement islamisés, cette écriture a été l'objet d'un profond respect, mais parfois avec un excès d'ornementation qui n'en facilitait pas la lecture.

PETITE HISTOIRE DE L'ALPHABET

L'alphabet[160] a vu le jour sur le littoral oriental de la Méditerranée, au Liban et en Syrie. Il a été inventé vers le milieu du 2e millénaire avant notre ère par les Phéniciens, grands voyageurs, qui avaient ressenti le besoin de garder une trace aisément maniable de leurs transactions commerciales. Dans ce système d'écriture sémitique, qui est aussi celui de l'hébreu, c'est la forme phonique des mots qui était représentée, ce qui constituait un progrès considérable par rapport aux systèmes idéographiques, où les éléments graphiques correspondent au sens des mots. Avec quelques dizaines de signes, on pouvait dès lors écrire des dizaines de milliers de mots.

L'alphabet phénicien, essentiellement consonantique, s'est ensuite répandu dans tout le Moyen-Orient en se développant et en se modifiant selon les besoins des peuples qui l'adoptaient.

Quand les Grecs empruntèrent cet alphabet phénicien, qui ne notait que les consonnes, ils l'adaptèrent en utilisant les signes de certaines consonnes sémitiques n'existant pas en grec pour représenter des voyelles indispensables pour la notation de leur langue.

Évolution de l'alphabet arabe

C'est ici qu'il faut rendre hommage au fondateur de la grammaire arabe, 'Abû 'al-'Aswad 'al-Du'alî (600-688), inventeur d'un système d'écriture amélioré. Avant lui, seules les consonnes étaient représentées par des lettres. Certaines lettres étaient même utilisées pour écrire de la même façon deux ou trois consonnes différentes, le contexte permettant de lever en partie certaines ambiguïtés. L'innovation de Al-Du'ali avait été de proposer de faire figurer à l'écrit des éléments du discours jusque-là non représentés par des lettres, comme par exemple les voyelles brèves ou l'absence de voyelle. Ces nouveaux signes graphiques ont dès lors accompagné les consonnes et s'écrivaient, à cette époque, en points colorés, au-dessous ou au-dessus de ces consonnes.

Après plusieurs siècles d'évolution, l'alphabet arabe se présente de nos jours comme on peut le découvrir dans les tableaux ci-après, en commençant par celui des consonnes, dont le rôle est essentiel dans l'écriture de l'arabe.

Le rôle central des consonnes dans l'écriture

Tracée de droite à gauche, et non pas de gauche à droite comme c'est le cas pour le français, cette écriture donne une place centrale aux consonnes, tandis que les voyelles n'y figurent que lorsqu'elles sont longues ou lorsque leur absence pourrait créer une difficulté de lecture. On peut dire que les consonnes de l'arabe sont les piliers sur lesquels repose la forme de tous les mots écrits.

TABLEAU DES CONSONNES DE L'ARABE

Les lettres de l'alphabet arabe prennent des formes légèrement différentes selon leur place dans le mot (isolées, finales, médianes, initiales) mais il n'y a pas de distinction entre les majuscules et les minuscules

nom de la lettre	écriture de la lettre			
	isolée	finale	médiane	initiale
'alif	ا	ـا ـؤ ـئ	ـا ـئـ	أ
bâ'	ب	ـب	ـبـ	بـ
tâ'	ت	ـت	ـتـ	تـ
thâ'	ث	ـث	ـثـ	ثـ
jîm	ج	ـج	ـجـ	جـ
hâ'	ح	ـح	ـحـ	حـ
khâ'	خ	ـخ	ـخـ	خـ
dâl	د	ـد	ـد	د
dhâl	ذ	ـذ	ـذ	ذ
râ'	ر	ـر	ـر	ر
zây	ز	ـز	ـز	ز
sîn	س	ـس	ـسـ	سـ
chîn	ش	ـش	ـشـ	شـ
sâd	ص	ـص	ـصـ	صـ
dâd	ض	ـض	ـضـ	ضـ
tâ'	ط	ـط	ـطـ	طـ
dhâ'	ظ	ـظ	ـظـ	ظـ
'ayn	ع	ـع	ـعـ	عـ
ghayn	غ	ـغ	ـغـ	غـ
fâ'	ف	ـف	ـفـ	فـ
qâf	ق	ـق	ـقـ	قـ
kâf	ك	ـك	ـكـ	كـ
lâm	ل	ـل	ـلـ	لـ
mîm	م	ـم	ـمـ	مـ
noûn	ن	ـن	ـنـ	نـ
hâ'	ه	ـه	ـهـ	هـ

Une écriture toujours cursive

Contrairement au français, où les formes impri-
mées sont très différentes des formes manuscrites, en
arabe les deux types de caractères sont pratiquement
identiques. Dans les journaux et les livres ou dans les
textes saisis sur ordinateur, le mot se présente toujours sous une forme cursive, c'est-à-dire tracée au
moyen de caractères liés, exactement comme dans
l'écriture à la main.

De plus, une des caractéristiques de la graphie
arabe réside dans l'absence de lettres majuscules.

Les consonnes arabes sont attachées les unes aux
autres selon des règles précises. Cependant, certaines lettres ne sont jamais reliées à la lettre qui les
suit dans le mot. Tel est le cas par exemple de /d/,
/z/ ou /w/ :

بَدر	*badr*	« pleine lune »
زَميل	*zamîl*	« collègue »
عود	*'ûd*	« bâton ; luth »

Les semi-consonnes

En phonétique, on nomme semi-consonnes des
éléments phoniques ayant des caractéristiques identiques à celles des voyelles mais qui se comportent
dans la chaîne parlée comme des consonnes.

En arabe, il y a deux semi-consonnes :
– le *wâw*, proche de la voyelle *ou*, et
– le *ya'*, proche de la voyelle *i*
et toutes deux se comportent comme des consonnes.

TABLEAU DES SEMI-CONSONNES DE L'ARABE				
	écriture de la lettre			
nom de la lettre	isolée	finale	médiane	initiale
wâw*	و	ـو	ـو	و
yâ'*	ي	ـي	ـيـ	يـ

*Ces deux signes sont également utilisés pour représenter les deux voyelles longues *û* et *î*.

Les voyelles de l'arabe

Le système vocalique de l'arabe comporte trois voyelles longues : **â**, **î**, **û** et trois voyelles brèves **a**, **i**, **u**, mais seules les voyelles longues sont toujours écrites tandis que les voyelles brèves ne le sont que rarement, et au moyen de petits signes figurant au-dessus ou au-dessous de la consonne : **a** bref est alors représenté par le signe ـ au-dessus de la consonne, **i** bref, par ce même signe mais au-dessous de la consonne ـ et **u** bref par une sorte de petite boucle ـ au-dessus de la consonne. L'absence de voyelle est indiquée par un petit rond ° au-dessus de la consonne.

On voit donc que les consonnes occupent largement le terrain, tandis que les voyelles brèves ne font pas réellement partie du « squelette » du mot. Leur représentation par de petits signes diacritiques souligne ainsi leur peu d'importance dans la forme écrite des mots d'un texte arabe.

LES VOYELLES			
TABLEAU DES VOYELLES LONGUES DE L'ARABE			

nom de la lettre	écriture de la lettre			
	isolée	finale	médiane	initiale
'alif al madd	ا	ـا	ـا	ا
wâw al madd	و	ـو	ـو	و
yâ' al madd	ى	ـى	ـيـ	يـ

TABLEAU DES VOYELLES BRÈVES DE L'ARABE	
	écriture de la voyelle
nom du signe	écriture arabe*
fat<u>h</u>a	´
<u>d</u>amma	ُ
kasrah	ِ

* Le signe « ـ » représente la consonne que la voyelle brève accompagne.

On ne peut lire un mot arabe que si on le connaît

Alors qu'avec l'alphabet latin, on peut lire des mots même sans les comprendre, cette possibilité n'existe pas avec l'écriture arabe telle qu'elle figure dans les journaux. Du fait que les voyelles brèves sont rarement écrites ou ne le sont pas du tout, le lecteur débutant est incapable de lire un mot dont il ne peut pas deviner les voyelles qui le composent. Autrement dit, il est difficile de lire un mot en arabe si on ne le connaît pas déjà et si on ne sait pas ce qu'il signifie.

Comment se fait-il donc que le lecteur de langue arabe puisse déchiffrer sans peine une phrase dont plusieurs phonèmes vocaliques ne sont pas représentés ? Cela n'est pas aussi difficile que l'on pourrait l'imaginer.

Un linguiste français[161], spécialiste des langues sémitiques, a analysé ce phénomène en partant d'une phrase française dont il a exclu toutes les voyelles :

« L prmr mnstr dclr q l bdgt d l rchrch sr rcnsdr »

Après un moment d'hésitation, on peut arriver à lire :

« Le premier ministre déclare que le budget de la recherche sera reconsidéré ».

En arabe, la solution du problème est facilitée pour plusieurs raisons. En voici quelques-unes :

- les voyelles à trouver ne sont qu'au nombre de trois : *a, i, u*
- un mot ne peut jamais commencer par une voyelle
- on ne peut jamais trouver deux voyelles successives
- une syllabe ne peut jamais commencer par deux consonnes successives (Ex. *France* devient *farannsâ*)
- les termes grammaticaux les plus fréquents (prépositions, relatifs, conjonctions…) constituent, avec leurs voyelles, des formes fixes[162].

Notation phonétique et translittération

Les différents alphabets de toutes les langues écrites n'indiquent que de façon approximative la

prononciation des mots. C'est pourquoi les dictionnaires comportent souvent, à côté de la forme écrite
avec l'alphabet de la langue, la prononciation des
mots en notation phonétique, par exemple, en français : *eau* [o], *chat* [ʃa].

Pour pouvoir lire une langue écrite dans un alphabet différent de l'alphabet latin, si l'on veut éviter
l'alphabet phonétique international, qui nécessite un
apprentissage préalable en raison de l'étrangeté, dans
cet alphabet, de certains signes peu connus, on utilise
généralement une translittération. Cette dernière
consiste, en partant de la forme orthographiée de
la langue en question, à établir, lettre pour lettre,
des équivalences conventionnelles avec un autre
alphabet, dans notre cas l'alphabet latin. C'est cette
dernière solution que nous avons adoptée pour
représenter les mots arabes dans cet ouvrage.

On trouvera dans l'encadré ci-après la liste des
équivalences adoptées ici pour translittérer les mots
arabes cités.

Par exemple, au début du mot désignant l'œil en
arabe se trouve une consonne qui n'existe pas en
français. Par convention, on la note avec une apos-
trophe à l'envers : '*a*yn « œil ».

De même, pour noter les consonnes emphatiques
de l'arabe, inconnues en français, on a choisi de les
souligner, ce qui permet de distinguer un < t̲ > emphatique d'un < t > non emphatique (celui du français),
un < d̲ > emphatique d'un < d > non emphatique,
un < s̲ > emphatique d'un < s > non emphatique,
et la consonne interdentale emphatique < d̲h̲ > de
l'interdentale non emphatique < dh >.

TRANSLITTÉRATION DES CONSONNES

nom de la lettre	isolée	translit-tération	notation en A.P.I.	exemple	translittération de l'exemple	signification de l'exemple
'alif	ا	'	ʔ	اسَد	'asad	« lion »
bâ'	ب	b	b	جبل	jabal	« montagne »
tâ'	ت	t	t	نَبت	nabata	« pousser »
thâ'	ث	th	θ	ثَور	thawr	« taureau »
jîm	ج	j	ʒ	فَجر	fajr	« aube »
hâ'	ح	h̠	ħ	حبيب	h̠abîb	« chéri »
khâ'	خ	kh	χ	خالد	khâlid	« éternel »
dâl	د	d	d	بلد	balad	« pays »
dhâl	ذ	dh	ð	ذَرة	dhara	« maïs »
râ'	ر	r	r	مَرح	marah̠	« joie »
zây	ز	z	z	أعزَب	'a'zab	« célibataire »
sîn	س	s	s	سَليم	salîm	« sain »
chîn	ش	ch	ʃ	مَشى	machâ	« marcher »
sâd	ص	s̠	ş	مَصل	mas̠l	« sérum »
dâd	ض	d̠	ḍ	ضَرَب	d̠araba	« frapper »
tâ'	ط	t̠	ṭ	مُطرِب	mut̠rib	« chanteur »
dhâ'	ظ	dh̠	ọ̄	ظالم	dh̠âlim	« injuste »
'ayn	ع	'	ʕ	لَمع	lama'a	« briller »
ghayn	غ	gh	ɣ	غَلب	ghalaba	« vaincre »
fâ'	ف	f	f	مُفيد	mufîd	« utile »
qâf	ق	q	q	قَلب	qalb	« cœur »
kâf	ك	k	k	كَلب	kalb	« chien »
lâm	ل	l	l	بَلَد	balad	« pays »
mîm	م	m	m	عمَل	'amal	« travail »
nûn	ن	n	n	نور	nûr	« lumière »
hâ'	ه	h	h	هَرَب	haraba	« fuir »

LES SEMI-CONSONNES

nom de la lettre	isolée	Translit-tération	notation en A.P.I.	exemple	translittération de l'exemple	Signification de l'exemple
wâw	و	w	w	ثَوْر	thawr	« taureau »
yâ'	ي	y	j	كَيْف	kayf	« comment »

LES VOYELLES BRÈVES

nom du signe	écriture arabe*	Translit-tération	notation en A.P.I.	exemple	translittération de l'exemple	Signification de l'exemple
fat<u>h</u>ah	ـَ	â	a	كتَبَ	kataba	« écrire »
<u>d</u>ammah	ـُ	û	u	كُتُب	kutub	« livres »
kasrah	ـِ	î	i	كِتاب	kitâb	« livre »

* Le signe « — » représente la consonne que la voyelle accompagne.

LES VOYELLES LONGUES

nom de la lettre	isolée	Translit-tération	notation en A.P.I.	exemple	translittération de l'exemple	Signification de l'exemple
'alif al madd	ا	â	a:	كِتاب	kitâb	« livre »
wâw al madd	و	û	u:	مكتوب	maktûb	« écrit »
yâ' al madd	ي	î	i:	جميل	jamîl	« beau »

N.B. : Parfois les voyelles longues ne sont pas écrites : <â> est parfois écrit sous la forme de <ى> au lieu de <ا>, et <û> peut être écrit sous la forme de <او>.

L'écriture des chiffres en arabe

Tout comme la notation des lettres, celle des chiffres présente en arabe des particularités très différentes du système de numération latine, qui était à la fois encombrant, sans cohérence et difficile à manier, même pour des opérations d'arithmétique simples.

La numération arabe : un véritable progrès

Les chiffres romains étaient constitués d'une série de sept lettres de l'alphabet latin :

I	pour « un »
V	pour « cinq »
X	pour « dix »
L	pour « cinquante »
C	pour « cent »
D	pour « cinq cents »
M	pour « mille ».

Avec ce système, pour écrire 9, on a d'abord écrit VIIII, c'est-à-dire 5 + 4 fois 1, puis IX, c'est-à-dire 10 moins 1. Pour des nombres plus importants, la notation devenait une très longue suite de signes.

Les pays occidentaux ont hérité de ce système malcommode et l'ont utilisé pendant plusieurs siècles avant d'adopter les chiffres dits « arabes ». Ces derniers, beaucoup plus économiques, constituaient une suite cohérente dans laquelle chaque signe est égal au précédent, plus une unité. L'origine de la forme de ces chiffres reste jusqu'à nos jours un peu mystérieuse.

LA FORME DES CHIFFRES DITS « ARABES »

Sur la forme des chiffres dits « arabes », de nombreuses hypothèses fantaisistes circulent depuis la Renaissance. L'une des plus répandues, mais qui semble n'être qu'une tentative de rationalisation a posteriori, fait reposer l'origine de la forme de ces chiffres sur le nombre d'angles présents dans le dessin de chacun d'entre eux[163].

Ces angles ont été soulignés ci-dessous par des points :

1	2	3	4	5	6	7	8	9

Les chiffres dans la langue arabe

De plus, on connaît mal le processus ayant abouti à la forme des chiffres adoptés dans les langues occidentales, et on peut se demander pourquoi ces chiffres sont si différents de ceux qui sont utilisés en arabe alors qu'ils ont la même origine : les chiffres indiens.

١	٢	٣	٤	٥	٦	٧	٨	٩	٠
1	2	3	4	5	6	7	8	9	0

La seule chose dont on soit sûr, c'est que ces chiffres sont parvenus en Europe à travers *al-Andalus*, grâce à la traduction de textes arabes[164].

La différence entre nos chiffres dits « arabes » et ceux de la langue arabe – qui sont d'ailleurs appelés *hindî* « indiens » dans cette langue – tient à ce que les chiffres empruntés aux Indiens avaient évolué dans deux directions et pris des formes différentes dans les pays du Proche-Orient d'une part, et dans *al-Andalus* et le Maghreb d'autre part. Alors que les chiffres dits « indiens » (*hindî*) ont abouti aux chiffres de l'arabe actuel, tels qu'ils sont utilisés principalement au Proche-Orient (١   ٢   ٣   ٤   ٥, etc.), ce sont les formes développées vers le IXe siècle dans le Maghreb et dans une partie de l'Espagne[165] qui ont abouti aux formes 1, 2, 3, 4, 5, etc., que nous connaissons dans les langues occidentales[166].

Ces dernières n'ont été fixées dans leur dessin définitif qu'au XVe siècle, avec les nécessités de l'imprimerie[167].

Si l'on compare à nos chiffres dits « arabes » ceux des inscriptions indiennes parmi les plus anciennes, comme les inscriptions d'Ashoka (IIIe s. av. J.-C.), ce qui est vraiment étonnant, c'est qu'ils ressemblent beaucoup aux chiffres que nous utilisons aujourd'hui en Occident[168] :

١	३	३	३	ℱ	ᵹ	ᴎ	ᒷ	ᖯ
1	2	3	4	5	6	7	8	9

Gerbert d'Aurillac et les chiffres « arabes »

L'histoire de l'introduction des chiffres arabes en France commence comme un conte de fées. En 945, un nouveau-né est abandonné à la porte du monastère d'Aurillac, en Auvergne. Recueilli puis élevé par les moines de cette institution, ce petit garçon très doué aura un destin exceptionnel puisqu'il deviendra archevêque de Reims et qu'il sera élu pape en 999 sous le nom de Sylvestre II. À l'âge de vingt ans, il sera autorisé à accompagner en Espagne le marquis Borel de Barcelone. C'est à cette époque qu'il rencontrera des érudits arabes qui l'initieront au maniement des signes numériques arabes récemment introduits en Espagne[169].

AUTRE ORIGINE POSSIBLE DES CHIFFRES INDIENS

Certains historiens affirment qu'à l'origine, les chiffres indiens étaient constitués à partir de bâtonnets reliés les uns aux autres[170].

À partir de cette hypothèse, il est possible de former les neuf signes des chiffres indiens en disposant de façon adéquate quatre bâtonnets reliés les uns aux autres, comme nous avons tenté de le réaliser ci-dessous :

9   8   7   6   5   4   3   2   1

Gerbert d'Aurillac est donc le premier savant occidental à avoir utilisé les chiffres arabes, à l'exception toutefois du zéro, dont il ne connaissait pas l'existence[171].

Fibonacci et l'invention du zéro

Avec les neuf chiffres arabo-indiens, tous les problèmes d'arithmétique n'étaient pas résolus. Encore fallait-il élaborer une méthode de calcul permettant d'éviter les erreurs dues à l'inexistence d'un signe correspondant à une valeur nulle.

Dans la numération décimale de position des mathématiciens indiens, on disposait en colonnes les chiffres des unités avec, à leur gauche, successivement les chiffres des dizaines, les chiffres des centaines, etc.[172]

Ainsi, pour le nombre 634 :

le chiffre 4 correspondait aux unités

le chiffre 3 correspondait aux dizaines et

le chiffre 6 correspondait aux centaines.

Si l'on voulait soustraire, par exemple, 32 de 634, on obtenait comme résultat : 2 pour les unités, rien pour les dizaines et 6 pour les centaines.

Mais comment écrire ce nouveau nombre, 602 ? On a d'abord laissé un vide entre le 6 et le 2, ce qui était la source d'un grand nombre d'erreurs[173].

Pour les éviter, les Indiens, et à leur suite les Arabes ont donc remplacé cet espace vide par un point – point qui est toujours utilisé dans les chiffres « indiens » de l'écriture arabe – et finalement, pour encore plus de clarté, on a préféré matérialiser ce vide par un nouveau signe, plus visible, ayant la forme d'un petit < o >, que l'on a d'abord nommé *chiffre* d'après l'arabe <u>*sifr*</u> « vide ». Plus tard, on nomma ce signe *zéro*, grâce à l'initiative du mathématicien italien Léonard de Pise, dit *Fibonacci*, (vers 1175-vers 1250), qui introduisit la forme latinisée *zephirum*, italianisée en *zefiro* et finalement contractée en *zero*[174]. Ce nom fut ensuite introduit dans toutes les langues de l'Europe.

RÉCRÉATION

QU'EST-CE QU'UN CHIFFRE EN ALGORISME ?

Dans la langue française du Moyen Âge, on pouvait dire de quelqu'un qu'il était **un chiffre en algorisme**, à l'époque où **algorisme** désignait l'art de calculer avec des chiffres arabes[175].

Cette expression pouvait-elle s'appliquer à :

     1. un brillant mathématicien ?

     2. un personnage sans valeur ?

     3. une personne près de ses sous ?

RÉPONSE : 2 puisque *chiffre* correspondait à « zéro ».

D'autres traces de l'arabe dans les usages occidentaux

Le concept du zéro n'était pas inconnu des peuples qui avaient précédé les Arabes dans la région du Proche-Orient. On en trouve en effet des traces dans les documents babyloniens. Le mérite des Arabes a été d'en faire un usage systématique et de l'avoir transmis aux milieux scientifiques occidentaux.

De plus, la forme des chiffres et le zéro ne sont pas les seuls témoignages de l'apport des Arabes aux mathématiques. Il faut en effet remarquer que dans toutes les opérations de calcul (addition, soustraction…) pratiquées dans les langues de l'Occident, les chiffres sont pris en compte à partir des unités, suivies par les dizaines, les centaines, etc., en allant de la droite vers la gauche, dans le sens même de l'écriture de la langue arabe, cette langue qui a transmis à l'Occident l'art de calculer.

Dans un tout autre domaine, on peut encore remarquer que les usages linguistiques de l'arabe se reflètent aussi dans les noms des jours de la semaine : en portugais, par exemple, le lundi se dit *segunda-feira*, c'est-à-dire le « deuxième jour de la semaine », sur le modèle de l'arabe *'al-'ithnayn* « le deuxième », et ainsi de suite jusqu'au vendredi, « sixième jour » de la semaine.

L'encadré ci-après permet de se rendre compte qu'en portugais, presque tous les jours de la semaine sont des calques de l'arabe.

LES JOURS DE LA SEMAINE

Quand on demande à un francophone de citer les jours de la semaine, il commence toujours par le lundi, alors qu'en arabe, c'est le dimanche qui vient en premier. Cette manière de compter se retrouve en portugais, où, à l'exception du samedi et du dimanche, les noms des jours de la semaine sont des calques de l'arabe :

	EN ARABE		EN PORTUGAIS	
dimanche	'al-'ahad	« le 1er » (jour de la semaine)	domingo	« jour du Seigneur »
lundi	'al-'ithnayn	« le 2e » (jour de la semaine)	secunda-feira	« le 2e »
mardi	'al-thulâthâ'	« le 3e » (jour de la semaine)	terça-feira	« le 3e »
mercredi	'al-'arbi'â'	« le 4e » (jour de la semaine)	quarta-feira	« le 4e »
jeudi	'al-khamîs	« le 5e » (jour de la semaine)	quinta-feira	« le 5e »
vendredi	'al-jum'a	« le 6e » (jour de la semaine)	sexta-feira	« le 6e »
samedi	'al-sabt	« le 7e » (jour de la semaine)	sábado	« samedi »

Enfin, l'écriture de l'arabe a également été le point de départ d'une longue histoire où la recherche de la forme des lettres conduira à un développement exceptionnel de l'art calligraphique.

VII

De l'écriture à la calligraphie

Dans les pays de langue arabe, l'écriture a suscité un réel engouement, au point que la forme
des lettres a été considérée comme un objet de
recherches esthétiques et la calligraphie est restée
jusqu'à nos jours un des fleurons de l'art arabe et
islamique.

Les instruments de l'écriture

Dans le Coran (sourate 96), on lit que c'est par le
qalam « calame » que Dieu a enseigné à l'Homme ce
qu'il ignorait : une métaphore évoquant d'entrée de
jeu l'importance fondamentale de la « chose écrite »
dans la culture arabe.

À l'origine de l'écriture manuscrite de l'arabe, et
surtout de la calligraphie de cette langue, se trouve
donc le calame, qui était le plus souvent un roseau
taillé, dont la pointe, coupée en biais, permet de
faire varier l'épaisseur du trait en appuyant plus ou

moins fortement sur les deux lèvres inégales, ou sur l'une d'entre elles.

Le calame, aux débuts de l'écriture

Le calame est le plus ancien instrument de l'écriture car son usage est attesté en Mésopotamie dès l'époque des Sumériens (vers 3000 av. J.-C.)[176].

C'était alors un roseau taillé en pointe permettant de graver des signes dans l'argile fraîche. L'utilisation de cet instrument s'est généralisée et le mot pour le désigner, *calame*, se retrouve sous diverses formes dans toutes les langues anciennes, parmi lesquelles le grec, le sanskrit, puis le latin et l'arabe.

On peut aussi utiliser d'autres types de calames, dont certains ont une signification symbolique : le calame en cuivre rouge, par exemple, était autrefois réservé à la signature des contrats de mariage tandis que le calame taillé dans une branche de grenadier était plutôt destiné aux lettres adressées à un ennemi[177].

L'encre pouvait être de différentes couleurs et ces dernières servaient le plus souvent à noter les signes diacritiques, qui ainsi se distinguaient mieux des lettres qu'ils accompagnaient[178].

Les supports étaient très variés (bois, omoplates d'animaux, cuir, parchemin, marbre…), mais le support le plus utilisé, et que les Arabes ont eu le mérite de transmettre à l'Occident, a été le papier. L'introduction de ce nouveau support dans les pays islamisés a coïncidé avec la nécessité de diffuser le Coran à plus grande échelle.

LE PAPIER ARRIVE EN MÉDITERRANÉE
AVEC LES ARABES...

... mais il s'agit d'une invention chinoise.

C'est au milieu du VIIIe siècle de notre ère, à Samarcande, que les Arabes apprennent la technique de la fabrication du papier, jusque-là tenue secrète mais que les Chinois connaissaient déjà depuis près d'un millénaire[179].

Le premier moulin à papier est construit à Bagdad sous le règne de Hâroûn al-Rachîd à la fin du VIIIe siècle, et les Arabes transportent cette technique dans *al-Andalus* et en Sicile, d'où elle se répand en Italie, en France et en Allemagne[180].

On possède des manuscrits arabes montrant que le papier était utilisé en Espagne musulmane avant le milieu du Xe siècle[181].

En France, c'est en 1270, dans la région d'Ambert, en Auvergne, que les premiers moulins à papier ont été construits[182].

La calligraphie[183]

C'est le besoin de consigner le Coran par écrit qui a conduit les musulmans à investir leur écriture d'une charge à la fois religieuse, symbolique et esthétique. Telle est donc l'origine de la calligraphie arabe, qui est née du désir de transcrire et de magnifier la parole d'Allah dans de véritables œuvres d'art.

La calligraphie a dès lors accompagné l'expansion de la pensée arabe et, malgré l'essor industriel de l'imprimerie, elle est restée jusqu'à nos jours un art enseigné, pratiqué et apprécié dans les pays qui ont adopté l'alphabet arabe.

L'attitude des calligraphes musulmans face à l'écriture a toujours été celle d'un respect religieux pour la langue du Coran, cette langue choisie par Dieu pour transmettre son message aux hommes. Le calligraphe se devait donc de rendre la majesté du contenu par la beauté de l'expression graphique. C'est ainsi que petit à petit se greffera sur le code graphique de la langue, un second code fondé sur des règles purement esthétiques. De ce fait, la forme des lettres elle-même deviendra aussi importante que le sens des mots calligraphiés, allant parfois jusqu'à l'occulter.

CALLIGRAPHIE ET EXPRESSION DE L'AMOUR

Le mystère de l'écriture calligraphique a inspiré le poète Ibn Hazm (Cordoue 994-1063) pour décrire les sentiments de l'amoureux qui veut garder secret l'objet de sa passion :

« C'est comme une écriture dont les caractères sont très clairs

Mais dont le sens n'apparaît pas à qui veut l'interpréter[184] ».

Conçue comme l'art de visualiser la langue grâce à des volutes élégantes, la calligraphie se fonde sur un principe d'écriture particulier : les tracés suivent une ligne sur laquelle évoluent des cercles virtuels remplis par les caractères graphiques de base et les signes diacritiques.

Cette écriture très dessinée constitue en fait une composante fondamentale du décor islamique. Les portraits étant interdits par l'islam, l'artiste musulman a été conduit à contourner cette contrainte en développant l'art de la forme écrite et en recherchant constamment l'équilibre des volumes, tout en s'attachant à éviter le vide. Cette « horreur du vide[185] » explique la profusion de signes décoratifs ajoutés, qui aboutit parfois à des formes imbriquées où le texte écrit devient difficilement lisible[186].

Les différents types de calligraphie arabe[187]

La calligraphie est un art qui s'est développé sur un territoire couvrant l'Afrique du Nord, l'Espagne, la Turquie et l'Asie jusqu'à la Chine.

C'est au Xe siècle qu'est née la calligraphie arabe, avec Abu Ali Ibn Muqla, qui a été le vizir de plusieurs califes abbassides et qui a instauré un système complet de normes pour réaliser une belle écriture aux proportions harmonieuses en codifiant les règles des six principaux styles d'écriture[188], qui sont, par ordre chronologique d'apparition : le coufique, le thuluth, le naskhi, le farsi, le diwani et le roqa.

C'est dans une variante du coufique qu'a été rédigé le texte figurant sur la cape de Frédéric II de Hohenstaufen, devenue la cape de couronnement de tous les empereurs du Saint-Empire romain germanique {cf. Illustration. Le manteau du sacre des empereurs germaniques, p. 92}.

Le coufique
aux formes angulaires et géométriques

Ce style favorise l'horizontale, les éléments verticaux étant utilisés pour marquer une cadence plus ou moins régulière[189] :

'al-salâm « la paix »[190]

Une autre variante de ce type d'écriture arabe apparaît sur une pièce de monnaie d'or frappée à la fin du VIIIe siècle pour un souverain anglo-saxon, le roi de Mercie, Offa, célèbre pour avoir fait élever un mur de protection entre son royaume et le pays de Galles. Chose curieuse pour un pays aussi éloigné du monde arabo-musulman, cette pièce d'or est la copie d'un dinar du second calife abbasside al-Mansour (719-775) où figurent, en arabe, un des cinq piliers de l'Islam : « Il n'y a de dieu que Dieu et Muḥammad est Son prophète ». On y voit également, au centre de la pièce, les mots OFFA REX, gravés de part et d'autre du mot *rasûl* « messager », mais inversés par rapport à l'inscription en arabe. Cette pièce unique est conservée à Londres, au British Muséum (Chambre des monnaies 68, armoire 6)[191].

Le dinar du 2ᵉ calife abbasside
AL-MANSOUR

Le dinar du souverain anglo-saxon
de Mercie OFFA REX, roi de 757 à 796

La stylisation de cette écriture coufique aboutit parfois à des sortes de tableaux figuratifs surprenants, comme on peut le constater sur les deux illustrations du verset « Il n'y a de dieu que Dieu et Muhammad est Son prophète » qui sont présentées ci-après.

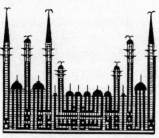

Avec un peu d'imagination, on peut y reconnaître la phrase :

لا إله إلا الله محمد رسول الله

lâ 'ilâha 'illâllâh Muhammad rasûlullâh

« Il n'y a de dieu que Dieu et Muhammad est Son prophète »

Dans la partie droite de l'illustration de la page 280, cette formule est répétée deux fois, la deuxième étant inversée.

RÉCRÉATION

ALLAH, MUḤAMMAD, ALI

1   2   3

Sous ces trois dessins géométriques, on peut reconnaître trois noms cultes de l'Islam :

Allah, dont le nom stylisé est répété 8 fois

Ali, dont le nom stylisé est répété 6 fois

Muḥammad (Mahomet), dont le nom stylisé est répété 4 fois.

Pouvez-vous les identifier ?

RÉPONSE : 1. *Muḥammad* – 2. *Allah* – 3. *Ali*.

LE THULUTH
aux lignes souples et arrondies.

Ce style se reconnaît à ce qu'il comporte des lettres à hampe assez haute :

'al-salâm « la paix »[192]

LE NASKHI
« écriture des copistes ».

C'est la graphie la plus répandue dans les livres et les journaux ainsi que dans les textes imprimés du Coran :

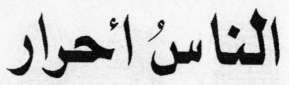

'al-nâsu'ahrâr « les gens (sont) libres »[193]

LE FARSI
caractérisé par des pleins et des déliés.

C'est la calligraphie persane utilisée en Iran :

'udkhulûhâ bi-salâm « Entrez ici en paix »[194]

LE DIWANI OU HAMAYOUNI
richement ornementé.

Issu de la calligraphie royale ottomane, ce style sert souvent de base à de grandes compositions représentant des animaux ou des objets de la vie courante :

'al-salâm « la paix »[195]

Calligraphie reproduisant
un verset du Coran[196]

LE ROQ'A

simple et dépouillé

C'est l'écriture manuscrite courante :

'al-salâm « la paix »[197]

Échos de la calligraphie arabe en Europe

Sur un mur du palais de l'Alhambra de Grenade (XIIIe siècle), on peut retrouver les lignes angulaires de l'écriture coufique qui s'entrecroisent et se répètent pour former finalement des feuilles et des fleurs stylisées. L'illustration reproduite ci-dessous permet d'identifier le mot *baraka* « bénédiction », représenté deux fois, dont l'une est en miroir par rapport à l'autre.

Décoration d'un mur de l'Alhambra de Grenade

L'écriture arabe a été tellement prisée dans l'ensemble de l'Europe qu'on la trouve souvent présente sous forme d'arabesques dans l'architecture ou la peinture en Occident.

Arabesques

Parallèlement à l'écriture calligraphique, les Arabes ont donc aussi utilisé le procédé de l'arabesque pour créer des éléments de décoration sans représenter la figure humaine. L'arabesque a en effet connu une expansion et une réputation aussi grandes, sinon plus grandes que la calligraphie.

Art typiquement musulman, l'arabesque est constituée d'ornements végétaux où les feuilles et les tiges s'entrelacent et se répondent dans un mouvement rythmique qui ne laisse pas de place au vide en arrière-plan. Qu'elles soient aplaties ou gonflées, larges ou effilées, en relief ou en creux, les feuilles sont toujours reliées à des tiges ou à d'autres feuilles.

C'est par l'Italie que les arabesques sont entrées dans l'art occidental, principalement par Venise qui, pendant la Renaissance, avait des rapports commerciaux très florissants avec le Proche-Orient musulman. Cet art ornemental servait à la décoration de toutes sortes d'ouvrages : cathédrales et palais, reliures et illustrations de livres, céramiques, objets d'art en métal, tissus et vêtements. C'est surtout par les motifs agrémentant les étoffes que l'arabesque a été largement connue et diffusée. On en trouve des exemples dès 1308 dans les tableaux de Duccio di Buoninsegna à Sienne, puis aux XVe et XVIe siècles dans les œuvres de peintres vénitiens comme Cima da Conegliano, Vittore Carpaccio ou Palma le Vieux[198].

D'autres types d'arabesques ornent souvent les vêtements de personnages représentés dans des tableaux de la Renaissance italienne, que l'on trouve aussi par exemple dans des panneaux décoratifs comme celui qui est représenté dans la grande fresque de Raphaël « La dispute du Saint-Sacrement ».

Détail du panneau décorant l'autel au centre de la fresque
« La dispute du Saint-Sacrement » (1509-1511) peinte par Raphaël[199]

À cette époque, Léonard de Vinci constitue un cas exemplaire car on découvre dans ses carnets la trace de nombreuses recherches graphiques à partir d'une multitude de figures géométriques simples qui, accrochées les unes aux autres, formeront la trame d'entrelacs élégants et de savantes arabesques[200].

Entrelacs par Léonard de Vinci

La mode des nœuds entrelacés en arabesques se révèle également dans d'autres réalisations de Léonard de Vinci, dont on trouve un écho saisissant de ressemblance chez Dürer, comme on peut le constater en comparant les deux illustrations suivantes :

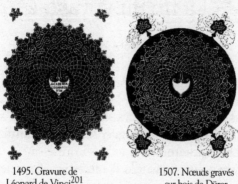

1495. Gravure de
Léonard de Vinci[201]

1507. Nœuds gravés
sur bois de Dürer

C'est vers 1510 que les arabesques apparaissent en France, sur les reliures de plusieurs livres réalisés pour le roi Louis XII. Ces arabesques ont connu beaucoup plus tard un renouveau avec l'œuvre d'Henri Matisse, qui a très souvent utilisé l'arabesque comme élément décoratif dans ses tableaux[202].

AZZIMINISTE : UNE PROFESSION DISPARUE

Un azziministe était au XVIIe siècle un ouvrier damasquineur qui incrustait des filets d'or dessinant des arabesques sur des armes ou des coffrets d'acier. Ce terme remonte à l'arabe *al-'ajam* « les étrangers », par l'intermédiaire de la forme vénitienne *agemina*[203].

VIII

La fin du voyage ?

Nous voici parvenus à la fin de ce voyage autour et à l'intérieur d'une langue devenue désormais un peu plus familière.

En jetant un coup d'œil rétrospectif sur le chemin parcouru, on pourra observer que l'expansion de la langue arabe a marqué une pause vers la fin du Moyen Âge. L'époque qui suit le XIIIᵉ siècle est d'ailleurs désignée dans les ouvrages de littérature et de langue arabes comme une période de *inhiṭāṭ* « décadence » ou « léthargie[204] ».

Cette situation ne prendra fin qu'au XIXᵉ siècle, lors de l'expédition de Bonaparte (1798-1801), qui aura une influence directe sur la « renaissance » de l'arabe, en instaurant des relations diplomatiques et culturelles entre la France et l'Égypte.

Pour cette expédition, Bonaparte s'était fait accompagner, non seulement de chefs militaires, mais aussi d'un groupe de savants, parmi lesquels on peut citer des mathématiciens comme Joseph Fourier et Gaspard Monge, des paléontologues comme

Étienne Geoffroy Saint-Hilaire, des chimistes comme Claude Berthollet.

Peu de temps après, des boursiers égyptiens, accompagnés par un jeune savant qui leur servait de guide spirituel[205] avaient été envoyés à Paris pour y faire des études universitaires. Chaque étudiant, à la fin de son séjour en France, devait traduire un des ouvrages dans lequel il avait étudié. On raconte que certains étudiants qui avaient omis de le faire, avaient, à leur retour au Caire, été mis en quarantaine pour finir leur traduction.

Les travaux de ces boursiers, auxquels se sont ajoutés ceux de quelques autres, envoyés par groupes durant des années, seront souvent le point de départ de recherches sur la langue arabe en mutation, et exerceront aussi une certaine influence sur le renouvellement des méthodes de l'analyse littéraire, de l'observation scientifique et, plus particulièrement, sur les mouvements intellectuels et politiques du pays.

L'ouverture de certains pays arabes aux méthodes européennes d'enseignement scolaire sera à l'origine d'une « Renaissance arabe », qui aura lieu d'abord en Égypte et au Liban, et qui gagnera ensuite les autres pays arabes.

L'enseignement jusqu'alors étroitement lié à l'éducation religieuse musulmane commencera à perdre du terrain devant les établissements des missionnaires occidentaux et des écoles laïques. Au niveau de l'enseignement primaire et secondaire, un grand nombre d'écoles seront créées dans les villes et les villages, où se développeront des pratiques pédagogiques modernes.

En même temps, de nouvelles universités verront le jour dans certaines capitales arabes, par exemple à Beyrouth (Liban) où l'on a vu naître presque à la même époque l'Université Saint-Joseph (francophone) fondée par les Jésuites et l'Université Américaine (anglophone). Ce mouvement sera renforcé avec le mandat accordé à la France et à la Grande-Bretagne pour administrer certains pays arabes.

Sur le plan des échanges linguistiques, si, dès le Moyen Âge, l'arabe a beaucoup donné aux langues européennes, et au français en particulier, la tendance s'est inversée de façon très nette à partir du XVIIIe siècle, comme on peut le remarquer dans les mots arabes venus du français, qui sont particulièrement fréquents dans les domaines de l'automobile, des produits de beauté, de l'alimentation et de la mode.

Enfin, selon les dernières statistiques, en Europe le nombre d'étudiants inscrits à des cours d'arabe a beaucoup augmenté ces dernières années, signe avant-coureur d'un intérêt grandissant pour une langue de culture dont l'aventure en Occident n'est pas près de prendre fin.

Notes

1. BENOIST-MÉCHIN, *Frédéric de Hohenstaufen ou le rêve excommunié*, Paris, Perrin, 1980, 513 p., p. 228-236 et notes 275-277, p. 466.
2. Bible, 1 Rois 10.
3. Coran, XXVII, 15 à 45.
4. Coran, (cf. note 3).
5. COHEN, David, *Encyclopædia Universalis*, vol. 2, p. 196, sous *Arabe*, Langue arabe.
6. MEILLET, Antoine & COHEN, Marcel (dir.), *Les langues du monde*, Paris, C.N.R.S., Champion, 1952, 2 tomes, 1294 p. et 21 cartes, tome 1, p. 112-114.
7. MEILLET, Antoine & COHEN, Marcel (dir.), (cf. note 6), tome 1, p. 104.
8. *Dictionnaire Hachette 2005*, Paris, Hachette, 2004, 1858 p., sous *Israël* (*République d'*).
9. *Grand Larousse Universel*, 1997, sous *Septante*, p. 9501.
10. ROMAN, André, « Qu'est-ce qu'une langue sémitique ? Une autre réponse », dans *Linguistique et slavistique. Mélanges offerts à Paul Garde*, Marguerite Guiraud-Weber & Charles Zaremba (dir.), Aix-en-Provence, Publications de l'Université et Paris, Institut d'études slaves, 1992, p. 690.
11. FÜCKS, Johann, *'Arabîya, recherches sur l'histoire de la langue et du style arabes*, Paris, Didier, 1955, 233 p., p. 3.
12. COHEN, David (dir.), *Les langues dans le monde ancien et moderne*, 3ᵉ partie *Les langues chamito-sémitiques*, Paris, CNRS, 1988, 318 p., chap. L'arabe, p. 105.
13. *Encyclopédie de l'Islam*, sous *al-Khansâ'*, ainsi que Khansâ', *Moi, poète et femme d'Arabie*, poèmes traduits de l'arabe et présentés par Anissa Boumediène, liminaire d'André Miquel, Paris, Sindbad, « La bibliothèque arabe », 1987, 270 p.
14. ANGHELESCU, Nadia, *Langage et culture dans la civilisation arabe*, traduit du roumain par Viorel VISAN, Paris, L'Harmattan, 205 p., p. 39.
15. BLACHÈRE, Régis, « Un jardin secret : la poésie arabe », *Analecta*, Damas, 1925, p. 229.
16. ANGHELESCU, Nadia, *Langage et culture…*, (cf. note 14), p. 39.

17. MANDEL KHÂN, Gabriele, *L'écriture arabe. Alphabet, styles et calligraphie*, Paris, Flammarion, 2003, 179 p., p. 157.

18. ROUGER, Gustave, *Le roman d'Antar*, Paris, l'Édition d'Art, 1923, 211 p., p. 24-26. La calligraphie représentant un lion est due à Hassan Massoudy, *Calligraphies arabes vivantes*, Paris, Flammarion, 1981, 191 p., p. 119.

19. *Encyclopédie de l'Islam, tome 1*, par un comité de rédaction composé de H.A.R. Gibb, J.H. Kramers, E. Levi-Provençal, J. Schacht, assistés de S.M. Stern, secrétaire général (p. 1-320). B. Lewis, Ch. Pellat et J. Schacht, assistés de C. Dumont et R.M. Savory, Secrétaires de rédaction (p. 321-1399), sous *mu'allaqât*.

20. MONTEIL, Vincent, *Le vin, le vent, la vie*, Paris, Éditions Sindbad, 1979.

21. Cette chronologie sommaire a été établie à partir des ouvrages suivants :
    – KALISKY, René, *L'Islam, Origine et essor du monde arabe*, Alleur (Belgique), Paris, Marabout, 1987, 308 p., notamment p. 100-121.
    – MAALOUF, Amin, *Les croisades vues par les Arabes*, Paris, J.-C. Lattès, 1993, 301 p., notamment p. 293-295.
    – MANTRAN, Robert, *L'expansion musulmane* (VIIe-XIe siècle), Paris, PUF, 1969, 334 p.
    – PIRENNE, Jacques, *Les grands courants de l'histoire universelle*, tome II, *De l'expansion musulmane aux traités de Westphalie*, Paris, Albin Michel, 1947, 648 p., notamment p. 3-34.
    – SOURDEL, Dominique, *L'islam*, Paris, PUF, « Que sais-je ? », n° 355, [1949] 2004, 127 p., notamment p. 18-28.
    – SOURDEL, Dominique, *Histoire des Arabes*, Paris, PUF, « Que sais-je ? », n° 1627, [1976] 1985, 128 p.
    – SOURDEL, Janine & SOURDEL, Dominique, *Dictionnaire historique de l'Islam*, Paris, PUF, 1996, 1028 p.

22. Cette carte s'inspire de celle qui figure dans MANTRAN, Robert, *L'expansion musulmane*, Paris, PUF, 1969, 334 p., p. 120.

23. SOURDEL, J. & SOURDEL, D., *Dictionnaire…*, (cf. note 22), sous *Cordoue*, p. 222-223.

24. SOURDEL, J. & SOURDEL, D., *Dictionnaire…*, (cf. note 22), p. 669.

25. MANTRAN, Robert, *L'expansion musulmane…*, (cf. note 22), p. 201.

26. SOURDEL, J. & SOURDEL, D., *Dictionnaire…*, (cf. note 22), sous *bibliothèques*, p. 157-158.

27. DEROY, Louis & MULON, Marianne, *Dictionnaire de noms de lieux*, Paris, éd. Le Robert, 1992, 531 p., sous *Bagdad*, p. 42.

28. KALISKY, René, *L'Islam…*, (cf. note 22), p. 157.

29. HUNKE, Sigrid, *Le soleil d'Allah brille sur l'Occident*, Paris, Albin Michel, 1963, 414 p., p. 127.

30. FAVIER, Jean, *Charlemagne*, Fayard, 1999, p. 584.

31. MANTRAN, Robert, *L'Expansion musulmane*, (cf. note 22), p. 161-166, p. 168-175.

32. KALISKY, René, *L'Islam…*, (cf. note 22), p. 190.

33. THORAVAL, Yves, *Dictionnaire de civilisation musulmane*, Paris, Larousse, « Références », 1995, 332 p., p. 248.

34. SOURDEL, J. & SOURDEL, D., *Dictionnaire…*, (cf. note 22), sous *Osman*, p. 639.

35. ARKOUN, Mohammed, *La pensée arabe*, Paris, PUF, « Que sais-je ? », n° 915, [1re éd.], 1975/1985, 124 p., p. 42-43.

36. MIQUEL, André, *La Géographie humaine du monde musulman jusqu'au milieu du 11ᵉ siècle : les travaux et les jours*, Éditions de l'École des hautes études sociales, 1988, 387 p., p. 57.

37. LEWIS, Bernard, *Les Arabes dans l'histoire*, traduit de l'anglais par Denis-Armand Canal, Paris, Flammarion, « Champs », 1973, 257 p., p. 118.

38. BLACHÈRE, Régis, *Le Coran*, Paris, PUF, « Que sais-je ? », n° 1245, 1966, 126 p., p. 67.

39. *Encyclopédie de l'Islam*, Leyden, Brill et Maisonneuve et Larose, 1986, p. 420-435, ainsi que SOURDEL, J. & SOURDEL, D., *Dictionnaire…*, (cf. note 22), p. 216-221.

40. SOURDEL, Dominique, *Histoire des Arabes*, (cf. note 22), p. 43-44.

41. COHEN, David, article *arabe*, *Encyclopædia Universalis*, Paris [1968], vol. 2, 1973, p. 197, 3ᵉ colonne.

42. IBN MANDHOÛR, *Lisân al-'arab* « La langue des Arabes », Dâr al-Ma'ârif, Le Caire, sans date, p. 3862, sous **k r m**.

43. FÜCKS, Johann, *'Arabiya, Recherches sur l'histoire de la langue…*, (cf. note 11), p. 11.

44. FÜCKS, Johann, *'Arabiya, Recherches sur l'histoire de la langue…*, (cf. note 11), p. 46.

45. BLACHÈRE, Régis, *Encyclopædia Universalis*, sous *Coran*.

46. GUTAS, Dimitri, *Pensée grecque, culture arabe*, Paris Aubier, 2005, 340 p., notamment p. 96-105, d'abord publié en anglais sous le titre *Greek Thought, Arabic Culture*, Londres, Routledge, 1998, traduit de l'anglais par Abdesselam Cheddadi.

47. *Encyclopædia Universalis*, sous *Jâhiz*.

48. SOURDEL, J. & SOURDEL, D., *Dictionnaire…*, (cf. note 22), sous *al-Ma'mûn*, p. 529-531.

49. SOURDEL, J. & SOURDEL, D., *Dictionnaire…*, (cf. note 22), sous *bibliothèques*, p. 157-159.

50. SINOUÉ, Gilbert, *Avicenne ou La route d'Ispahan*, Paris, Denoël, 1989, 533 p.

51. *Encyclopædia Universalis*, sous *Avicenne*.

52. *Encyclopédie de l'Islam*, 1975, vol. 3, sous *Ibn Sinâ*, ainsi que *Encyclopædia Universalis*, sous *Avicenne*.

53. GABRIELI, Francesco (dir.), *Histoire et civilisation de l'Islam en Europe, Arabes et Turcs en Occident du XVIIᵉ au XXᵉ siècle*, Paris, Bordas, 1983, 279 p.

54. *Encyclopédie de l'Islam*, 1975, vol. 3, sous *Averroès*. Voir également URVOY, Dominique, *Averroès. Les ambitions d'un intellectuel musulman*, Paris, Flammarion, 1998, 253 p.

55. La reproduction silhouettée de ce tableau a été faite d'après *La Renaissance*, Paris, « Passion des Arts », Gallimard, p. 53.

56. *Encyclopédie de l'Islam*, sous *'arabiyya*.

57. *Encyclopédie de l'Islam*, sous *Maïmonide*.

58. *Chirurgia Albucasis*, traduction latine rédigée au XIIᵉ s. à partir du texte arabe, Bibliothèque nationale autrichienne de Vienne, cf. Henriette WALTER, *L'aventure des mots français venus d'ailleurs*, Paris, Robert Laffont, 1997, note 107 et 108, p. 216.

59. Ces trois auteurs sont MUHAMMAD IBN ISAACAL-QUNAWI (mort en 1275), MUHAMMAD IBN HAMZA AL-FANARI (1350-1431) et ALMIRZA HACHEM IBN HASSAN AL-KILANI AL-ACHKURI.

60. ARAGON, Louis, *Le Fou d'Elsa*, Paris, Gallimard, 1963, 459 pages, notamment p. 61-62.

61. FÜCKS, Johann, *'Arabiya, Recherches...*, (cf. note 11), p. 87.

62. *Encyclopédie de l'Islam*, 1975, tome 1, sous *Alf layla wa-layla*, p. 375.

63. *Encyclopédie de l'Islam*, sous *Alf layla wa-layla*, p. 373.

64. ABI-RACHED Naoum, « Cinq sens pour mille et un plaisirs des Nuits », dans un ouvrage collectif intitulé *Les Mille et une Nuits, contes sans frontières*, Toulouse, Amam, 1994, 344 p., p. 51-71, notamment p. 62.

65. CLÉMENT, François, « La cité des femmes », dans un ouvrage collectif intitulé *Les Mille et une Nuits, contes sans frontières*, Toulouse, Amam, 1994, 344 p., p. 171-174.

66. CHEBEL, Malek, *Psychanalyse des Mille et une Nuits*, Paris, Payot, 1996, 407 p., p. 22.

67. Selon QALMÂWÎ Souhair, *Alf layla wa layla*, Le Caire, *Dâr al-Ma'ârif*, 1976, 325 p., p. 83.

68. *Encyclopédie de l'Islam*, sous *Alf layla wa-layla*, p. 373.

69. *Le livre des 1001 nuits*, Avertissement de l'édition en 6 volumes du Club français du Livre, 1966.

70. PAULINY, Ján, « Le comique dans *Les Mille et une Nuits* et ses symboles », dans un ouvrage collectif intitulé *Les Mille et une Nuits, contes sans frontières*, Toulouse, Amam, 1994, 344 p., p. 81-89, notamment p. 82, 85 et 89.

71. *Les Mille et une Nuits*, contes traduits par Joseph Charles MARDRUS, Paris, Robert Laffont, « Bouquins », 4e éd. 1989, 2 tomes.

72. TODOROV, Tzvetan, « Les hommes-récits : les *Mille et une Nuits* », dans *Poétique de la prose*, suivi de *Nouvelles recherches sur le récit*, Paris, Le Seuil, 1971, 1978, p. 33-46.

73. SCHWAB, Raymond, *L'auteur des Mille et une Nuits*, Antoine Galland, Paris, Mercure de France, 1964, p. 163.

74. Madeleine de SCUDÉRY (1607-1701), en particulier dans *Ibrahim ou l'Illustre Bassa* (1641) et *Almahida ou l'Esclave reine* (1663).

75. *Les Mille et une Nuits*, Paris, Institut du Monde arabe, 2001, 85 p., p. 18.

76. Tous nos remerciements vont à Guiti Deyhime, professeur à l'université de Téhéran.

77. LAPESA, Rafael, *Historia de la lengua española*, Madrid, Gredos, 9e éd., 1986, 690 p., p. 133-140.

78. LEWIS, Bernard, *Les Arabes dans l'histoire*, Paris, Flammarion « Champs », 1993, 257 p., p. 158.

79. FIERRO, Maribel, *Al-Andalus : savoirs et échanges culturels*, Edisud, France, 2001, 119 p., notamment p. 7.

80. WOLFF, Philippe, « Andalousie », *Dictionnaire du Moyen Âge, Histoire et Société*, Paris, Albin Michel, 1997, p. 60.

81. *Encyclopédie de l'Islam*, sous *al-Andalus*.

82. JEHEL, Georges et RACINET, Philippe, *Questions d'histoire, Les relations des pays d'Islam avec le monde latin, du Xe siècle au milieu du XIIIe siècle*, Paris, Éditions du Temps, 2000, 256 pages, p. 210.

83. GARCIN, Jean-Claude (*et alii*), *États, sociétés et cultures du monde musulman médiéval : Xe-XVe siècle*, Tome 1, Paris, « Nouvelle Clio, l'histoire et ses problèmes », PUF, 1995, p. 49.

84. *Encyclopédie de l'Islam*, sous *al-Andalus*.

85. *Encyclopédie de l'Islam*, sous *al-Andalus*.

86. VERNET, Juan, « Les Hispano-arabes : l'art et la littérature », BARKAÏ, Ron (dir.), *Chrétiens, musulmans et juifs dans l'Espagne médiévale, de la convergence à l'expulsion*, Paris, Les Éditions du Cerf, 1994, p. 39.

87. GABRIELI, Francesco (dir.), *Histoire et civilisation de l'Islam...*, (cf. note 53), p. 41.

88. CARDINI, Franco, *Europe et Islam, Histoire d'un malentendu*, Paris, Le Seuil, 2002, p. 52.

89. VERNET, Juan, *Ce que la culture doit aux Arabes d'Espagne*, p. 276-277.

90. BARKAÏ, Ron (dir.), « Les trois cultures ibériques entre dialogue et polémique », *Chrétiens, musulmans et juifs dans l'Espagne médiévale, de la convergence à l'expulsion*, Paris, Les Éditions du Cerf, 1994, p. 228-229.

91. BARKAÏ, Ron (dir.), « Les trois cultures ibériques... », (cf. note 90), p. 238-239.

92. VERNET, Juan, « Les Hispano-arabes : L'art et la littérature », BARKAÏ, Ron (dir.), *Chrétiens, musulmans et juifs dans l'Espagne médiévale, de la convergence à l'expulsion*, Paris, Les Éditions du Cerf, 1994, p. 53.

93. SOURDEL, J. & SOURDEL, D., *Dictionnaire...*, sous *al-Andalus*, p. 85-86.

94. *Encyclopédie de l'Islam*, sous *al-Andalus*, tome I, p. 512.

95. BURCKHARDT, Titus, « La culture musulmane en Espagne », BARKAÏ, Ron (dir.), *Chrétiens, musulmans et juifs...*, (cf. note 90), p. 184 ; ainsi que SINOUÉ, Gilbert, *Avicenne...*, (cf. note 50).

96. LEWIS Bernard, *Les Arabes dans l'histoire*, Paris, « Champs », Flammarion, 1993, 257 pages, p. 158.

97. LECERF, Jean, « La Place de la "culture populaire" dans la civilisation musulmane », *Classicisme et Déclin culturel dans l'histoire de l'Islam*, Paris, Maisonneuve et Larose, 1977, 396 pages, p. 352-365, notamment p. 357.

98. THUILLIER, Pierre, *D'Archimède à Einstein*, Paris, Fayard, 1988, 395 p., p. 43.

99. DJEBBAR, Ahmed, *Une histoire de la science arabe*, Paris, Le Seuil, 2001, 384 p., p. 148.

100. *Encyclopédie de l'Islam*, sous *Al-Andalus*, tome I, p. 516-517.

101. Tous nos remerciements vont à Monsieur le professeur Muhyeddine DIB (Liban).

102. Toutes les données qui suivent ont été vérifiées dans les dictionnaires étymologiques suivants :
    – COROMINAS, Joan, *Breve diccionario etimológico de la lengua castellana*, Madrid, Grados, [1961] 3ᵉ éd., 1987, 627 p.
    – CUNHA, Antônio Geraldo da, *Dicionário etimológico da língua portuguesa*, Botafogo (Brésil), Editora Nova fronteira, (1ʳᵉ éd. 1982), 2ᵉ éd. augmentée 1987, 832 p. + XX p. + 101 p.

103. SOURDEL, J. & SOURDEL, D., *Dictionnaire...*, (cf. note 22), sous *gouverneur de province*, p. 319.

104. SOURDEL, J. & SOURDEL, D., *Dictionnaire...*, (cf. note 22), sous *mosquée*, p. 587-590, notamment p. 588.

105. MARTIN, Jean-Marie, *Italies Normandes (XIᵉ-XIIᵉ siècles)*, Paris, Hachette, 1994, 407 p., p. 97.

106. Reproduit dans *El legado andalusí*, prologue par Antonio Gala, Granada, Las Rutas de Al-Andalus, 231 p., p. 109.

107. IDRÎSSÎ, *La première géographie de l'Occident* (trad. française), Paris, Flammarion, 1999, 516 p., p. 418.

108. CHEBEL Malek, *Dictionnaire amoureux de l'Islam*, Paris, Plon, 2004, 714 p., p. 281-283, notamment p. 282.

109. BENOIST-MÉCHIN, Jacques, *Frédéric II...*, (cf. note 1), p. 57.

110. BENOIST-MÉCHIN, Jacques, *Frédéric II...*, (cf. note 1), p. 223-225 et note 266 p. 465.

111. ABULAFIA, David, *Federico II. Un imperatore medievale*, Turin, Einaudi, 1993, (traduction en italien de *Frédéric II. A medieval emperor*, Londres, The Penguin Press, 1988), 401 p., p. 233.

112. MASSON, Georgina, *Frédéric II de Hohenstaufen*, traduction de l'anglais par André D. TOLEDANO, Paris, Albin Michel, 1963, 381 p., p. 221-229.

113. BENOIST-MÉCHIN, Jacques, *Frédéric II...*, (cf. note 1), p. 115, ainsi que l'encart photographique p. 3.

114. BENOIST-MÉCHIN, Jacques, *Frédéric II...*, (cf. note 1), p. 57.

115. Krönungsmantel (König Rogers II), copyright Kunsthistorisches Museum, Vienne.

116. Nous adressons nos plus vifs remerciements à Monsieur le professeur Sergio NOJA NOSEDA, de l'université de Milan, spécialiste de l'histoire de l'Islam, ainsi qu'à Monsieur le professeur Claudio ZANGHI, professeur de droit international à l'université de Rome « La Sapienza », pour leur aide précieuse dans la collecte des informations ayant permis la rédaction de ce chapitre. Nos très vifs remerciements vont également à Monsieur le professeur Abderrazak BANNOUR.

117. CORTELAZZO, Manlio & ZOLLI, Paolo, *Dizionario etimologico della lingua italiana*, Bologna, Zanichelli, 1979, 5 tomes, 1470 p., tome 2, sous *facchino*.

118. ZOLLI, Paolo, *Le parole straniere*, Bologna, Zanichelli, (1re éd. 1976) 1991, 246 p., p. 174-182.

119. GASCA QUEIRAZZA Giuliano, MARCATO Carla, PELLEGRINI G. Battista, PETRACCO SICARDI Giulia et ROSSEBASTIANO Alda, *Dizionario di toponomastica*, Torino, Unione Tipografico/Editrice Torinese, [1990] 1997, 720 p.

120. L'ensemble des informations qui suivent a été puisé pour l'essentiel dans KRIER, Fernande, *Le maltais au contact de l'italien*, Hambourg, Buske, 1976, 150 p., ainsi que dans *Encyclopédie de l'Islam*, 1991, tome VI, sous *Malta*.

121. WALTER, Henriette, *L'aventure des mots français venus d'ailleurs*, Paris, Robert Laffont, 1997, 345 p., p. 79-80 (Prix Louis Pauwels 1998).

122. *Encyclopédie de l'Islam*, sous *Malta*, p. 284.

123. *Encyclopédie de l'Islam*, sous *Malta*, p. 282.

124. Dans les exemples cités dans tout ce chapitre, les consonnes notées ǧ et ż remplacent ces mêmes lettres surmontées d'un point de l'alphabet maltais. Elles ont été vérifiées dans les *dictionnaires français-maltais et maltais-français* de CUTAYAR, Joseph, Paris, L'Harmattan, 2001, 432 p. et 672 p., ainsi que dans BUSUTTIL, E. D., *Kalepin malti-ingliz*, Malte, 1965, 519 p.

125. ARKOUN, Mohammed, *La pensée arabe*, Paris, PUF, « Que sais-je ? » n° 915, (1re éd. 1975) 1985, 124 p., p. 87.

126. La liste de ces pays a été vérifiée dans FRÉMY, Dominique & FRÉMY, Michèle (dir.), *Quid 2005*, Robert Laffont, 2190 p., sous *États et territoires*, p. 1070 et suiv.

127. BRETON, Roland, *Atlas des langues du monde, une pluralité fragile*, Paris, Éd. Autrement, 2003, 80 p., cartes du monde arabe, p. 50-51, ainsi que DUMORTIER, Brigitte, *Atlas des religions. Croyances, pratiques et territoires*, Paris, Éd. Autrement, 63 p., L'islam, p. 20-23.

128. *Encyclopédie de l'Islam*, sous *'arabiyya*, p. 587.

129. MASSIGNON, Louis, « Notes sur le dialecte arabe de Bagdad », cité dans *Encyclopédie de l'Islam*, sous *'arabiyya*.

130. VERSTEEGH, Kees, *The Arabic Language*, New York, Columbia University Press, 1997, 277 p., notamment p. 118-125.

131. WALTER, Henriette, *L'aventure des mots français…*, (cf. note 121), p. 190.

132. PELT, Jean-Marie, *Des fruits*, Paris, Fayard, 1994, 283 p., p. 150-151.

133. MAALOUF, Amin, *Samarcande*, Paris, J.-C. Lattès, 1988, p. 150-151 et MAALOUF, Amin, *Les croisades…*, (cf. note 22), p. 115-122.

134. RABELAIS, François, *La vie très horrifique du grand GARGANTUA*, [1534], Paris, NRF, « La Pléiade », 1942, ch. XXI, p. 86.

135. RABELAIS, François, *La vie très horrifique…*, (cf. note 134), p. 133.

136. MAKKI, Hassane, *Dictionnaire des arabismes*, Paris, Gueuthner, 2001, 145 p., p. 39, sous *dahabieh*.

137. WALTER, Henriette & AVENAS, Pierre, *L'étonnante histoire des noms des mammifères. De la musaraigne étrusque à la baleine bleue*, Paris, Robert Laffont, 2003, 486 p., p. 327.

138. DEROY, L. & MULON, M., *Dictionnaire …*, (cf. note 27), sous *Yémen*.

139. Pelt, Jean-Marie, *Des fruits*, (cf. note 132), p. 151.

140. GREIMAS, Algirdas, Julien & KEANE, Teresa Mary, *Dictionnaire du moyen français. La Renaissance*, Paris, Larousse, 1992, 668 p., sous *potiron*.

141. BARAKÉ, Bassam, « Voyage des mots et communication : l'itinéraire des emprunts dans le parler quotidien de Tripoli (Liban) », *L'Espace euro-méditerranéen : une idiomaticité partagée*, actes du Colloque international ayant eu lieu à Hammamet (19-21 septembre 2003), MEJRI, Salah (dir.), Tunis, Centre d'Études et de recherches économiques et sociales, 2004, tome 2, 476 p., p. 23-33.

142. ENCKELL, Pierre & RÉZEAU, Pierre, *Dictionnaire des onomatopées*, Préface de Paul Resweber, Paris, PUF, 2003, 579 p.

143. 'IBN JINNÎ, 'Abu-l-Fath 'Uthmân, *'Al-Khaṣâ'iṣ*, Beyrouth, Dâr al-Houda, 2ᵉ ed., 1952, p. 65 (en arabe).

144. MARTINET, André, « La double articulation du langage », *La linguistique synchronique*, Paris, PUF [1965] 1974, p. 7-41.

145. CANTINEAU, Jean, *Études de linguistique arabe*, Paris, Klincksieck, 1960, 299 p., p. 1-125 ainsi que, plus récemment, BARAKÉ, Bassam, *La phonétique : les sons de l'arabe* (publié en arabe), Beyrouth, Centre de développement national, 1988, 196 p. Pour l'établissement du tableau phonologique de l'arabe, cf. WALTER, Henriette, « Pourquoi des tableaux phonologiques ? Application aux consonnes de l'arabe libanais », *La linguistique*, 18, 1982/2, p. 21-31.

146. WALTER, Henriette, « Pourquoi des tableaux phonologiques… », (cf. note 145), où je cite les enquêtes effectuées par Abdoul Fattah EL ZEIN, Samia SANBAR et Mohamed Nader SRAGE et leurs thèses respectives, sous la dir. de David COHEN, et soutenues en 1981 (EL ZEIN et SRAGE) et en 1982 (SANBAR) à l'université de la Sorbonne Nouvelle (Paris III).

147. COHEN, David, « Variantes, variétés dialectales et contrastes linguistiques en domaine arabe », *Bulletin de la Société de Linguistique*, LXVIII, 1973, fasc. I, p. 215-248.

148. Tous nos remerciements vont à M. le professeur Hassan Hamzé pour ses remarques concernant ce chapitre.

149. Nos remerciements renouvelés à Monsieur le Professeur Hassan HAMZÉ pour ses remarques judicieuses à propos de la racine et des dictionnaires arabes.

150. HAJJAR Joseph N., *Al-Marje'*, *Dictionnaire arabe-français*, introduction de Bassam BARAKÉ, Beyrouth, Librairie du Liban, 2002, 1992 pages.

151. BOHAS, Georges, *Matrices, Étymons, Racines, Éléments d'une théorie lexicologique du vocabulaire arabe*, Leuven et Paris, Peters, « Orbis Supplementa », 1997, 207 p.

152. KOULOUGHLI Djamel, *Grammaire de l'arabe d'aujourd'hui*, Paris, Pocket, 1994, 350 pages, p. 65-69.

153. ROMAN, A., *Grammaire de l'arabe*, Paris, PUF. « Que sais-je ? » n° 1275, 1968, 125 p., p. 8.

154. MASSON, Denise, *Introduction à la traduction du Coran*, Paris, Gallimard, 1967, tome 1, p. XL.

155. BANNOUR, Abderrazak, *L'écriture en Méditerrannée*, Aix-en-Provence, Édisud, 2004, 165 p., notamment p. 144-145.

156. COHEN, Marcel, *La grande invention de l'écriture*, Paris, Klincksieck, 1958, 1. Texte, 471 p., p. 181-186.

157. SOURDEL, J. & SOURDEL, D., *Dictionnaire…*, (cf. note 22), sous *écriture islamique*, p. 261.

158. MEILLET, Antoine & COHEN, Marcel (dir.), *Les langues du monde*, Paris, C.N.R.S. Champion, 1952, 2 tomes, 1294 p. et 21 cartes, tome 1, p. 345.

159. SAFADI, Yasim Hamid, *Calligraphie islamique*, Paris, Chêne, 1978, p. 7.

160. MARTINET, André, « L'alphabet : un concours de circonstances », *La Linguistique*, vol. 9, fasc. 1, 1993, p. 17-24.

161. MASSON, Michel, « À propos des écritures consonantiques », *La Linguistique*, 29, fasc. 1, 1993, 156 p., p. 25-40.

162. MASSON, Michel, « propos des écritures consonantiques », (cf. note 61), notamment p. 8-29.

163. IFRAH, Georges, *Histoire universelle des chiffres*, Paris, Robert Laffont, coll. Bouquins, 1994, vol. 1, 1042 p. et vol. 2, 1010 p., vol. 1, p. 794.

164. VERNET, Juan, *Ce que la culture doit aux Arabes d'Espagne*, (cf. note 89), p. 70.

165. IFRAH, Georges, *Histoire universelle des chiffres*, (cf. note 163), p. 411.

166. IFRAH, Georges, *Histoire universelle des chiffres*, (cf. note 163), vol. 2, p. 250, ainsi que OUAKNIN, Marc-Alain, *Les mystères des chiffres*, Paris, Assouline, 2003, 399 p., p. 51.

167. IFRAH, Georges, *Histoire universelle des chiffres*, (cf. note 163), vol. 1, p. 822.

168. OUAKNIN, Marc-Alain, *Les mystères des chiffres*, Paris, Assouline, 2003, 399 p., p. 36.

169. HUNKE, Sigrid, *Le soleil d'Allah…*, (cf. note 29), p. 50-51.

170. VERNET, Juan, *Ce que la culture doit…*, (cf. note 89), p. 76.

171. OUAKNIN, Marc-Alain, *Les mystères des chiffres*, Paris, Assouline, 2003, 399 p., p. 101-105.

172. GUEDJ, Denis, *Zéro ou les cinq vies d'Aémer*, Paris, Robert Laffont, 2005, 312 p., p. 204-207, 232, 284-287, 291.

173. VERNET, Juan, *Ce que la culture doit…*, (cf. note 89), p. 72-73.

174. SEIFE, Charles, *Zéro, la biographie d'une idée dangereuse*, Paris, J.-C. Lattès, 2002, 284 p., p. 90-91, ainsi que IFRAH, Georges, *Histoire universelle des chiffres*, (cf. note 163), p. 368-369.

175. GODEFROY, Frédéric, *Lexique de l'ancien français*, Paris, Champion, 1965, 544 p., sous *algorisme*.

176. ANDRÉ-LEICKNAM, Béatrice & ZIEGLER, Christiane, *Naissance de l'écriture*, Paris, Édition des Musées nationaux, 1982, 383 p., p. 42 et 74.

177. KHATIBI, Abdelkebir et SIJELMASSI, Mohammed, *L'art calligraphique arabe*, Paris, Chêne, s.d., p. 98.

178. MASSOUDY, Hassan, *Calligraphie arabe vivante*, Paris, Flammarion, 1981, p. 28-30.

179. *Mémo Larousse, Encyclopédie générale visuelle et thématique*, Paris, Larousse, 1989, p. 854.

180. HUNKE, Sigrid, *Le Soleil d'Allah…*, (cf. note 29), p. 29-32.

181. VERNET, Juan, *Ce que la culture doit…*, (cf. note 89), p. 44.

182. *Mémo Larousse*, (cf. note 179), p. 215.

183. Nous remercions vivement Monsieur l'ambassadeur Jaoudat NOUREDDINE pour sa contribution à l'élaboration de ce chapitre sur la calligraphie.

184. Cité par ANGHELESCU, Nadia, *Langage et Culture dans la civilisation arabe*, traduit du roumain par Viorel Visan, Paris, L'Harmattan, 1995, 206 pages, p. 49-50.

185. PAPADOPOULO, P., *L'Islam et l'Art musulman*, Paris, Mazenod, 1976, 611 pages, p. 108-110.

186. SIMPSON, Marianna, *L'art islamique : Asie*, Paris, Flammarion, 1997, 80 p.

187. Nos plus vifs remerciements vont également au Professeur Abdul Rahim GHALEB pour sa collaboration à l'élaboration de ce chapitre.

188. SAFADI, Yasim Hamid, *Calligraphie islamique*, Paris, éd. du Chêne, 1978, p. 17.

189. DÉROCHE, François, « L'écriture arabe » dans CHRISTIN, Anne-Marie (dir.), *Histoire de l'écriture. De l'idéogramme au multimédia*, Paris, Flammarion, 2001, 405 p., p. 219-227.

190. Calligraphie par Ahmad al-ZAHAB, auteur de *Art of Arabic Callagraphy*, Tripoli, Liban, 2001.

191. SAFADI, Yasin Hamid, *Calligraphie islamique*, Paris, Éd. du Chêne, 1978, p. 129.

192. Calligraphie par Ahmad al-ZAHAB.

193. Détail d'une calligraphie par Hassan MASSOUDY, *Calligraphie arabe vivante*, Paris, Flammarion, 1981, 191 p., p. 58.

194. Détail d'une calligraphie par Ahmad al-ZAHAB, *Art of Arabic Calligraphy*, Tripoli (Liban), 2001, 128 p., p. 67.

195. Calligraphié par Ahmad al-ZAHAB.

196. Ahmad al-ZAHAB, *Art of Arabic Calligraphy*, Tripoli (Liban), 2001, 128 p., p. 94.

197. Calligraphie de Mr le Professeur Ali Najib Ibrahim.

198. *Encyclopédie de l'Islam*, sous *arabesque*, et *Encyclopaedia Universalis*, sous arabesque.

199. Vatican, Chambre de la signature.

200. ARASSE, Daniel, *Léonard de Vinci*, Paris, Hazan, 1997, 543 p., notamment p. 122-123 et p. 134-135.
201. *Léonard de Vinci*, Paris, Édit. De la Martinière, 2000, 144 p., p. 67 (Milan, Bibliothèque ambrosienne). Nous remercions très vivement Alberto Frisia pour son aide dans la recherche d'informations sur les entrelacs de Léonard de Vinci.
202. NÉRET, Gilles, *Matisse*, Cologne-Paris, éd. Taschen, 256 p. notamment p. 51.
203. *Encyclopaedia Universalis*, sous *arabesque*, ainsi que Grand Larousse encyclopédique, 1960, sous azziministe.
204. *Encyclopaedia Universalis*, sous ARABE – langue arabe.
205. Il s'agit de Rafaa Rifaat al-TAHTAOUI (1801-1873) qui, à la fin de son séjour de cinq ans à Paris, publia un ouvrage dans lequel il avait noté toutes ses observations sur les Français, leurs manières de vivre, sur le gouvernement et même sur les Parisiennes. Cf. LAURENS, Henry, « Al-Tahtaoui, le pédagogue », dans *Le Point*, n° Hors-Série, *Les textes fondamentaux de la pensée en Islam : Avicenne, Averroès, Al-Ghazâlî, Ibn Khaldoun…*, Paris, nov-déc. 2005, 130 p, p. 100-101.

Index des noms de personnes

(personnages réels, mythiques ou imaginaires)

Index des noms de lieux, langues et peuples

Index et lexique
des formes arabes translittérées

al-bâdhinjân aubergine 126

al-baḥr la mer 123

al-bakûra jeune bonite 118

al-barda'a bât 128

al-barqûq variété de prune 117

al-bunduqa boulette (de viande) 85

al-bunduqa noisette 85

al-day'a village, hameau 85

al-ghâra attaque à main armée 121

al-gharbiyya celle de l'Ouest 134

al-gharb l'ouest 112

al-ghattas espèce d'aigle marin 118

al-gwazil gendarme 124

al-ḥinnâ' henné 124

al-ḥumra la couleur rouge 85

al-ḥumra tapis 85

al-jabr (en mathématiques) réduction à une formule plus simple 121

al-kharchûf artichaut 85, 125, 188

al-kîmyâ alchimie 119

al-kitâb le livre 30

al-kohl antimoine pulvérisé 119

al-kurrâz cruche 119

al-manâ almène 123

al-manâkh almanach, calendrier, climat 85, 122

al-mukhâ variété de café 159

al-qabâla recette 145

al-qalî soude 119

al-qasr le palais, le château 84

al-qirmiz kermès 133, 139

al-qubba alcôve 153

al-qubba petite chambre 120

al-tabl tambour 174, 224

al-tambûr instrument à cordes 174

al-wâdî al-kabîr la grande vallée 34, 84

al-zaytûna (az-zaytûna) olive 85

ar-râḥ boisson alcoolique 29

ar-raṣîf jetée, chaussée 166

ar-rîḥ l'air 29

ar-rûḥ l'âme, principe vital 29

as-samt chemin 127, 139, 177

aṣ-ṣinâ'a atelier de construction 125, 139

at-tannûr four 126

aṭ-ṭûb brique 118

az'ar rougeâtre 120

az-zahr jeu de dés 148

az-zu'rûr (za'rûra) néflier 126

bâ' nom de la lettre ب 258, 264

babbaghâ' perroquet 164

bâbûch pantoufle orientale 127

bâbûnaj camomille 73

bâbûr bateau à vapeur 99

badawî habitant du désert 128

bâdhinjân aubergine 73, 85, 126

badr pleine lune 259

baghdâdî de Bagdad 127

bakhchîch pourboire 73

balad pays 237, 264

balad pays, bled 237, 264

balâṭ cour (royale) 72

bâmya gombo 72

banadûra tomate 114

baraka bénédiction 127, 244, 284

barama tournoyer, tortiller 244

barda'a bât d'âne 128

bârîz Paris 241

barlamân parlement 244

barqûq variété de prune 72, 117

bâsillâ petit pois 72

baṭâ'in doublures ouatinées 164

baṭârikh œufs de poisson 129

baṭâs, baṭâch bateau à deux mâts 164

bawmar mettre au point mort 248

baydâ' steppe 94

Bayt al-Ḥikma Maison de la Sagesse 53, 54, 55

berd'ân orange 113

bezuwâr bézoard 129

bîmâristân hôpital (psychiatrique) 73

birka bassin (d'eau) 244

birkâr compas 244

bîṭâna doublure 128

bizzaf beaucoup 95

bled pays 129, 152, 164, 237

bomor point mort 193, 232, 248

bordj forteresse 129

breck sorte de crêpe 130

bû ḥibâb baobab 127

buraq sel de sodium du bore 129

burkân volcan 244

burnus manteau à capuchon 130

burtuqâl orange 113, 163

chabbâk navire à trois mâts et à rames 134

châchîyya écharpe de coton pouvant servir de coiffure 135

châdûf balancier pour tirer l'eau du puits 134

châh mât le roi est mort 156

charâb boisson, sirop 85, 139, 171

chariba boire 159

charqiyyîn, charqî oriental, de l'Est 170

charraja faire charger, recharger (le portable) 250

chattâ passer l'hiver, hiberner 157

chatt rive, bord d'un fleuve 157

châwuch huissier 134

chây thé 112, 113

cheikh d'abord vieillard, puis seigneur 135

chî'a parti religieux issu du schisme des partisans d'Ali 135

chî'î appartenant à un courant religieux issu du schisme des partisans d'Ali 135

chîn nom de la lettre ش 258, 264

churûq lever du soleil 171

chuwayya peu de chose 135

ḍâd nom de la lettre ض 35, 258, 264

Index des notions

INDEX DES NOTIONS

LISTE DES ENCADRÉS

LISTE DES RÉCRÉATIONS

LISTE DES CARTES ET ILLUSTRATIONS

Table des matières

DES MÊMES AUTEURS

HENRIETTE WALTER

Dictionnaire de la prononciation française dans son usage réel
en collaboration avec André Martinet
Champion et Droz, 1973

La Dynamique des phonèmes dans le lexique français contemporain
préface d'André Martinet
Champion et Droz, 1976

La Phonologie du français
PUF, 1977

Enquête phonologique et variétés régionales du français
préface d'André Martinet
PUF, 1982

Le Français dans tous les sens
préface d'André Martinet
Grand Prix de l'Académie française
Robert Laffont, 1988
et « Le Livre de poche », n° 14001

Des mots sans-culottes
Robert Laffont, 1989

Dictionnaire des mots d'origine étrangère
en collaboration avec Gérard Walter
Larousse, 1991 et 1998

L'Aventure des langues en Occident.
Leur origine, leur histoire, leur géographie
préface d'André Martinet
Prix spécial du comité de la Société des gens de lettres
Grand Prix des lectrices de Elle
Robert Laffont, 1994
et « Le Livre de poche », n° 14000

L'Aventure des mots français venus d'ailleurs
prix Louis-Pauwels
Robert Laffont, 1997, 1999
et « Le Livre de poche », n° 14689

Le Français d'ici, de là, de là-bas
Jean-Claude Lattès, 1998
et « Le Livre de poche », n° 14929
Dictionnaire du français régional de Haute-Bretagne
en collaboration avec Philippe Blanchet
Bonneton, 1999

Le Français, langue d'accueil : chronologie, typologie et dynamique / French, an
accomodating language: the Chronology, Typology and Dynamics of Borrowing
ouvrage bilingue sous la direction de Sur Wright à partir d'un exposé d'Henriette Walter
Clevedon, England, 2000

Honni soit qui mal y pense.
L'incroyable histoire d'amour entre le français et l'anglais
Robert Laffont, 2001
et « Le Livre de poche », n° 15444

L'Étonnante Histoire des noms des mammifères.
De la musaraigne étrusque à la baleine bleue
en collaboration avec Pierre Avenas
Robert Laffont, 2003

Phonologie et société
Marcel Didier, Montréal, 2006

Pour une linguistique des langues
dirigé par Henriette Walter et Colette Feuillard
PUF, 2006

Chihuahua, zébu &Cie : l'étonnante histoire des noms d'animaux
en collaboration avec Pierre Avena
Points, « Le Goût des mots », n° P1616, 2007

BASSAM BARAKÉ

Dictionnaire de linguistique français-arabe
Tripoli (Liban), Jarrouss Press, 1985

Dictionnaire des termes linguistiques et littéraires français-anglais-arabe
en collaboration
Beyrouth, Dar El-Ilm, 1987

Phonétique générale : Les sons de la langue arabe
Beyrouth, Centre de développement national (en langue arabe), 1989

Dictionnaire Larousse français-arabe
Beyrouth, Académia, 1999

La Stylistique
Traduction en arabe de l'ouvrage de Georges Molinié
« Que sais-je ? », PUF, Beyrouth, Madj, 2000

Principe d'analyse des textes littéraires
en collaboration
Le Caire, Longmann, 2002

Raed al-Taleb – Dictionnaire français-arabe
Beyrouth, Dar wa Maktabat al-Hilal, 2003

Dictionnaire français-arabe
Éditions du Temps, Paris-Nantes, 2004

Directeur de publication de la collection « Les Chefs-d'œuvre de la littérature
française »
Édition bilingue français-arabe : introduction, commentaire et révision
de la traduction en arabe
Beyrouth, Dar wa Maktabat al-Hilal

DANS LA MÊME COLLECTION

« UN AVANT-GOÛT DE... »

Motamorphoses
À chaque mot son histoire
Daniel Brandy

Dans une langue élégante et drôle, Daniel Brandy relève ici un véritable défi : rendre à la fois savoureuse et accessible l'histoire des mots tout en gardant la plus extrême rigueur. De courts chapitres pour comprendre les origines, l'évolution et les avatars des mots de tous les jours.

Points n° P1544

Que faire des crétins ?
Les Perles du grand Larousse
Pierre Larousse
Présentation de Pierre Enckell

Commentaires absurdes, prises de position totalement subjectives, préjugés sexistes ou racistes, aberrations « scientifiques »... Pierre Enckell, lexicographe obsédé, traque les fautes commises ou admises par Pierre Larousse lui-même et donne à lire ces définitions, dont la lecture aujourd'hui est consternante... ou hilarante. Pierre Desproges n'aurait pas fait mieux.

Points n° P1543

L'Habit ne fait pas le moine
Petite histoire des expressions
Gilles Henry

Dans la lignée d'un Claude Duneton, sous forme d'un dictionnaire aux articles concis et clairs, et avec la précision de l'historien, ce livre propose de remonter aux sources historiques et étymologiques des expressions imagées et d'en éclairer le sens. Une invitation au voyage dans les images de la langue française...

Points n° P1545

Petit fictionnaire illustré
Les Mots qui manquent au dico
Alain Finkielkraut

Pourquoi ne pas renouveler la langue française ? Sous la forme d'un petit recueil de néologismes et de mots-valises, voici un dictionnaire d'un nouveau genre. Autour de définitions hilarantes, farfelues et pourtant d'une logique sans faille, Alain Finkielkraut joue avec les mots et nous fait partager son goût pour la poésie, l'humour et la philosophie.

Points n° P1546

Le Pluriel de bric à brac
Et autres difficultés de la langue française
Irène Nouailhac

Voici recensées en un seul volume les principales embûches et chausse-trappes de la langue française dans lesquelles tombent les plus habiles d'entre nous. Orthographe trompeuse, syntaxe chahutée, prononciation difficile, pluriels irréguliers, pléonasmes à éviter, etc. Toutes les réponses aux questions que l'on se pose dans l'usage courant de la langue.

Inédit, Points n° P1547

Un bouquin n'est pas un livre
Les Nuances des synonymes
Rémi Bertrand

Timide ou réservé, vélo ou bicyclette ? Quelle est la nuance ? Un dictionnaire des synonymes se contenterait de juxtaposer ces mots en proposant de remplacer l'un par l'autre. Mais l'art de la nuance, c'est faire jouer la langue dans ses plus fins rouages, lui permettre d'exprimer toute sa richesse et sa subtilité. Au travers de textes courts et de mots choisis, Rémi Bertrand invite à rendre leurs différences aux synonymes.

Inédit, Points n° P1548

Le Dico des mots croisés
8000 définitions pour devenir imbattable
Michel Laclos

Entre poésie et jeu de l'esprit, les définitions retorses du célèbre cruciverbiste Michel Laclos invitent au charme raffiné de la torture de méninges... Pour prolonger le plaisir qu'offrent ses grilles « savantes et limpides, vicelardes et réjouissantes, instructives et rigolardes » (Remo Forlani), voici un livre ludique qui permet de s'exercer, en cachant les mots à deviner, grâce au marque-page encarté dans le livre. À vos définitions !

Points n° P1575

Les deux font la paire
Les Couples célèbres dans la langue française
Patrice Louis

Sodome et Gomorrhe, Castor et Pollux, Bonnie & Clyde, Lagarde et Michard ou Moët et Chandon… Autant de duos inséparables qui surgissent tour à tour dans nos conversations. Quelle est l'origine de ces associations ? Remontant aux sources des mots, Patrice Louis nous livre ici, entre érudition et sourire, un vrai petit manuel de culture générale…

Points n° P1576

C'est la cata !
Le Petit manuel du français maltraité
Pierre Bénard

Finies la cordialité, la chaleur : place à la « convivialité » tous azimuts… On ne contrôle plus, on ne gouverne plus : on « gère ». Pierre Bénard a réuni ici ses chroniques parues dans la rubrique du Figaro « Le bon français ». Des billets d'humeur qui sont autant d'invitations à refuser toutes les facilités auxquelles nous nous laissons aller dans l'usage courant de la langue…

Points n° P1577

Chihuahua, zébu et Cie
L'Étonnante Histoire des noms d'animaux
Henriette Walter et Pierre Avenas

Savez-vous que le loup a laissé sa griffe sous les termes Louvres, lycée et lupanar ? Pourquoi le hot-dog porte-t-il un nom si étrange ? Et qui se cache derrière le mot vaccin ? Quinze chapitres savants et malicieux fourmillant d'illustrations et d'anecdotes débusquent les traces de nos animaux familiers au détour des conversations et des langues…

Points n° P1616

Les Chaussettes de l'archiduchesse
Et autre défis de la prononciation
Julos Beaucarne et Pierre Jaskarzec

« Seize jacinthes sèchent dans seize sachets secs. » Dans ce recueil, les « virelangues » virevoltent entre sages comptines et allitérations coquines, grande poésie et mots d'esprit. Un petit inventaire délicieusement cacophonique des « phrases à délier la langue » chères à Devos, Gainsbourg, Racine, Ferré et à de nombreux autres amoureux anonymes de la langue et de ses défis.

Points n° P1617

My rendez-vous with a femme fatale
Les Mots français dans les langues étrangères
Franck Resplandy

« ETUI (allemand, familier) : petit lit étroit pour une personne. »
Avec humour et précision, Franck Resplandy retrace les itinéraires d'un grand nombre d'expressions et de mots d'origine française à travers le monde. À l'étranger, ils ont changé de sens, ou conservé un usage depuis longtemps disparu en France. Un recueil riche d'enseignements sur l'histoire et sur l'image de notre culture à l'étranger.

Points n° P1618

La Comtesse de Pimbêche
Et autres étymologies curieuses
Pierre Larousse

Qu'il soit le fruit d'une anecdote ou le fantôme d'une personne oubliée, chaque mot de ce dictionnaire ludique et instructif vous révélera son secret et son étymologie… comme cette comtesse de Pimbêche qui, à cause de Racine et de sa comédie des Plaideurs, a vu son nom transformé en emblème de femme acariâtre et précieuse !

Points n° P1675

Les Mots qui me font rire
Et autres facéties de la langue française
Jean-Loup Chiflet

Passionné par les incongruités de la langue française, Jean-Loup Chiflet la revisite avec la drôlerie qui a fait sa renommée. Mots « impossibles à prononcer », mots « menteurs », mots « à dictée », mots « mal mariés » ou encore mots « qui rétrécissent à l'usage », autant de variations malicieuses sur les bizarreries de notre langue qui réjouiront tous les amateurs de bons mots.

Points n° P1676

Les Carottes sont jetées
Quand les expressions perdent la boule
Olivier Marchon

Vous est-il déjà arrivé de vous prendre les pinceaux dans le tapis, de vous crêper le chiffonnier, de vous arracher les cheveux contre le mur, bref, de mélanger les expressions ? Olivier Marchon s'en amuse et se livre à une véritable arithmétique de la langue pour débusquer les inventions les plus fantaisistes. Un exercice ludique, créatif et tout simplement hilarant : vous ne saurez plus sur quel pied donner de la tête !

Points n° P1677

Les Grands Mots du professeur Rollin
Panacée, ribouldingue et autres mots à sauver
François Rollin

Le célèbre professeur Rollin se lance dans une entreprise des plus importantes : le sauvetage des mots, car il en va des mots comme des espèces, il faut les protéger d'une extinction programmée. Heureusement, le professeur Rollin veille. Sans lui, qui saurait encore ce que « ratiociner » veut dire ? Et qui peut se dispenser de connaître le « gongorisme » et le « nycthémère» ?... Un lexique délicieusement drôle et érudit à parcourir sans modération.

Points n° P1751

Dans les bras de Morphée
Histoire des expressions nées de la mythologie
Isabelle Korda

Connaît-on vraiment l'origine des expressions telles que
« toucher le pactole », « tomber dans les bras de Morphée », « s'endormir sur ses lauriers »… ? Si leur emploi est
fréquent, rares sont ceux qui connaissent les épisodes de la
mythologie qui leur ont donné naissance. Isabelle Korda
s'emploie, avec humour et intelligence, à combler cette la-
cune. Racontant les mille et une aventures des dieux et héros antiques (grecs et romains), elle nous plonge dans une
culture qui a profondément marqué la langue française et
nous livre un récit des origines instructif et distrayant.

Inédit, Points n° P1752

Parlez-vous la langue de bois ?
Petit traité de manipulation à l'usage des innocents
Martine Chosson

La langue de bois se cache partout dans notre belle langue
française, pas seulement dans le discours de nos hommes
politiques ! Déguisement inconscient ou volontaire, elle
pare nombre d'expressions, cherchant à amoindrir des effets douloureux, à contourner le tabou… ou à faire rire plus
encore. Martine Chosson s'amuse à traquer le double langage dans tous ses états, s'appuyant sur nos auteurs sérieux
ou décadents, des plus téméraires aux plus timides.

Inédit, Points n° P1753

L'Art de la ponctuation
Le point, la virgule et autres signes fort utiles
Olivier Houdart et Sylvie Prioul

Comme le dosage des saveurs en cuisine, la ponctuation est un art délicat, qui demande un certain savoir-faire. On l'utilise parfois sans y réfléchir, un peu comme Monsieur Jourdain faisait de la prose sans le savoir. Sur un ton résolument badin, deux correcteurs professionnels proposent une approche décomplexée de cette « petite science » si essentielle à la compréhension d'un texte. Pour apprendre à respirer, à s'interroger ou à s'exclamer à bon escient !

Points n° P1803

À mots découverts,
chroniques au fil de l'actualité
Alain Rey

Pendant des années, Alain Rey a enchanté les matins de France Inter avec sa chronique « Le Mot du jour » érudite et réjouissante. De « mouton » à « utopie » en passant par « gendarme », Alain Rey nous raconte l'étrange aventure des mots de tous les jours, avec cette finesse toujours espiègle qui n'appartient qu'à lui.

Points n° P1804

Collection Points

RÉALISATION : IGS À L'ISLE-D'ESPAGNAC
IMPRESSION : BRODARD ET TAUPIN À LA FLÈCHE
DÉPÔT LÉGAL: OCTOBRE 2007. N° 91359 (43818)
IMPRIMÉ EN FRANCE